Diogenes Taschenbuch 23301

de
te
be

GW00469051

MARTIN SUTER wurde 1948 in Zürich geboren. Seine Romane und *Business Class*-Geschichten sind auch international große Erfolge. Seit 2011 löst außerdem der Gentleman-Gauner Allmen in einer eigenen Krimiserie seine Fälle, derzeit liegen sechs Bände vor. 2022 feierte der Kinofilm von André Schäfer *Alles über Martin Suter. Außer die Wahrheit* am Locarno Film Festival Premiere. Seit einigen Jahren betreibt der Autor die Website martin-suter.com. Er lebt mit seiner Familie in Zürich.

Martin Suter
Die dunkle Seite des Mondes

ROMAN

Diogenes

Die Erstausgabe
erschien 2000 im Diogenes Verlag
Covermotiv: Gemälde von
Ernst Ludwig Kirchner,
›Waldlandschaft mit Bach
(Bündner Landschaft)‹, 1925/26
Mit freundlicher Unterstützung
von Dr. Wolfgang Henze und
Ingeborg Henze-Ketterer, Wichtrach/Bern

Für Margrith

Veröffentlicht als Diogenes Taschenbuch, 2001
Alle Rechte vorbehalten
Copyright © 2000
Diogenes Verlag AG Zürich
www.diogenes.ch
100/23/852/47
ISBN 978 3 257 23301 8

I

Kein Problem«, antwortete Urs Blank freundlich und stellte sich vor, wie er Dr. Fluri ohrfeigte, »dazu bin ich schließlich da.«

Das stimmte nicht. Blank war nicht dazu da, Fusionsverträge immer wieder neu aufzusetzen, nur weil der unbedeutendste der Vertragspartner noch ein allerletztes Mal seine Macht auskosten wollte. Dafür hatte er nicht seine Doktorarbeit geschrieben, sein *bar exam* in New York bestanden und jahrelang bei Geiger, von Berg & Minder die Knochenarbeit gemacht, bis sie seinen Namen endlich in den Briefkopf aufnahmen.

Seit bald drei Wochen zogen sich die Fusionsverhandlungen hin. Es ging um den Zusammenschluß zweier Textilketten. Es war klar, daß ›Fusion‹ nur eine schonende Bezeichnung für den Kauf des Unternehmens war, das Dr. Fluri in dreiundzwanzig Jahren bis zur Übernahmereife gemanagt hatte. In wenigen Wochen würde alles, was an die ELE-GANTSA erinnerte, ausgemerzt sein. Die Filialen in erster Lage, Dr. Fluris beste Karte, würden in CHARADE umbenannt sein. Darüber machte er sich so wenig Illusionen wie alle anderen Beteiligten. Ihm ging es nur darum, das Gesicht zu wahren, das Urs Blank an diesem Nachmittag so gerne geohrfeigt hätte.

Sie saßen aus Gründen der Geheimhaltung im Hinterzimmer der Waldruhe, eines Ausflugslokals im Stadtwald. Der Anwalt von Dr. Fluri hatte den konspirativen Treffpunkt vorgeschlagen. Er schien die Verhandlungen als großes Abenteuer zu genießen und war der einzige, der sich mit Wanderkleidung getarnt hatte. Alle anderen trugen dunkle Busineßanzüge. Aber nur der von Urs Blank stammte aus der Savile Row in London. Ein Schneider dort verfügte über seine Maße.

Die Unterzeichnung der Verträge war diesmal an der Pressemitteilung gescheitert. Dr. Fluri bestand darauf, daß ihr Wortlaut integrierender Bestandteil des Vertragstextes werde. Eine neue und ungewöhnliche Bedingung, auf die die Gegenseite erst nach langen Diskussionen eingegangen war.

Der Verhandlungsführer von CHARADE, Hans-Rudolf Nauer, hatte sich auch diesmal Bedenkzeit ausbedungen. Für Urs Blank jedesmal ein sicheres Zeichen dafür, daß er nicht das letzte Wort hatte. Es hielt sich ein Gerücht, daß die Kriegskasse von CHARADE mit dem Geld eines stillen Teilhabers gefüllt war. Blank vermutete, mit dem von Pius Ott, einem Spekulanten, der sich in letzter Zeit auf den Textilsektor zu konzentrieren schien.

Die Herren holten ihre Agenden hervor und einigten sich auf einen neuen Termin. Als sie vor der Waldruhe in die wartenden Taxis stiegen, beschloß Blank, zu Fuß bis zur Tramstation zu gehen.

Der Himmel über der kahlen Waldkuppel hatte sich aufgeklärt. Zwischen den silbernen Buchenstämmen glänzte das

Laub in der Nachmittagssonne. Urs Blank überlegte, wann er das letzte Mal durch einen Wald gegangen war. Er konnte sich nicht erinnern.

Er war vor zwei Monaten fünfundvierzig geworden und galt in Fachkreisen als einer der brillantesten Wirtschaftsanwälte des Landes. Seine amerikanische Zulassung hatte ihn zum Experten für Firmenübernahmen und Fusionen mit schweizerisch-amerikanischer Beteiligung werden lassen. Einige der bedeutendsten *mergers* der letzten Jahre trugen seine Handschrift. Er verdiente viel Geld, und weil er wenig Zeit hatte, es auszugeben, war ihm einiges davon geblieben. Er hatte eine zum Glück kinderlos gebliebene Ehe mit Anstand hinter sich gebracht und lebte mit Evelyne Vogt zusammen, einer unabhängigen Frau, die einen Laden für Designmöbel aus den zwanziger und dreißiger Jahren besaß.

Urs Blank hatte mehr erreicht, als er sich zu Beginn seines Jurastudiums hatte träumen lassen. Aber etwas stimmte wohl nicht in seinem Leben, wenn es einer konspirativen Fusionsverhandlung bedurfte, um ihn nach Jahren wieder einmal in den Genuß eines Waldspaziergangs zu bringen.

Bei einem Wegweiser blieb er stehen. »Tramstation Buchenfeld 15 Min.« stand auf dem einen Pfeil. »Tramstation Obertal 25 Min.« stand auf dem anderen. Der Pfad, auf den er wies, war unter der dichten Laubdecke nur zu erahnen. Urs Blank schlug ihn ein. Er genoß das Rascheln des Laubes, durch das er watete. Und den Gedanken, was es mit seinen Schuhen anrichtete. Sie stammten aus der Jermyn Street in London. Ein Schuhmacher dort besaß seinen Leisten.

Aus achttausend Metern Höhe sahen die kahlen Buchenwälder aus wie vertrocknete Moosflechten auf einem Stein. Aber der einzige Passagier des Learjets hatte die Rollos runtergelassen. Er schlief ausgestreckt auf seinem Sitz, der mit ein paar Handgriffen in ein Bett verwandelt worden war.

Er hatte die letzten Nächte wenig geschlafen. Vor drei Tagen um sechs Uhr früh waren sie gestartet. Er hatte am Vorabend einen Anruf aus Estland bekommen, es sei Schnee gefallen. Kurz nach neun waren sie in Tallinn gelandet. Der Jagdführer hatte ihn am Flughafen abgeholt und direkt ins Revier gefahren. Noch am gleichen Abend zeigte er ihm die Luchsspur im frischen Schnee.

Die Nacht verbrachten sie in einer zugigen Jagdhütte, deren Petroleumofen mehr stank als heizte. Ganz in der Nähe trieb sich ein Rudel Wölfe herum, deren Heulen ihn immer wieder aus seinem leichten Schlaf riß.

In der Nacht war noch mehr Schnee gefallen und hatte die Spur des Luchses wieder verschluckt. Es wurde bereits dunkel, als sie auf eine neue stießen. Sie mußten zurück.

Dafür hatten sie am nächsten Tag Glück. Der Luchs war ihnen entgegengekommen. Schon auf halbem Weg trafen sie auf seine Spur.

Am Nachmittag überraschten sie ihn. Ein ausgewachsenes Männchen, bestimmt eins dreißig lang. Es hatte ein Reh gerissen und war dabei, es zu fressen. Es ließ dem Jäger viel Zeit zum Zielen.

Jetzt, knapp vierundzwanzig Stunden später, lag der Luchs gut verpackt im Laderaum des Learjets, auf dem Weg zum Kühlraum des Präparators.

Der Mann, dem er das zu verdanken hatte, erwachte jetzt. Die Maschine hatte ihren Landeanflug begonnen und durchflog ein paar Turbulenzen. Er wartete, bis sie vorbei waren und ging in den Toilettenraum. Vor dem Spiegel reinigte er sich die Zähne mit Zahnseide. Eine alte Gewohnheit, die dazu geführt hatte, daß er noch alle zweiunddreißig besaß. Jeder Zahnhals war fest umschlossen von gut durchblutetem elastischem Zahnfleisch.

Er war auch sonst gut in Form für seine dreiundsechzig Jahre. Achtundfünfzig Kilo, das gleiche Gewicht wie bei der Musterung, ideal für seinen feingliedrigen Bau und seine Körpergröße von einem Meter einundsechzig. Er besaß einen Ruhepuls von sechzig und einen Blutdruck von hundertfünfundzwanzig auf fünfundsiebzig. Seine blaßgrünen Augen brauchten nur zum Lesen eine Brille, sein weißes, kurzgeschorenes Haar war noch dicht.

Er spritzte etwas Rasierwasser in die Hand und tätschelte es sich ins hagere Gesicht. Dazu machte er eine Grimasse, die wie ein Lächeln aussah.

Vielleicht war es ja auch ein Lächeln. Er fühlte sich gut. Das war zwar nicht der erste Luchs in seinem Leben, aber einen Luchs erlegt zu haben war immer wieder ein gutes Gefühl. Auch wenn es nur in Estland war, wo Luchse noch nicht geschützt waren.

Als er zu seinem Platz zurückkam, war der Kopilot dabei, das Bett in einen Sitz zurückzuverwandeln. »Als Sie schliefen, hat ein Hans-Rudolf Nauer angerufen. Er bittet um Ihren Rückruf.«

Der Passagier nahm den Hörer von der Konsole neben dem Sitz und stellte eine Nummer ein. Er war stolz auf sein

Zahlengedächtnis. Er kannte die meisten Nummern seiner Geschäftsbeziehungen auswendig.

»Verbinden Sie mich bitte mit Herrn Nauer«, sagte er, als sich die Gegenstelle meldete. »Hier spricht Ott.«

Die Maschine flog über ein Wäldchen und eine Kiesgrube und setzte zur Landung an.

Über jedem der sechs Schaufenster von Evelyne Vogts Laden stand in Lettern aus poliertem Stahl »Collection V.«. Der Eingang wurde von einem Sicherheitsmann bewacht. Drinnen herrschte großes Gedränge. Die Eröffnung von Evelynes Präsentation einer Sammlung seltener Bauhaus-Originale war ein Erfolg.

Urs Blank schlängelte sich lächelnd und nickend und händeschüttelnd und Küßchen vortäuschend zwischen den Vernissagebesuchern hindurch. Fast alle waren schwarz gekleidet. Er fühlte sich wie auf der Versammlung eines Geheimordens.

Evelyne stand neben dem Büffet und unterhielt sich mit zwei Männern. Beide waren kahlgeschoren. Beim einen sah es aus, als hätte die Natur den größeren Teil zur Frisur beigetragen. Evelyne stellte die beiden mit der Feststellung vor: »Du kennst ja Niklaus Halter und Luc Hafner.«

Blank kannte beide. Sie gehörten zum erweiterten Umfeld der neuen Architekturschule des Landes, die zur Zeit international Furore machte. Genaugenommen waren es vor allem sie selbst, die dieses Umfeld um Halter + Hafner erweiterten. »Ich erwähnte gerade«, sagte Hafner, »wie trostlos es ist, daß das, was wir als moderne Möbel bezeichnen, praktisch aus den zwanziger Jahren stammt.«

Das überrascht mich nicht, daß du Schafskopf den in diesen Räumen meistgehörten Satz äußerst, als sei er auf deinem eigenen schäbigen Mist gewachsen, wollte Urs Blank antworten. Er hielt sich zurück. Aber ganz ohne Bosheit blieb seine Antwort nicht.

»Auch in der Architektur hat sich seit Gropius und Mies van der Rohe nicht viel getan.«

Sie senkten ihre Blicke betreten auf die Schuhspitzen. »Wo hast denn *du* dich herumgetrieben!« rief Evelyne aus. Urs Blank hatte seine Schuhe beim Waldausgang so gut es ging mit einer Handvoll Laub gereinigt. Es war ihm nicht entgangen, daß bereits im Tram die feuchte Walderde getrocknet war und eine helle Farbe angenommen hatte. Aber er hatte sich nicht weiter darum gekümmert. Auch das Buchenlaub hatte er in seinen Hosenaufschlägen belassen.

»Im Wald«, gab er zur Antwort.

»Etwas vom Besten«, sagte Halter. »Wer Architektur begreifen will, sag ich, muß in den Wald gehen.«

»Arschloch«, murmelte Blank.

»Beleidige doch deine eigenen Kunden«, schimpfte Evelyne, als sie nach Hause kam. Urs Blank saß im Wohnzimmer, hätschelte ein Glas Armagnac und hörte Mendelssohn. Er trug noch immer die lehmigen Schuhe.

»Er hat es nicht mitbekommen. Ich habe dazu gelächelt.«

»*Ich* habe es aber mitbekommen. Es hat *mich* beleidigt.«

»Das wollte ich nicht. Entschuldige.«

Evelyne ging aus dem Zimmer. Er hörte ihre Schritte auf dem Parkett des langen Korridors und dann die Tür zum Ankleidezimmer. Als sie zurückkam, war Urs gerade der

Versuchung erlegen, noch einen Fingerbreit nachzuschenken. Evelyne war abgeschminkt und trug einen schokoladenbraunen Kimono. Sie hatte ihre schwarzen Haare im Nacken zusammengebunden, und ihre Haut glänzte von einer Nachtcreme. So war sie zurechtgemacht, wenn sie vorhatte, in ihrem eigenen Schlafzimmer zu schlafen.

»Ich tauche ja auch nicht bei deinen Geschäftsanlässen auf und beschimpfe deine Klienten als Arschlöcher.«

»Du wärst jederzeit willkommen.«

Evelyne musterte Urs aus leicht zusammengekniffenen Augen. Sie hatte ihre Kontaktlinsen schon entfernt. »Ist etwas nicht in Ordnung?«

Urs Blank hob die Schultern. »Ab und zu stinkt's jedem.«

Evelyne beugte sich zu ihm hinunter und hielt ihm die Wange hin. Sie roch gut nach teuren Cremes. Er küßte sie. Sie deutete auf das Glas. »Das macht es auch nicht besser, das ist dir wohl klar.«

Als sie draußen war, schenkte sich Urs noch einen Fingerbreit nach.

Aus den zwölf Lautsprechern des Hallenbades drangen die Stimmen des Urwalds. Das einzige Licht stammte von den Unterwasserlampen des Fünfzigmeterbeckens, in dem Pius Ott seinen Kilometer schwamm. Er tat das fast lautlos, in regelmäßigen, unangestrengten Zügen.

Das Bad lag zwei Stockwerke unter dem Haus und war daher fensterlos. Am Rande des Beckens standen ein paar *deck-chairs* und Liegen, dahinter einige Trophäen: Flußpferd, Alligator, Wasserbüffel, Hammerhai und ein paar andere, die gut zu Wasser paßten.

Als Ott wendete, sprang die rote Leuchtziffer am Bekkenrand auf »1000 m«. Er schwamm weiter. Schwimmen beruhigte ihn. Er ärgerte sich immer noch darüber, daß er Nauer zurückgerufen hatte. Er hatte insgeheim gehofft, dieser würde ihm als Zugabe zum Luchs auch Fluris Balg liefern. Die Nachricht, daß sich der alte Wichtigtuer noch nicht genug aufgespielt hatte, hätte auch bis morgen warten können.

Er hatte den ELEGANTSA-Coup lange vorbereitet. Sein Engagement bei CHARADE war Teil einer längerfristigen Strategie und band Mittel, die ihm anderswo fehlten. Es war zwar nicht das erste Mal, daß er aus persönlichen Motiven mehr riskierte, als geschäftlich ratsam war. Aber diesmal war er doch etwas weit über das Limit hinausgegangen, das er sich zu setzen pflegte. Selbst für die Maßstäbe des risikofreudigen Investors, der er war.

Es war natürlich nicht so, daß er einen großen finanziellen Einbruch oder gar so etwas wie einen Bankrott riskierte. Dafür hatte er sich zu breit abgesichert. Aber er riskierte, sich aus dem einen oder anderen Geschäft zurückziehen zu müssen. Rückzüge waren nicht nach Pius Otts Geschmack.

Deswegen machte ihn Fluris Hinhaltetaktik langsam nervös. Und daß er sich im Hintergrund halten mußte und nicht persönlich eingreifen konnte, machte die Sache nicht besser.

Die Leuchtziffer sprang auf »1500 m«. Ott schwamm zur verchromten Leiter und kletterte aus dem Wasser. Er war nackt. Das hatte keine erotischen Gründe, Erotik hatte in seinem Leben nie eine besondere Rolle gespielt. Sie beschränkte sich inzwischen auf sehr sporadische Begegnungen mit Frauen, denen es nichts ausmachte, sich für etwas Geld in ein paar Ketten legen zu lassen. Ott war auch kein Anhänger der Freikörperkultur. Daß er nackt war, hatte nur einen einzigen Grund: In seinem eigenen Hallenbad schwamm er seine Längen so, wie es ihm paßte.

Am nächsten Morgen, als er in seinen schwarzen Jaguar stieg, spürte Urs Blank einen Druck über den Brauen. Erst als er in die Tiefgarage der Kanzlei einbog, wurde ihm klar, daß dieser die Folge des dritten Armagnac sein mußte. Auch was seinen Alkoholkonsum betraf, hatte er sich in der Hand. Sein letzter Kater lag beinahe noch weiter zurück als sein letzter Waldspaziergang.

In der Kanzlei erwartete ihn Christoph Gerber, sein Assistent. Gerber war Anfang dreißig und hatte vor einem Jahr seine Doktorarbeit abgeschlossen. Er war fleißig, billig und sich für keine Arbeit zu schade. Er ähnelte in vielen Belangen Urs Blank, als der vor etwas über zehn Jahren in der Kanzlei anfing. Das gefiel Urs normalerweise an Gerber. Heute ging es ihm auf die Nerven.

»Die Partnersitzung ist um eine halbe Stunde vorverlegt, Herr Dr. von Berg hat einen Gerichtstermin«, teilte Gerber ihm mit. »Und Dr. Fluris Sekretärin hat schon dreimal angerufen. Es sei sehr dringend. Sie sollen zurückrufen in der gleichen Sekunde, in der Sie ins Büro kommen.«

»Was will das Arschloch jetzt schon wieder?«

Gerber schaute Blank erschrocken an.

»Haben Sie noch nie zu einem Klienten Arschloch gesagt?«

Gerber schüttelte den Kopf. »Sie schon?«

»Ich bin drauf und dran.«

Die Telefonistin kam mit einem Fax herein. Es stammte von Fluri und enthielt den nach dessen Vorstellungen abgeänderten Pressetext. »Ich soll Ihnen das auf den Schreibtisch legen und Sie dann mit ihm verbinden.«

»Das werden Sie nicht tun.«

»Und was sage ich ihm?«

»Er soll mich am Arsch lecken.«

Die Telefonistin lachte. »Ich hätte große Lust, ihm das zu sagen.«

»Tun Sie sich keinen Zwang an.«

Als sie draußen war, fragte Gerber besorgt: »Und wenn sie es sagt?«

»Bekommt sie eine Lohnerhöhung.«

Blanks Partner waren alle um die Sechzig. Sie betrachteten es als ihre Hauptaufgabe, das Beziehungsnetz der Kanzlei zu pflegen und auszubauen.

Dr. Geiger konzentrierte sich auf die militärischen Verbindungen. Er war ein hoher Milizoffizier in der Militärjustiz gewesen.

Dr. Minders Gebiet war die akademische Klientel. Er war seit Jahren Privatdozent an der Handelshochschule.

Dr. von Berg kümmerte sich um die übrigen. Er spielte Golf.

Die Partnersitzung diente nicht so sehr der Erläuterung hängiger Fälle als der Feinabstimmung ihrer Akquisitionsaktivitäten. Es lag in der Natur ihrer Beziehungsnetze, daß diese sich an vielen Stellen überschnitten. Natürlich waren diese wöchentlichen Zusammenkünfte auch eine hervorragende Gelegenheit für den Austausch von Klatsch, Hintergrundinformationen und Indiskretionen.

»Kannst du bestätigen, daß es Ott ist, der CHARADE die Mittel zur Verfügung stellt, mit denen diese die ELEGANTSA schluckt?« Urs Blanks Frage war an Geiger gerichtet, der einen befreundeten Auditor im Verwaltungsrat von CHARADE sitzen hatte.

»Beschwören kann ich es nicht«, bestätigte Geiger.

Blank blickte in die Runde. »Hat jemand eine Ahnung weshalb?«

Minder meldete sich. »Er will die ELEGANTSA als Mitgift. CHARADE hat sich übernommen. In einem Jahr fällt sie ihm in den Schoß. In spätestens zwei verkauft er sie an UNIVERSAL TEXTILE.«

»Abgesehen davon«, ergänzte von Berg, »haßt Pius Ott den alten Fluri.«

»Das kann ich ihm allerdings nachfühlen«, brummte Urs Blank.

Blank war zum Mittagessen mit Alfred Wenger verabredet. Der Mittwoch war ihr Jour fixe. Alfred war ein alter Schulfreund, der einzige, mit dem Blank über all die Jahre den Kontakt aufrechterhalten hatte. Sie hatten zusammen das Gymnasium und die Universität besucht. Obwohl – oder vielleicht weil ihre Interessen weit auseinanderlagen, hatten sie sich während der ganzen Studienzeit regelmäßig getroffen. Selbst als sich Alfred auf die Psychiatrie und Urs auf die Wirtschaft konzentrierte – ein Gebiet, das der andere jeweils für absolut überflüssig hielt –, tat das ihrer Freundschaft keinen Abbruch. Sofern sie nicht gerade im Ausland studierten, versuchten sie, ihren fixen Tag einzuhalten. Das einzige, was sich mit dem wachsenden Erfolg der beiden änderte, war die Kategorie des Restaurants. Seit ein paar Jahren trafen sie sich im ›Goldenen‹, wie die Habitués den Goldenen Löwen nannten.

Es herrschte Föhn. Die Autos glitzerten in der Sonne, und die Alpenkette hinter dem See war zum Greifen nahe. Die Passanten auf der Geschäftsstraße, an der die Büros von Geiger, von Berg, Minder & Blank lagen, hatten die Mäntel aufgeknöpft und gingen etwas gemächlicher als an anderen Tagen.

Urs Blank winkte ab, als der vorderste Fahrer am Taxistand vor dem Büro den Schlag aufmachte. Er war früh dran, es roch nach Frühling, und vielleicht sollte er sowieso ein paar Dinge in seinem Leben ändern.

Zum Goldenen Löwen gab es eine Abkürzung, die durch einen kleinen Park führte. Er war voller Leute. Die Kieswege waren von Ständen gesäumt, die antiquarische Bücher, getragene Kleider, gebrauchte Haushaltsgegenstände, alte Möbel und allerlei anderen Trödel anboten. Blank schlenderte, die Hände in den Hosentaschen, staunend an den Ständen vorbei. Es war ihm neu, daß es hier einen Flohmarkt gab.

Vor einem Stand mit Spielsachen blieb er stehen. Er überlegte sich, wem er eine alte Puppe oder eine Dampflokomotive aus Blech schenken könnte. Ein vertrauter Duft stieg ihm in die Nase. Er stammte von einem kleinen Stand. Sein Zeltdach war behängt mit indischen Seidentüchern und Sarongs. Auf dem Verkaufstisch lagen Räucherstäbchenhalter aus Holz und Messing, Duftfläschchen, Glöckchen und andere Meditations-Accessoires neben Marihuana-Pfeifen in allen Größen und Formen. In der Mitte des Tisches brannte ein Gesteck aus fünf Räucherstäbchen und verströmte den Duft, der ihm bekannt vorkam.

»Was riecht so?« fragte er das junge Mädchen hinter dem Stand. Sie trug einen chinesischen Seidenmantel und mehrere der Seidenschals aus ihrem Angebot. Mit einem hatte sie die Überfülle ihrer schwarzen Locken aus dem Gesicht gebunden.

Als sie aufschaute, sah er, daß ihre Stirn mit einem goldenen Kastenzeichen geschmückt und ihre Lider schwarz umrandet waren.

Was ihm einen Moment die Sprache verschlug, war die Farbe ihrer Augen. Sie waren nicht schwarz, wie das von ihrer Aufmachung her zu erwarten war, sondern von einem blassen Blau wie bei einem Huskie. Sie lächelte und schien nicht im geringsten erstaunt über den Mann im Maßanzug an ihrem Stand. »Es sind fünf Düfte, welchen meinen Sie?«

Das Mädchen fächelte ihm mit beiden Händen die Rauchfäden gegen die Nase, einen nach dem anderen. Schmale Silberreifen klingelten an ihren Armen. »Den hier meine ich.«

Sie schnupperte. »*Sandlewood.* Vierzehn Franken.«

Urs Blank bezahlte und steckte das Päckchen in die Manteltasche.

Er war vor Alfred Wenger im Goldenen. Herr Foppa, der Kellner, der sie immer bediente, brachte ihm sein Ginger Ale mit Eis und Zitrone. Blank trank keinen Alkohol zum Mittagessen. Ginger Ale wirkte nicht so missionarisch.

Das Lokal füllte sich langsam mit dem üblichen Mittagspublikum. Geschäftsleute, Banker, Anwälte, Prominenz und Halbprominenz und Damen im Society-Look: groß, schlank, sportlich, blond, pastellfarbene Jackie-Onassis-Kostüme, deren Röcke weit über den spitzen Knien endeten. Keine einen Tag älter oder jünger als fünfunddreißig.

Urs Blank war schon beim zweiten Ginger Ale, als Alfred Wenger sich zu ihm setzte. »Entschuldige, jemand der nicht aufhören konnte.« Wenger war etwas jünger als Blank, aber sein Haar war bereits in der Studienzeit grau geworden. Jetzt war es schlohweiß. Es fiel ihm bis auf die Schultern. Blank behauptete, daß Wenger seinem Haar mindestens fünfzig Prozent seines Erfolgs als Psychiater verdanke. Er selbst war brünett und trug einen Kurzhaarschnitt, der monatlich zwei Coiffeurbesuche erforderte.

Auch sonst waren die beiden Freunde unterschiedliche Erscheinungen. Der Psychiater hochgeschossen und kantig, der Anwalt mittelgroß und trotz Disziplin und eigenem Fitneßraum etwas weich in den Konturen.

Wenger bestellte den gemischten Braten vom Wagen. Blank entschied sich für eine Kalbspaillarde mit Gemüse. Aber als Herr Foppa wie immer zum Essen Mineralwasser brachte, sagte Blank: »Ach, wissen Sie was, bringen Sie mir einen Dreier Bordeaux.«

Alfred schaute ihn erstaunt an. Urs fragte: »Passiert dir das nie, daß du einmal nicht das Ewiggleiche sagen und hören und tun und lassen und essen und trinken willst?«

»Doch.«

»Und was tust du dann?«

»Das gleiche wie du: etwas anderes.«

»Und was rätst du deinen Patienten?«

»Das gleiche wie dir. Es zu tun.«

»Und das hat Erfolg?«

»Kommt darauf an, was du unter Erfolg verstehst.«

»Ändert sich etwas?«

»Nein. Aber für die meisten besteht darin der Erfolg.«

Blank grinste. »Ich sag's ja: Ihr Psychiater helft den Menschen nicht, sich zu ändern. Ihr helft ihnen, sich damit abzufinden, daß sie gleich bleiben.«

Als Blank in die Kanzlei zurückkam, bedeutete ihm die Telefonistin, daß Dr. Fluri am Apparat sei. Er ging in sein Büro und nahm das Gespräch an.

Später kam Christoph Gerber mit den Ausdrucken der überarbeiteten Verträge herein. Blank war immer noch am Telefon. »Überhaupt kein Problem«, sagte er zuvorkommend, »dazu sind wir schließlich da. Auf Wiedersehen.«

»Herr Dr. Arschloch«, fügte er hinzu, als er aufgelegt hatte.

Urs und Evelynes gemeinsame Wohnung lag in einem herrschaftlichen Haus aus den zwanziger Jahren auf dem Villenhügel am Stadtrand. Sie bewohnten das ganze Erdgeschoß, dessen französische Fenster sich auf eine gepflegte Rasenkuppel öffneten. Von dort aus überblickte man die Stadt und einen Teil des Sees. Die Wohnung besaß vier große Gesellschaftsräume. Wohn- und Eßzimmer teilten sie sich, das Musikzimmer war Evelynes Reich und die Bibliothek das von Urs. Jeder besaß ein Schlafzimmer mit eigenem Bad.

Eine Grundbedingung für das erfolgreiche Zusammenleben zweier erwachsener Menschen, fand Evelyne.

Die Wohnung verfügte über eine große Küche mit Anrichteraum und Vorratskammer und über viele technische Räume wie Bügelzimmer, Nähzimmer, Putzraum, Waschküche und Blumenzimmer. Die kleine Personalwohnung mit separatem Eingang war unbewohnt. Urs und Evelyne benutzten sie als Gästezimmer und Fitneßraum. Sie hatten keine festen Hausangestellten. Aber sie beschäftigten eine Putzfrau, die fünfmal die Woche vormittags kam. Und eine Frau, die sich um die Wäsche kümmerte und bügelte. Bei größeren Einladungen ließen sie eine Köchin kommen.

Als Urs den Mantel an die Garderobe hängte, fiel die Packung Räucherstäbchen auf den Boden. Er hob sie auf und nahm sie mit in die Bibliothek. Dann ging er in die Küche und machte sich einen Salat. Er schnitt etwas Bündnerfleisch an der Schneidemaschine, schenkte sich ein Glas Rotwein ein und aß am Personaltisch im Anrichteraum sein Abendessen. Evelyne würde spät kommen, hatte sie im Büro ausrichten lassen. Sie war bei einem Anlaß. Er hatte vergessen, bei was für einem.

Er füllte sein Glas und ging damit in die Bibliothek. Dort kamen ihm die Räucherstäbchen wieder in die Hände. Er öffnete die Packung, zog eines heraus und roch daran. Woran erinnerte ihn der Duft?

Er legte das Stäbchen in einen Aschenbecher auf dem Kaminsims und zündete es an. Langsam füllte sich der Raum mit dem Duft von Sandelholz. Er setzte sich in einen Sessel, nippte am Wein und schloß die Augen. Jemand in seiner Jugend hatte so gerochen. Ein Mädchen.

Er versuchte, sich das Gesicht, das zu diesem Duft gehörte, in Erinnerung zu rufen. Aber es gelang ihm nicht. Immer wieder kam ihm das Mädchen mit den blaßblauen Augen dazwischen.

Urs wurde von Evelynes Stimme geweckt. »Was stinkt hier so?«

Am nächsten Tag ging Urs Blank wieder zum kleinen Park. Aber er war leer bis auf zwei Männer in Overalls, die eine Rabatte mit Stiefmütterchen bepflanzten. »Weshalb ist heute kein Flohmarkt?« erkundigte er sich beim Älteren der beiden.

»Immer mittwochs«, antwortete der, ohne aufzuschauen. »Seit Jahren.«

2

Lucille fror. Sie trug gestrickte Pulswärmer und hatte wollene Ballettstulpen über ihre Strümpfe gezogen. Wie im Winter. Dabei war es Ende März. Am letzten Mittwoch hatte es noch ausgesehen, als komme der Frühling. Sie hatte sich schon zwei Zimttees geholt und eigentlich Lust auf einen dritten. Damit wäre sie dann – Standgebühr und Transportspesen inbegriffen – zwölf Franken im Minus. Es bestand wenig Hoffnung, daß sich diese Bilanz noch entscheidend verbessern würde. An Tagen wie diesem kauften die Leute weder indische Seidentücher noch Räucherstäbchen.

Lucille besaß den Stand schon seit drei Jahren. Sie hatte ihn von ihrem damaligen Freund übernommen. Mit ihm reiste sie zweimal im Jahr nach Indien und Indonesien und kaufte dort für ein halbes Jahr ein. Sie war dreiundzwanzig, als er beschloß, dort zu bleiben. Sie flog alleine zurück. Am Anfang kaufte er noch für sie ein. Aber inzwischen hatte Lucille ihre eigenen Quellen.

Der Stand ermöglichte ihr, zu überleben und ab und zu nach Asien zu reisen, wo sie nach ihrer Überzeugung in einem früheren Leben gelebt haben mußte. Sie teilte die Wohnung mit einer Freundin, die in einem Jeansladen arbeitete. Im Moment hatte sie keinen festen Freund.

Jetzt fing es auch noch an zu regnen. Lucille beeilte sich, zum Teestand zu kommen, bevor der Regen stärker wurde. Als sie mit ihrem Zimttee zurückkam, stand ein Mann vor ihrem Stand. Der vom letzten Mittwoch.

»Ich hätte einen Halter kaufen sollen«, erklärte er. »Welchen empfehlen Sie?«

»Bei diesem Wetter den teuersten.« Der Mann sah aus, als hätte er Humor.

»Welcher ist das?«

Sie zeigte ihm einen in der Form eines kleinen Holzskis mit eingelegten Messingsternen.

»Und der zweitteuerste?« Der Mann sah nicht aus, als ob es ihm auf fünfundzwanzig Franken mehr oder weniger ankam. Aber sie zeigte auf ein rundes verziertes Messingmodell.

»Wäre Ihnen auch gedient, wenn ich zwei von den Zweitteuersten nehme? Sie gefallen mir besser.«

»Sehr gedient.« Lucille lächelte. Er war nicht ihre Welt, aber er gefiel ihr. Wenn sie sich ein paar Zentimeter Haare dazu- und ein paar Jahre wegdachte. »Suchen Sie sich zwei aus.«

»Könnten nicht Sie das für mich tun? Ich weiß nicht, worauf man achten muß.«

Lucille suchte zwei Stäbchenhalter aus und verpackte sie in weinrotes Seidenpapier. »Stäbchen haben Sie noch genug?«

»Ein Päckchen könnte nicht schaden. Ich hatte *Sandlewood.*«

Sie legte die Stäbchen neben die Päckchen. »Kennen Sie *Superior Tibet Incense*?«

Urs schüttelte den Kopf.

»Das habe ich am liebsten.«

»Dann möchte ich es versuchen.«

Lucille suchte eine Packung heraus. »Anstatt oder zusätzlich?«

Urs mußte lachen. »Zusätzlich.«

»Ein Seidentuch brauchen Sie nicht?«

»Ich trage Krawatten.«

»Für Ihre Frau, dachte ich.«

»Ich habe keine Frau.«

Auch Evelyne Vogt hatte ihren Jour fixe. Sie traf sich mit ihrer Freundin Ruth Zopp zum Lunch. Die Restaurants wechselten, der Tag blieb immer der gleiche: jeder zweite Freitag.

Diesmal hatten sie sich für eine neueröffnete Sushi-Bar entschieden. Ruth Zopp war über alles auf dem laufenden, was in der Stadt kulinarisch, künstlerisch und gesellschaftlich los war. Sie war eine Tochter aus reichem Haus und mit einem Mann aus ihren Kreisen verheiratet. Sie arbeitete nicht, aber ihr Filofax war vollgekritzelt mit Terminen und platzte aus den Nähten vor Visitenkärtchen und Freßzetteln. Sie liebte es, Leute zusammenzubringen, ihre Beziehungen spielen zu lassen und die Fäden zu ziehen. Evelyne hatte ihr viele Kunden zu verdanken.

»Laß uns an ein Tischchen sitzen. Sushi-*barmen* sind immer so geschwätzig«, raunte sie Evelyne zu, als sie zu ihr an die Bar trat. Sie hatte zwanzig Minuten Verspätung, wenig für ihre Verhältnisse.

Ruth Zopp war eine attraktive Frau. Ihre Kleidung und

ihr Schmuck waren immer spektakulär und ihre Mimik immer in Bewegung. Evelyne kannte sie seit vielen Jahren. Aber noch immer hätte sie nicht sagen können, ob Ruth eigentlich auch eine schöne Frau war.

Sie setzten sich also an ein Tischchen und bestellten gemischtes Sushi – Inari, Chirashi, Nigiri und Norimaki. Ruth beherrschte ihre Stäbchen mit atemberaubender Beiläufigkeit. Sie fischte sich die Häppchen, tunkte sie in die Soja-Wasabi-Sauce und redete dazu, ohne ihre Freundin aus den Augen zu lassen.

Es dauerte eine Weile, bis Evelyne zu Wort kam. »Weißt du, was das Neuste ist? Urs brennt Räucherstäbchen.«

»Urs und Räucherstäbchen?«

»Am Abend riecht das ganze Haus wie ein Aschram. Und er: wie weggetreten.«

»Vielleicht meditiert er.«

»Ich habe ihn gefragt. Er behauptet, er rieche es einfach gerne.«

»Kommt auf die Sorte an.«

»Sandelholz. Und etwas Tibetanisches.«

»Tibetanisch? Dann meditiert er doch. Wäre nicht der einzige. Geiser hat auch angefangen. Und Grafs fliegen jeden Monat nach New York zu ihrem *Rinpoche*.«

»Aber weshalb meditiert er ohne mich?«

»Vielleicht ist er sich noch zu wenig sicher. Vielleicht ist es noch zu persönlich. Urs ist ja nicht gerade der meditative Typ.«

Evelyne legte ihr letztes Norimaki auf den Teller zurück. »Meditieren tut man nur, wenn man Probleme hat.«

»Vielleicht hat er.«

»Wenn ich einen Menschen kenne, der keine Probleme zu haben braucht, dann Urs.«

»Vielleicht Midlife-crisis.«

»Seine Midlife-crisis war ich.«

»Bedeutende Männer haben mehr als eine Midlife-crisis.«

»Du glaubst, es steckt eine Frau dahinter.«

»Wenn Männer sich verändern, ist das nicht der abwegigste Gedanke.«

Einer der ganz großen Klienten von Urs Blank war Anton Huwyler. Er war Präsident der CONFED, der größten Versicherungsgruppe des Landes, und saß in den Verwaltungsräten der meisten bedeutenden Unternehmen. Ihm hatte Urs es letztlich zu verdanken, daß er von Geiger, von Berg & Minder als Partner aufgenommen worden war. Huwyler hatte einen Narren an ihm gefressen und in immer mehr Fällen auf ihm als Gesprächspartner bestanden. Nach und nach war Urs' Portefeuille so gewichtig geworden, daß ihm die drei Anwälte der Kanzlei die Partnerschaft angeboten hatten. Urs vermutete allerdings, daß die Anregung dazu von Huwyler gekommen war.

Sie saßen in Anton Huwylers »Sakristei«, wie dessen persönliches Arbeitszimmer intern genannt wurde. Ein geräumiges Büro, das eingerichtet war wie das Arbeitszimmer eines vom Erfolg überraschten Bauunternehmers in den siebziger Jahren. Viel gemasertes Holz mit Messingbeschlägen, eine Polstergruppe aus grünem Samt mit Kordelborten, Zinnkrüge mit Inschriften, ein Steinbockgeweih mit Messingschild: »Unserem verehrten Bataillonskommandanten in dankbarer Erinnerung. Offiziere und Unteroffiziere Geb S Bat 11. 24. Juni 1987.«

Huwyler empfing dort nur seine engsten Mitarbeiter. Normalerweise hielt er Sitzungen in seinem repräsentativen Sitzungszimmer ab, das vom hauseigenen Architektenteam nach den neuen Unternehmensrichtlinien für Spitzenkader gestylt war und in welchem er sich wie ein Fremder fühlte.

Huwyler war kein Mann, der lange um den heißen Brei herumredet. »Was ich Ihnen jetzt sage, wissen nicht einmal Ihre Partner. Wir gehen mit BRITISH LIFE, SECURITÉ DU NORD und HANSA ALLGEMEINE zusammen. Das gibt den größten Versicherungskonzern der Welt. Mit Abstand.«

Er gab Urs Blank etwas Zeit, sich gebührend überrascht zu zeigen. Dann fügte er hinzu: »Und ich möchte, daß Sie das für uns machen.«

Blank hatte soeben das aufsehenerregendste Mandat erhalten, das bisher auf diesem Gebiet vergeben worden war. Aber alles, was er hervorbrachte, war: »Wenn Sie mir das zutrauen.«

Huwyler lachte. »Sie sich etwa nicht?«

Blank stimmte in sein Lachen ein. Aber als er eine Viertelstunde später die »Sakristei« verließ, haßte er sich dafür, daß er nicht nein gesagt hatte.

Die CONFED-Fusion wäre normalerweise das Haupttraktandum der Partnersitzung gewesen. Aber Urs Blank erwähnte sie mit keinem Wort. Er war sich seiner Sache nicht sicher. Und um seinen Partnern die Ungeheuerlichkeit begreiflich zu machen, daß er das Mandat ablehnen wollte, mußte er ganz sicher sein.

Dafür kam die CHARADE-ELEGANTSA-Fusion zur Sprache. Dr. Minder wandte sich an Blank: »Die ELEGANTSA-Sache ist nicht mehr lange unter dem Deckel zu halten. Alle wissen davon und wundern sich, weshalb ihr damit nicht herauskommt.«

»Fluri«, erklärte Blank. »Ziert sich.«

»Kann er sich das leisten?« fragte Dr. von Berg. Die Frage war an die ganze Runde gerichtet.

Dr. Geiger räusperte sich. »Nach meinen Informationen nicht.«

Blank wunderte sich immer wieder über die Quellen seiner Partner. »Was für Informationen?«

»Er steht das nächste Jahr nicht durch. Zu viele Leichen im Keller.«

»Was für Leichen?«

»Der ›Rußlandfeldzug‹.«

»Das ist auf dem Tisch.« Der ›Rußlandfeldzug‹ war Fluris Versuch gewesen, auf dem russischen Markt Fuß zu fassen. Die Rubelkrise war ihm dazwischengekommen, und er mußte sich damals mit einer blutigen Nase zurückziehen.

»Wieviel?«

»Er rechnet mit zwei, schlimmstenfalls zweieinhalb Millionen.«

Dr. Geiger lachte auf. »Häng eine Null dran.«

»Bist du sicher?«

Geiger nickte. »Du darfst es nicht verwenden. Aber ich könnte mir vorstellen, daß es deine Verhandlungsposition verbessert, wenn du weißt, daß die Fusion Fluris letzte Hoffnung ist.«

Als die Partner das Sitzungszimmer verließen, hielt Dr. von Berg Urs am Arm zurück. »Hast du noch einen Moment?« Urs nickte. Sie setzten sich noch einmal an den Besprechungstisch.

»Du trinkst keinen Apéro um diese Zeit, nicht wahr?«

»Sonst bin ich nachher zu nichts mehr zu gebrauchen.«

»Mach eine Ausnahme«, schlug von Berg vor und wählte, ohne Urs' Antwort abzuwarten, die Nummer seiner Sekretärin. »Zweimal«, war alles, was er sagte. Kurz darauf kam sie mit einem Tablett herein. Darauf eine Flasche Bourbon, ein Eisbehälter und zwei Gläser.

Von Berg fischte mit der Eiszange nach Eiswürfeln und ließ für jeden drei ins Glas klimpern. »Als ich in deinem Alter war, wachte ich eines Morgens auf und hatte das Gefühl, mein Leben sei ein einziger riesiger Fehler. Es gab keinen Grund, keinen äußeren Anlaß, alles lief nach Wunsch, es war der Anfang unserer großen Zeit.«

Von Berg goß Bourbon über die Eiswürfel. »Ich dachte, das geht vorbei. Eine Laune. Mit dem falschen Bein aufgestanden. Aber es ging nicht vorbei. Am nächsten Tag nicht, nach einer Woche nicht, nach einem Monat nicht. Ich wußte: Alles, was du bisher gemacht hast, hast du falsch gemacht.«

»Und was hast du dagegen unternommen?«

»Nichts. Es gibt nichts, was man selbst dagegen tun kann.« Von Berg hob das Glas und trank einen Schluck. Urs nippte nur ein wenig. »Erinnerst du dich an Annette Weber?«

»Die Praktikantin?« Blank erinnerte sich. Annette Weber hatte damals in der Kanzlei viel Aufsehen erregt. Sie hatte einigen unter ihnen den Kopf verdreht und keinen einzigen erhört. Es hieß, sie hätte eine feste, geheime Liaison mit einem verheirateten Mann. Nach ihrem Praktikum war sie von der Bildfläche verschwunden.

»*Sie* tat etwas dagegen.«

Urs verstand nicht.

»Gegen mein Gefühl, daß ich im falschen Film sei«, erklärte von Berg.

Jetzt begriff Urs. »Du warst die geheime Liaison.«

Von Berg lächelte.

»Verstehe.«

»Gut.«

»Und weshalb erzählst du mir das?«

»Einfach so. – Und weil du nichts von Huwylers Mandat erwähnt hast.«

»Wie machen Sie das eigentlich mit dem Mittagessen?« Blank hatte ein Seidentuch gekauft und eine neue Sorte Räucherstäbchen.

»Wenn mir jemand auf den Stand aufpaßt, esse ich etwas Kleines in der Nähe.«

»Paßt heute jemand auf?«

»Ist das ein Angebot?«

Urs nickte. Lucille musterte ihn von oben bis unten. »Ich weiß nicht, ob Sie dazu richtig angezogen sind.«

»Um mit Ihnen etwas zu essen?«

Sie lachte. »Ach so. Ich dachte, Sie wollten auf den Stand aufpassen.«

Einen Moment lang spielte er mit dem Gedanken, darauf einzugehen. Aber dann sagte er doch: »Nein, ich dachte, falls jemand so lange auf den Stand aufpaßt, könnten wir zusammen eine Kleinigkeit essen gehen.«

»Heute habe ich leider niemanden, der aufpaßt.«

»Schade. Vielleicht ein andermal.«

»Vielleicht.«

Blank steckte seine beiden Päckchen in die Manteltasche und wollte sich verabschieden.

»Wenn Sie Lust haben, könnten Sie uns etwas holen, und wir essen es hier am Stand.«

»Was, zum Beispiel?«

»Egal, einfach kein Fleisch.«

Urs Blank kannte ein Feinkostgeschäft in der Nähe. Dort ließ er sich sechs Brötchen machen. Zwei mit Wildlachs, zwei mit Mozzarella und Tomate und zwei, warum nicht?, mit Kaviar. Dazu kaufte er zwei Perrier und, für alle Fälle, eine halbe Flasche Meursault. Auf dem Weg zurück zum Park fiel ihm Alfred Wenger ein. Er rief im Goldenen an und ließ ausrichten, es sei ihm etwas Unerwartetes dazwischengekommen. Etwas Unerwartetes? dachte er, als er lächelnd sein Handy in die Brusttasche zurücksteckte.

»Ist es okay, wenn ich die beiden mit Mozzarella nehme?« fragte Lucille, als Blank die Brötchen ausgepackt hatte. »Ich esse kein Fleisch.«

»Das ist Fisch.«

»Nichts, was Augen hatte.«

»Und Kaviar? Kaviar hatte keine Augen. Kaviar ist wie Eier. Essen Sie auch keine Eier?«

»Eier werden den Hühnern nicht aus dem Bauch herausgeschnitten.«

Blank setzte sich neben Lucille auf einen Hocker. »Aber

Wein trinken Sie?« Er stellte das Fläschchen, das er sich beim Traiteur hatte entkorken lassen, auf den Verkaufstisch. Sie nickte.

Das schöne Wetter lockte viele Angestellte der umliegenden Banken, Kanzleien und Büros in den Park. Ihre Mahlzeit wurde mehrmals durch Kunden unterbrochen, die sich wohl wunderten über den Herrn im Busineßanzug, der neben Lucille Lachs- und Kaviarbrötchen verzehrte.

Blank hoffte nur, daß ihn niemand erkannte.

Christoph Gerber erzählte der Telefonistin gerade, seine Freundin habe Urs Blank auf dem Flohmarkt am Stand eines Hippiemädchens Kanapees essen sehen, als Dr. Fluris Sekretärin anrief. Man möge Dr. Blank mitteilen, daß Dr. Fluri den Sitzungstermin absagen müsse. Bei der Überprüfung des Vertragstextes mit seinen Juristen seien Fragen aufgetaucht, die er mit Dr. Blank abklären wolle. Er solle am Donnerstagmorgen um sieben Uhr fünfzehn bei ihm im Büro vorbeikommen. Ausweichtermin: gleicher Tag, eine Stunde früher.

Christoph Gerber übernahm es, Blank die Nachricht zu überbringen. »Um sieben Uhr fünfzehn oder eine Stunde früher?« wiederholte Urs fassungslos.

»Ein Arschloch, wie Sie richtig bemerkten«, grinste Gerber.

Und du ein Arschkriecher, dachte Blank.

Sobald Gerber draußen war, ließ er sich mit Hans-Rudolf Nauer verbinden. Der stöhnte auf, als er von der erneuten Verzögerung erfuhr. »Wie lange wird der dieses Spielchen noch weitertreiben?«

»Bis Sie stop sagen.«

»Ich?«

»Sagen Sie nein. Sagen Sie, Sie hätten genug. Er solle das Ganze vergessen, Sie hätten es sich anders überlegt.«

»Dann fällt die Sache ins Wasser.«

»Er wird einlenken.«

»Und wenn nicht?«

»Er wird.«

»Was macht Sie so sicher?«

»Vertrauen Sie mir.«

Nauer bat um eine halbe Stunde Bedenkzeit.

Eine Viertelstunde später erhielt Urs Blank einen Anruf von Pius Ott. »Können wir uns treffen? Sagen wir in einer Stunde? Bei mir zu Hause. Es muß uns ja nicht die halbe Stadt zusammen sehen.«

Das Schönste an Pius Otts Villa war ihre Lage. Im Nordosten war das Grundstück durch einen Wald begrenzt, im Südwesten überblickte es das Tal und den See. Das Gebäude selbst war von zweifelhafter Architektur. Viel abgerundeter Beton im Stil der späten siebziger Jahre, obwohl es keine drei Jahre alt war.

Ein kräftiger Mann im dunklen Anzug wies den Jaguar in einen Parkplatz neben der Einfahrt und führte Blank in Otts Arbeitszimmer.

Der Raum war bestimmt zweihundert Quadratmeter groß und eingerichtet wie eine Safari-*lodge*. Die Wände waren bis unter die falsche Holzdecke getäfelt, der Boden bestand aus polierten Riemen verschiedener exotischer Hölzer. An beiden Stirnseiten standen mächtige offene Kamine, um die wuchtige Ledersessel gruppiert waren. In der Mitte des Raumes, an einem Mahagonischreibtisch von der Größe eines Pingpongtisches, saß Pius Ott. Er hatte den Rücken der Fensterfront zugewandt. Der Blick auf die Jagdtrophäen an der gegenüberliegenden Wand sagte ihm mehr zu als der auf das Tal und die biederen Häuschen der steuergünstigen Gemeinden.

Als Urs Blank den Raum betrat, stoben zwei Dachs-bracken bellend auf ihn zu. Auf einen Pfiff von Ott verstummten sie und zogen sich wieder unter den Mahagoni-schreibtisch zurück.

In diesem riesigen Raum mit seinem überdimensionier-ten Mobiliar wirkte der große Spekulant noch kleiner, als Blank ihn von den wenigen Begegnungen bei gesellschaft-lichen Anlässen in Erinnerung hatte.

»Danke, daß Sie so kurzfristig Zeit hatten. Ich nehme an, Sie haben erraten, um was es geht.« Er führte Blank zu einem der Kamine. Jeder versank in einem Ledersessel.

»CHARADE und ELEGANTSA, nehme ich an«, bestätigte Urs.

»Ich hoffe, alle Ihre Quellen sind so gut.«

Ein Mann im weißen Leinenjackett brachte ein Tablett mit einem chinesischen Teeservice. »Ich trinke um diese Zeit immer etwas Lapsang Souchong. Machen Sie mit?«

Blank nickte. Der Hausdiener servierte den Tee. Ott nahm sich seine Tasse und ließ den Rauchgeschmack in die Nase steigen, während er weitersprach. »Sie sind also der Meinung, daß Fluri gar keine andere Wahl hat, als sich fu-sionieren zu lassen?«

»Ich bin ganz sicher.«

»Was macht Sie so sicher?«

»Anwaltsgeheimnis.« Blank nahm vorsichtig einen Schluck aus der hauchdünnen Porzellantasse.

»Der ›Rußlandfeldzug‹?«

Blank gab keine Antwort.

Ott versuchte es anders. »Können Sie sich eine Klausel vorstellen, die eine persönliche Haftung der Vertragspartner für verheimlichte Verlustrisiken ab einer bestimmten Höhe vorsieht?«

»Solche Klauseln sind nicht unüblich.«

»Glauben Sie, Fluri würde so etwas unterschreiben?«

»Kommt auf die Höhe des Betrags an.«

»Wie ist das zu verstehen?«

»Ab einer bestimmten Summe müßte er unterschreiben, weil er sonst in den Verdacht käme, er schließe sogar einen Verlust in dieser Höhe nicht völlig aus.«

Ott trank jetzt auch einen Schluck Tee. »Verstehe. Wie hoch würden Sie eine solche Summe zum Beispiel ansetzen?«

Blank zuckte die Schultern. »Zwanzig Millionen?«

Ott hob die Augenbrauen und stieß einen leisen Pfiff aus. »Für alles über zwanzig Millionen haftet er selbst?«

Blank widersprach. »Ab zwanzig Millionen haftet er für die ganze Summe.«

Ott schüttelte ungläubig den Kopf. »Das kann er nicht unterschreiben.«

»Wie sähe das aus, wenn er sich weigerte?«

»Und wenn er unterschreibt und es trifft ein? Rein hypothetisch?«

»Rein hypothetisch bräche ihm das das Genick.«

Ott nickte nachdenklich. Er öffnete den Humidor, der auf dem Rauchtischchen stand. »Ich rauche um diese Zeit eine Romeo y Julieta, machen Sie mit?«

»Danke. Ich rauche nicht.«

»Auch nicht zu besonderen Gelegenheiten?«

»Das müßte schon eine sehr besondere Gelegenheit sein.«

Ott suchte sich eine Zigarre aus, öffnete das Jagdmesser, das neben dem Aschenbecher lag, und schnitt das Mundstück an. »Sie mögen Fluri nicht besonders, Herr Dr. Blank?«

»Nicht besonders.«

Er streckte Blank das Messer hin. Der Griff war aus schwarzem Ebenholz, in die Klinge waren in kunstvollen Buchstaben zwei Wörter graviert: *Never hesitate*.

»Jagen Sie?«

Blank verneinte.

»Behalten Sie es trotzdem. Wir haben andere Gemeinsamkeiten.«

Mit der kalten Romeo y Julieta zwischen den Lippen blieb Ott im Sessel sitzen, während Igor, sein Mann für die Sicherheit, Blank hinausbrachte.

Die Nachmittagssonne fiel in den Raum und löste einen Mechanismus aus, der die Lamellenstores einige Zentimeter herunterfahren ließ. Ott griff zum Telefon und stellte Nauers Nummer ein.

Das Gespräch dauerte keine zwei Minuten. Er legte auf und steckte sich die Zigarre an.

Als Blank in sein Büro zurückkam, erwartete ihn ein Fax von Hans-Rudolf Nauer. »Bestehen Sie auf dem Termin. Sie sind autorisiert, mit dem Abbruch der Verhandlungen zu drohen.«

Er ließ sich mit Dr. Fluri verbinden, aber er drang nur bis zur Sekretärin vor. »Herr Dr. Fluri ist in einer Besprechung, kann ich ihm etwas ausrichten?«

»Sagen Sie ihm, die Verhandlungspartner bestehen auf dem Termin.«

Blank kannte Fluris Sekretärin. Sie war Ende fünfzig und sah aus, als wüßte sie mehr über die Interna des Hauses als üblicherweise eine Sekretärin. Sie schwieg einen Moment. »Ich verstehe«, sagte sie schließlich nur.

Kurz darauf rief Dr. Fluri zurück. »Was heißt, sie bestehen auf dem Termin?« schnappte er.

»Sie wollen keine weitere Verschiebung akzeptieren«, erläuterte Blank.

Fluri wurde laut. »Ich bestehe aber darauf.«

»In diesem Fall«, erklärte Blank genüßlich, »bin ich beauftragt, Sie vom Abbruch der Verhandlungen in Kenntnis zu setzen.«

Nach kurzem Schweigen legte Dr. Fluri auf.

Keine halbe Stunde später bestätigte seine Sekretärin den ursprünglichen Termin.

»Für mich sieht er aus wie ein Manager«, sagte Pat, die Freundin, mit der Lucille zusammenwohnte. Sie saßen in der Küche und tranken Crème de Banane, Pats Lieblingsgetränk. Eine Kollegin im Jeansladen hatte mit ihr die Mittagspause getauscht, und sie hatte Lucille am Stand ablösen wollen. Dort hatte sie sie mit Blank essen sehen und war wieder gegangen. Dafür wollte sie jetzt alles über den Mann wissen. Die Crème de Banane diente ihr dabei als Wahrheitsdroge.

»Das ist seine Berufskleidung. Er ist Anwalt. In Wirklichkeit ist er ganz locker.«

»Anwalt und locker!«

»Er hat schöne Hände, schöne Augen und eine schöne Stimme.«

»Auch Berufskleidung.«

»Sei nicht so spießig.«

»Was ist daran spießig?«

»Du bist voreingenommen. Das ist spießig.«

»Es gibt einfach Sachen, die nicht zusammenpassen. Das ist wie bei Kleidern.«

Lucille lachte. »Ich will ihn ja nicht heiraten.«

»Aber was will er?«

»Er lebt in einer anderen Welt und interessiert sich für die, in der ich lebe.«

Ein junges graues Kätzchen strich um Lucilles Beine. Sie hob es hoch und hielt ihm das Likörglas hin. Es roch daran und zog erschrocken den Kopf zurück. Pat und Lucille lachten.

»Triffst du ihn wieder?«

»Er hat mich nicht gefragt.«

In Pats Zimmer klingelte das Telefon. Sie hatte es zuletzt gebraucht und nicht in die Ladestation in der Küche zurückgestellt. Sie ging hinaus, meldete sich, kam zurück und streckte Lucille den Apparat hin. »Jetzt wird er fragen.«

Der Preis für die paar Märztage Frühling war hoch. Ein böiger Wind blies eisige Regenschauer durch die Straßen der Stadt. Auf der Fahrt zum Stadtwald hinauf wurden die Tropfen, die auf die Windschutzscheibe von Blanks Taxi fielen, immer dickflüssiger.

Die Waldruhe war leer. Das Hinterzimmer, das sie für die Sitzung reserviert hatten, roch nach abgestandenem Rauch und war schlecht geheizt. Urs Blank war etwas zu früh. Er bestellte sich einen Pfefferminztee und behielt den Mantel an.

Nach und nach trafen die Sitzungsteilnehmer ein. Dr. Fluri und sein Anwalt – diesmal in einer aus der Mode gekommenen Skijacke – waren wie immer die letzten. Aber zum ersten Mal seit Verhandlungsbeginn ließ sich Fluri zu einer Entschuldigung herab.

Während sie die Verträge durchgingen, ließ er nichts verlauten. Erst als ihn sein Anwalt auf die neue Haftungsklausel aufmerksam machte, regte sich sein alter Widerspruchsgeist.

»Diese Klausel unterschreibe ich nicht«, ließ er die Runde wissen. »Wie kommt die da rein?«

Die Frage war an Blank gerichtet. »Sie gehört zum Standard amerikanischer Fusionsverträge.«

»Wir sind hier nicht in Amerika.«

»Die Klausel dient nur der Internationalisierung der Vertragsstandards. Das Haftungslimit ist mit zwanzig Millionen ohnehin so hoch angesetzt, daß sie nur symbolischen Wert hat. Aber wenn alle einverstanden sind, können wir den Paragraphen streichen.« Blank schaute in die Runde.

Nauer hatte einen Einwand: »Wenn sie von Anfang an gefehlt hätte, hätte ich nichts dagegen. Aber so werden mich meine Verwaltungsräte fragen, weshalb die Klausel gestrichen ist. Und was antworte ich denen, Herr Dr. Fluri?«

»Weil sie nachträglich dazugekommen ist.«

»Und wie erkläre ich, daß die vielen Punkte, die Sie nachträglich hinzugefügt haben, nicht gestrichen sind?«

»Ach, Sie haben die Klausel gewünscht?«

»Nein«, erklärte Blank, »sie stammt von mir. Mein Mitarbeiter hat sie versehentlich aus dem Standardvertrag übernommen, und ich habe sie drin gelassen. Ich ging, ehrlich gesagt, davon aus, daß ein Risiko von zwanzig Millionen kein Thema sein würde.«

Das erste Mal während dieser Sitzung wurde Fluri laut. »Das ist es natürlich nicht.«

»Wenn die Klausel gestrichen ist, sieht es aber so aus«, wandte Nauer ein. Alle Anwesenden nickten. Sogar Dr. Fluris Anwalt.

Fluri zögerte einen Moment. Dann brummte er: »Weiter!« Von da an schwieg er. Nur bei der ersten seiner vierundsechzig Unterschriften unter die Verträge und Zusatzverträge in allen Ausfertigungen stieß er einen Seufzer aus.

Blank hatte zwei Flaschen Champagner kalt stellen lassen, die er jetzt bringen ließ. Die Runde stieß an und trank auf die Zukunft von CHARADE-ELEGANTSA.

Dr. Fluris Glas war noch fast voll, als die Sitzungsteilnehmer sich voneinander verabschiedeten. Blank schaute dem alten Mann im graubraunen Dreiteiler nach. Er schien müde. Alles Rechthaberische und Arrogante war von ihm gewichen. Als er, ohne sich noch einmal umzuschauen, umständlich in den Fond des Taxis kletterte, tat er Blank fast ein wenig leid.

Trotz des Wetters blieb Blank seinem Vorsatz treu, auch diesmal zu Fuß zur Tramstation zu gehen. Er hatte die reinigende Wirkung des Waldspaziergangs vom letzten Mal in guter Erinnerung.

Der Regen hatte sich jetzt in schwere Schneeflocken verwandelt. Sie schmolzen, kaum daß sie das nasse Laub berührten. Blank trug einen Reitmantel, eine Schildmütze und grobe Halbschuhe mit Profilsohlen, die er sich vor Jahren machen ließ und noch nie getragen hatte.

Er schritt durch die Stämme der kahlen Buchen. Nichts war zu hören als das gelegentliche Schmatzen seiner Sohlen, wenn er in eine matschige Stelle trat. Die Flocken fielen immer dichter. Es schien ihm, als wirbelten sie da und dort schon etwas durcheinander. Wie richtige Schneeflocken.

Der Weg stieg leicht an. Blank ging weiter, ohne das Tempo zu verlangsamen. Auf der Kuppe war er etwas außer Atem. Der Wind trieb ihm die Flocken in die Augen.

Er blieb stehen und blinzelte. Als er wieder klar sehen konnte, erschrak er. Nur ein paar Meter vor ihm stand ein Fuchs auf dem Weg. Einen Moment verharrten beide reglos und starrten einander in die Augen. Dann wandte sich der Fuchs ab und trottete davon, ohne besondere Eile.

Beim Wegweiser entschied er sich für den direkten Weg, »Tramstation Buchenfeld 15 Min.«.

Evelyne Vogt kam früh nach Hause. Sie spürte die ersten Anzeichen einer Erkältung und hatte im Laden den ganzen Tag über gefröstelt.

In der kleinen Garderobe neben dem Eingang fiel ihr Urs' nasser Reitmantel auf. Neben dem Schuhschrank standen seine schmutzigen Schuhe. »Urs?« rief sie, als sie in die Halle trat. Sie erhielt keine Antwort. In seinem Zimmer hing der Anzug, den er heute getragen hatte, am stummen Diener. Es sah aus, als hätte er sich umgezogen und sei wieder gegangen. Daß sie den Abend nicht gemeinsam verbrachten, kam oft vor. Bisher hatte er sie immer vorher angerufen oder ihr eine Nachricht hinterlassen. Aber der Notizblock beim Telefon war leer.

Evelyne war enttäuscht. Sie hatte heute keine Lust, allein zu sein. Sie aß ein Joghurt, machte sich einen Grog, schluckte zwei Aspirin und legte sich in Urs' Bett.

Ott erfuhr von der Vertragsunterzeichnung auf dem Flug nach London. Das traf sich gut, denn er hatte dort eine Besprechung mit dem für Europa zuständigen Mann von UNIVERSAL TEXTILE. Er konnte die Information zwar noch nicht verwenden, aber jeder Wissensvorsprung verbesserte die Verhandlungsposition.

Sein Learjet flog jetzt den City Airport an. Ott genoß den Blick auf die Stadt. Alles lief wieder für ihn.

Blank kam ihm in den Sinn, dem er einen Teil dieses Erfolgs zu verdanken hatte. Der Mann gefiel ihm. Ott arbeitete mit vielen Anwälten zusammen, aber bei keinem hatte er diesen Killerinstinkt entdeckt, den er bei Blank vermutete. Er hatte noch nie mit Geiger, von Berg, Minder &

Blank zusammengearbeitet. Vielleicht sollte er seine Beziehungen zu Geiger auffrischen.

Blank hatte von einem indischen Restaurant in einem Vorort der Stadt gehört. Es befand sich in einer alten Dorfkneipe namens Ochsen. Die Brauerei, der das Lokal gehörte, hatte sich gegen eine Namensänderung gestemmt.

Er wußte, daß die indische Küche viele fleischlose Rezepte kannte. Außerdem war er sich ziemlich sicher, daß er in einem indischen Restaurant, das Ochsen hieß und in Hinterdorf lag, nicht erkannt würde.

Blank hatte Lucille bei ihrer Wohnung abgeholt. Als er an der Klingel mit dem Schild L + P drückte, ging im dritten Stock des verwitterten Mietshauses ein Fenster auf, und Lucille rief: »Komme!«

Kurz darauf stand sie vor ihm in einem langen petrolgrünen Kunstpelz, aus dem schwere Wanderschuhe schauten. Er brachte sie zu seinem Wagen. Sie machte es sich auf dem Beifahrersitz bequem. Kommentarlos, als ob sie jeden Tag in schwarzen Jaguars herumchauffiert würde.

Als sie aus der Stadt hinausfuhren, fragte sie: »Wohin fahren wir?«

»Zum Ochsen in Hinterdorf.«

»Klingt nicht sehr vegetarisch.«

»Wir werden sehen.«

Das Lokal war schwach besetzt. Er entdeckte, wie er vermutet hatte, kein bekanntes Gesicht unter den Gästen. Das war auch besser so, denn unbemerkt wäre er in Lucilles Begleitung nicht geblieben. Unter dem Kunstpelz trug sie eine bunte Kombination aus verschiedenen asiatischen Trachten.

Eine enge, nabelfreie indische Seidenbluse unter einer offenen chinesischen Jacke mit Stehkragen. Dazu ein mit Seidentüchern verschiedener Provenienzen gegürteter thailändischer Sarong, der einen interessanten Gegensatz zu ihren schweren Schuhen bildete.

Lucille war begeistert, als sie merkte, daß der Ochsen ein indisches Lokal war. Sie sprach ein paar Worte Hindi, fast mehr als der Kellner, dessen Muttersprache Marathi war und den der golden eingefaßte rote Punkt auf ihrer Stirn aus dem Konzept zu bringen schien.

Urs Blank überließ ihr die Auswahl der Speisen. Sie bestellte Blumenkohl mit Tomaten-Koriandersauce, Auberginen mit Knoblauch, Mungobohnen mit Kokosnuß und Kartoffelcurry. Dazu wurden verschiedene Pickles und Gemüsechutneys gereicht. Zu trinken gab es gekühlten Kreuzkümmeltee mit Minze.

Lucille war der erste erwachsene Mensch in seinem Leben, der fragte, wenn er etwas nicht verstand. Nie schien sie zu befürchten, sie könnte sich blamieren, wenn ihr eine Sache unbekannt, ein Wort oder ein Gedankengang fremd waren. Ihre Neugier und ihr Wissensdurst waren so entwaffnend, und ihr Altersunterschied so groß, daß sich Blank mehrmals bei kurzen Ausrutschern ins Gönnerhafte ertappte.

Noch nie hatte Blank einen Menschen getroffen, der ihm so wenig vormachte und der es so wenig verstanden hätte, wenn er ihm etwas vorgemacht hätte.

Als sie ihn nach dem Essen fragte, was er heute gemacht habe, antwortete er: »Einen alten Mann ruiniert.«

Sie schien nicht schockiert. »Und jetzt tut es dir leid?«

Urs überlegte. »Irgendwie schon.«

»Dann mach es wieder gut.« Damit war für Lucille das Thema erledigt.

Später, als sie in ihre Straße einbogen, sagte sie: »Glück gehabt, Parkplatz.«

Ein paar Stunden später wußte Urs Blank, woran ihn der Duft von Sandelholz-Räucherstäbchen in Zukunft erinnern würde: An durch Seidentücher gedämpftes Licht auf dem jungen Körper einer Frau mit blaßblauen Augen. An das Klingeln ihrer Armreifen. Und an ein junges graues Kätzchen, das sie beobachtete.

Evelyne Vogt erwachte. Im gedimmten Licht von Urs' Nachttischlampe sah sie eine Gestalt. Es war Urs. Er stand reglos da und schaute sie an. Evelyne stellte sich schlafend.

Als sie die Augen wieder öffnete, war er verschwunden. »Urs?«

Keine Antwort. Sie machte Licht und stand auf. Das Wohnzimmer war dunkel. Die Digitalanzeige der Musikanlage zeigte halb vier.

In der Küche fand sie ein leeres Fläschchen Perrier, das noch beschlagen war. Sie öffnete die Tür zum Anrichteraum. Durch den Spalt der Tür zur Personalwohnung drang Licht. Evelyne öffnete sie. Die Tür zum Gästezimmer stand offen. Urs' Kleider lagen auf einem Stuhl. Aus dem Badezimmer drang das Rauschen der Dusche.

Ein fremder Geruch lag im Raum. Er kam von Urs' Kleidern. Amber? Sandelholz? Patschuli?

Die Dusche wurde abgedreht. Leise verließ Evelyne das Zimmer.

Als Pablo damals erst am Morgen nach Hause kam und nach einem fremden Parfum roch, hatte sie alles falsch gemacht. Sie hatte ihn verhört und gezwungen, sich rettungslos in einem Netz von Lügen zu verstricken. Als er die Aussichtslosigkeit seiner Lage einsah und sich schlafend stellte, hatte sie ihm so lange Zahnputzgläser mit kaltem Wasser über den Kopf geschüttet, bis er aufstand, sich anzog und ging.

Darauf folgten die Wochen der nächtelangen Diskussionen, der Selbstmorddrohungen, Versöhnungen, Trennungen und Wiedervereinigungen. Sie wußte nicht, wie lange der Alptraum gedauert hatte. Aber als er vorbei war, war nichts mehr übrig von dem, was sie einmal füreinander empfunden hatten.

Evelyne war inzwischen achtunddreißig und um einiges klüger geworden. Diesmal würde sie sich nicht benehmen wie eine Kuh.

Sie hörte die Kirchenglocken vier, fünf, sechs und sieben schlagen. Sie stand auf und ließ sich viel Zeit im Bad. Als ob nichts wäre, betrat sie die Küche zum gemeinsamen Frühstück. Der Tisch war leer bis auf einen frischgepreßten Orangensaft und einen Zettel: »Mußte früher raus. Schönen Tag. U.«

3

Die Fusion von CHARADE und ELEGANTSA beherrschte die Schlagzeilen des Tages. Die meisten Kommentatoren waren sich einig, daß sich das Presse-Communiqué wie ein vorauseilendes Dementi las, daß es sich bei der Fusion um eine Übernahme der ELEGANTSA handelte. Mehrere Zeitungen stellten die Person des Dr. Kurt Fluri in den Vordergrund. Die bürgerliche Presse hob seine Verdienste als Wirtschaftsführer und Milizoffizier heraus, die linke stellte die Frage nach seiner Verantwortung für das Ende der ELEGANTSA als unabhängiges Unternehmen. Alle hatten etwas gemeinsam: Sie lasen sich wie Nachrufe.

Alfred Wenger interessierte sich nicht für die Wirtschaftsnachrichten. Auch nicht, wenn sie Schlagzeilen machten. Er war in den Kulturteil der Zeitung vertieft, die ihm Herr Foppa gebracht hatte.

Urs Blank traf mit einer halben Stunde Verspätung ein. »Entschuldige«, sagte er zur Begrüßung und legte eine Packung Räucherstäbchen vor Wenger auf den Tisch.

»Was ist das?«

»Der Grund für meine Verspätung.«

»Räucherstäbchen?«

Zuhören war Alfred Wengers Beruf. Er aß und schwieg. Ganz selten einmal stellte er Urs eine Zwischenfrage. Weniger aus Neugierde, als um ihm Gelegenheit zu geben, seinen Monolog über Lucille für ein paar Bissen seines längst kalt gewordenen Geschnetzelten zu unterbrechen.

Beim Kaffee stellte er ihm die Frage, die ihn am meisten interessierte: »Und Evelyne?«

Blank hob die Hände und ließ sie auf den Tisch sinken. »Sie erwähnt die Sache mit keinem Wort. Sie stellt keine Fragen, macht keine Bemerkungen. Sie tut, als ob nichts wäre. Dabei ist es unmöglich, daß sie nichts mitbekommt. Ich gebe mir keine besondere Mühe, es ihr zu verheimlichen. Im Gegenteil, mir wäre es lieber, es käme zur Sprache.«

Wenger nickte. »Deswegen ignoriert sie es. Sie schließt die Augen und wartet, bis es vorbei ist. Ich kenne Frauen, die so reagieren. Auch Männer.«

»Als ob es ihr egal wäre.«

»Wenn es ihr egal wäre, würde sie dir eine Szene machen. Sie tut es nicht, weil sie spürt, daß sie am kürzeren Hebel sitzt.«

»Früher oder später müssen wir trotzdem reinen Tisch machen. Da kann sie die Augen noch so fest verschließen. Die einzige Sache, die vorbeigehen wird, ist die zwischen Evelyne und mir.«

Die Veränderung, die Lucille in Urs Blanks Leben brachte, war so tiefgreifend, daß er sich plötzlich wieder vorstellen konnte, Huwylers Mandat anzunehmen. Er fühlte sich voller Tatendrang und empfand die Aussicht auf ein Leben zwischen Flohmarktstand und multinationalen Konzernen als Herausforderung. Er stand im Begriff, ein anderer Mensch zu werden, und war gespannt, wie sich dieser andere Urs Blank im Ring der *global players* bewähren würde.

Blank lud seine Partner zu einer außerordentlichen Partnersitzung ein und berichtete ihnen von Huwylers Mandat. Er hatte das Gefühl, daß sie sich weniger über die Neuigkeit freuten als darüber, daß er sie ihnen eröffnet hatte.

Als sie mit dem Champagner anstießen, den Blank für den Anlaß hatte kalt stellen lassen, raunte ihm Dr. von Berg zu: »Auf Annette Weber.«

Von Anfang an bestand Lucille darauf, sich für jede Einladung mit einer Gegeneinladung zu revanchieren. Es ging ihr ums Prinzip. Es war ihre Art, ihre Unabhängigkeit zu wahren. Sie einigten sich darauf, sich gegenseitig an Orte ihrer Wahl und Möglichkeiten einzuladen.

So lernte Blank Lokale kennen, von deren Existenz er keine Ahnung gehabt hatte. Restaurants des evangelischen Frauenvereins mit Tagesmenüs zu sechs Franken; Universitätsmensen mit Salatbüffets, wo der Teller an der Kasse gewogen wurde; Selbstbedienungsrestaurants in Warenhäusern, die kurz vor Ladenschluß die ohnehin schon niedrigen Preise noch einmal senkten; Privatküchen großer Wohngemeinschaften, in denen jeder einen Obolus in eine von Kindern bemalte Schachtel warf; finstere Quartierkneipen, die zu Treffs der alternativen Szene umfunktioniert worden waren; makrobiotische Restaurants ohne Patent.

An schönen Tagen, von denen es in diesem April einige gab, lud ihn Lucille zu Frühlingsrollen auf einer Parkbank am See ein. Und manchmal kochte sie für ihn und Pat und Troll, das graue Kätzchen.

Urs Blank führte Lucille anfänglich noch in die verschwiegeneren Lokale seiner Kreise. Er hatte in Dr. von Berg einen großen Kenner von Lokalen, in denen man nicht von Bekannten gesehen wurde und wenn, dann von solchen, die selbst nicht gesehen werden wollten.

Aber je länger Evelyne zu seinen Eskapaden – so nannte sie es Ruth Zopp gegenüber – schwieg, desto beherzter wurde er in der Wahl der Lokale. Immer öfter kam es vor, daß Dr. Blank mit seinem Hippiemädchen im Thai Star oder im Fujiyama oder im Sahara oder in sonst einem der führenden Exotenrestaurants der Stadt gesehen wurde.

Nur in den Goldenen hatte er Lucille bis jetzt noch nie mitgenommen. Er respektierte ihn als das letzte Revier, in dem sich Evelyne sicher fühlen konnte.

Ruth Zopp trug handtellergroße goldene Muscheln an den Ohren, die ihre Bewegungsfreiheit einschränkten und dadurch ihrer Haltung etwas Königliches verliehen. Sie hatte Evelyne Vogt zum Abendessen eingeladen, vielmehr: Sie hatte ihr befohlen, sich mit ihr im Goldenen zu treffen, falls ihr noch etwas an ihrer Freundschaft liege.

Die beiden Frauen saßen am Nischentisch, von dem aus sie das ganze Lokal im Auge hatten. Evelyne sah aus, als ob sie wenig geschlafen hätte in den letzten Tagen.

»Paß auf, daß du keinen Altersschub bekommst«, ermahnte sie Ruth Zopp.

»Was ist ein Altersschub?«

»Man altert in Schüben. Jahrelang sieht man etwa gleich aus, und eines Morgens, wenn man in den Spiegel schaut, schwupp, ist man um Jahre gealtert.«

»Das passiert mir in letzter Zeit jeden Morgen. Und weißt du was? Es ist mir scheißegal.«

Sie hatten beide ein nicht sehr damenhaftes Menü bestellt: Kalbsbratwurst mit Rösti und ein Bier vom Faß. Ruth Zopp aß mit großem Appetit. Evelyne hatte Ruth manchmal im Verdacht, daß sie sich nach dem Essen auf der Toilette den Finger in den Hals steckte, anders konnte sie sich deren schlanke Figur nicht erklären. Aber Evelyne hatte momentan auch keine Figurprobleme. Sie hatte vier Kilo abgenommen und mußte sich zwingen, regelmäßig zu essen. Sie hatte ihre Wurst kaum angerührt.

»Wie lange machst du das jetzt schon, das Ignorieren?«

»Fünf Wochen.«

»Und, mit Erfolg?«

Evelyne schüttelte den Kopf.

»Im Gegenteil«, sagte Ruth. »Er taucht immer öfter mit der Kleinen auf. Maja hat sie im Saigon gesehen, Susanne im Thai Star – und ich im Panza Verde.«

»Wie ist das Panza Verde?«

»Vegetarisch. Frag mich, was du wirklich wissen willst.«

»Ist sie hübsch?«

»Wenn man junge Hippiemädchen hübsch findet.«

»Ehrlich.«

Ruth Zopp entschloß sich, es ihr zuzumuten. »Sie ist katastrophal hübsch. Höchstens Mitte zwanzig, schlank, schwarze Haare, dunkler Teint und Augen, wie ich sie noch nie bei einer Schwarzhaarigen gesehen habe.«

»Wie?«

Ruth Zopp überlegte. »Veilchen und Kornblumen und Milch.«

Evelyne schwieg.

»Es wird Zeit, daß du dich wehrst.«

»Was soll ich tun? Sie erschießen?«

»Schmeiß ihn raus.«

»Ich will ihn nicht verlieren.«

»Das hast du schon.«

Evelyne stiegen Tränen in die Augen.

»Ich wollte sagen: Die Chancen, daß du ihn verlierst, sind größer, wenn du ihn nicht rausschmeißt. Verlaß dich auf meine Erfahrung.«

»Und wenn ich ihn doch verliere?«

»Dann hast du wenigstens die Achtung vor dir selbst behalten.«

Evelyne tupfte sich vorsichtig die Augen mit der Serviette ab. Dann nahm sie einen Schluck Bier.

Ruth Zopp machte dem Kellner ein Zeichen, er solle noch zwei bringen. »Schmeiß ihn raus, Evelyne. Es ist eine Frage der Menschenwürde.«

Urs Blank wußte sofort, was es geschlagen hatte, als er um ein Uhr früh nach Hause kam und Evelyne im hell erleuchteten Wohnzimmer bleich und gefaßt auf dem schwarzen Corbusier-Sofa fand. Er holte sich ein Perrier und setzte sich ihr gegenüber.

»Ich möchte, daß du ausziehst«, waren ihre ersten Worte.

Blank nickte. »Verstehe.«

»Sonst hast du nichts zu sagen?«

»Daß es mir leid tut.«

»Ach.«

»Es hat nichts mit dir zu tun.«

»Ich nehme an, es ist stärker als du.« Es klang sarkastisch.

»Wenn du willst, versuche ich es dir zu erklären.«

Evelyne nahm einen Schluck aus ihrem Glas. Sie war beim Bier geblieben.

»Erinnerst du dich an deine Eröffnung, als ich mit den schmutzigen Schuhen kam?«

»Und meine Kunden mit Arschloch tituliertest?«

»An diesem Tag hatte ich eine Fusionsverhandlung in der Waldruhe. Plötzlich überkam mich das Gefühl, das alles schon tausendmal erlebt zu haben. Die gleichen Köpfe, die gleichen Sätze, die gleichen Situationen, die gleichen Konstellationen. Nach der Sitzung ging ich zu Fuß durch den Wald. Und mir wurde auf einmal klar, daß ich vergessen hatte, daß so nahe der Stadt eine ganz andere Welt liegt. Mit anderen Gesetzen, anderen Prioritäten, eine Welt, die mit der unseren nicht das geringste zu tun hat.«

Blank trank einen Schluck von seinem Mineralwasser. »Und am Abend bei deiner Eröffnung war ich wieder in unserer Welt. Dieser Waldspaziergang hat mir die Augen für die anderen Welten geöffnet. Und, was schlimmer ist, auch für unsere. Ich mußte zugeben: Sie genügt mir nicht.«

Blank war ziemlich stolz auf seinen Monolog. So genau hatte er es noch nie auf den Punkt gebracht.

Evelyne lächelte. »Das ist Kitsch, Urs. Warum kannst du nicht einfach sagen, daß du scharf auf ein junges Mädchen bist, das dich für den Größten hält?« Sie trank ihr Glas leer. »Hör mir auf mit deinen Welten. Du lebst in der gleichen Welt wie zuvor. Mit dem einzigen Unterschied, daß du jetzt eine junge Freundin hast. Wie jeder Spießer Mitte vierzig, der es sich leisten kann.«

Am nächsten Tag bezog Blank eine Suite im Imperial. Vom Fenster des Salons sah er auf den kleinen Hotelpark und den Steg, an dem die Kursschiffe anlegten. Das Hotel lag keine zehn Minuten von Kanzlei und Flohmarkt entfernt.

Er mochte das Hotel. Die angenehme Lobby für ruhige Besprechungen, das hervorragende Restaurant für ungestörte Geschäftsessen, die verschiedenen Säle für stilvolle Pressekonferenzen.

Geiger, von Berg, Minder & Blank brachten im Imperial ihre internationalen Kunden zu Spezialkonditionen unter. Angesichts der guten Geschäftsbeziehungen und der Zwischensaison überließ die Direktion Blank die Suite für eine Monatspauschale von lediglich zwölftausend Franken.

Seit dem letzten Tag der Rekrutenschule hatte sich Blank nie mehr so frei gefühlt. Er hatte die Mischung aus Anonymität und Geborgenheit großer Hotels schon immer genossen. Aber dies war ein neues Erlebnis. Ein Fremder in der eigenen Stadt und zu Hause unter Fremden.

Das Imperial war wie der Stadtwald und der Flohmarkt. Eine eigene Welt mitten in der seinen.

In der riesigen Lobby waren nur wenige Fauteuils besetzt. Ein paar Gäste warteten auf Besucher, ein paar Besucher auf Gäste. Im Schutze ihrer Ohrenfauteuils verhandelten zwei Herren, von denen nur die Ellbogen sichtbar waren. Zwei junge Kellner standen am Durchgang zur Bar und behielten die Gäste im Auge. Das einzige laute Geräusch war die Stimme einer alten Amerikanerin, die alle paar Augenblicke zu ihrem jüngeren Begleiter sagte: »You *tell me when they come – I* can't *see that far.*«

Urs Blank saß alleine in einer Sechsergruppe und trank einen Port. Er hatte alle Termine abgesagt und in der Kanzlei seine neue Adresse angegeben, mit der Weisung, sie vertraulich zu behandeln. Er hatte seine Sachen in den begehbaren Schrank geräumt und war viel früher fertiggeworden, als er gedacht hatte.

Jetzt blieb ihm noch über eine Stunde Zeit, bis er Lucille im Hotelrestaurant traf. Er freute sich darauf, sie nach dem Essen mit seiner Suite zu überraschen. Sie hatten ihre Nächte bisher immer in Lucilles Zimmer verbracht. Auf der Matratze am Boden, unter dem unerforschlichen Blick von Troll.

Aus der Bar drang Klaviermusik. Der Hotelpianist hatte seinen Dienst angetreten.

Ein Page ging durch die Lobby. Er trug eine Tafel an einem Stecken, auf der »Mr. Wellington« stand. Ab und zu ließ er eine Fahrradklingel schrillen, die am Stecken befestigt war. »*Is it* them?« schrie die alte Amerikanerin.

Die beiden Herren in den Ohrenfauteuils erhoben sich. Jetzt erkannte sie Blank. Sein Partner, Dr. Geiger, und – Pius Ott.

Auch Geiger hatte ihn gesehen. Er verabschiedete sich von Ott und kam zu Blank herüber. Ott winkte ihm von weitem zu und ging hinaus.

»Erwartest du jemanden?« fragte Geiger.

»Erst in einer halben Stunde, setz dich.«

Geiger setzte sich. »Wie sind die Zimmer?«

»Recht.«

»Als ich einmal hier wohnte, waren sie etwas muffig. Aber das ist fünfzehn Jahre her.«

»Du hast auch einmal hier gewohnt?«

»Aus dem gleichen Grund wie du.«

Blank war erstaunt. Eine Ehekrise hatte er Geiger nicht zugetraut. Seine Frau war ein alters- und geschlechtsloses Wesen, das von Berg unter vier Augen »Soldatenmutter« nannte.

»Was hast du mit Ott zu tun?«

»Es wird jeden Tag schwieriger, nichts mit Ott zu tun zu haben.« Geiger bestellte ein Glas Féchy. Sie schwiegen, bis der Kellner es brachte.

»Er hält übrigens große Stücke auf dich«, bemerkte Geiger.

»Das beruht nicht auf Gegenseitigkeit. Warst du schon einmal in seinem Haus?«

Geiger trank einen Schluck Wein. »Ja, erst kürzlich. Schrecklich, nicht?«

»Kann man wohl sagen. Weißt du, warum er Fluri haßt?«

»Eine Militärgeschichte.«

Es entstand Unruhe, als ein Ehepaar mit drei Kindern die Lobby betrat und die alte Amerikanerin und ihren Begleiter abholte. Als sie gegangen waren, erzählte Dr. Geiger.

»Ott verdiente seinen Leutnant ab, Fluri war sein Kompaniekommandant. Bei einer Schießübung wurde ein Waldarbeiter im Sperrgebiet tödlich verletzt. Ott war der verantwortliche Schießoffizier. Das Ende seiner militärischen Karriere.«

»Deshalb haßt er Fluri?«

»Er bestand darauf, daß Fluri mit ein paar hohen inspizierenden Offizieren vor den Sperrzeiten geschossen habe. Eine Behauptung, die Fluri vehement bestritt.«

»Obwohl sie stimmte?«

Geiger zuckte die Schultern. »Auf jeden Fall wurde Fluri danach auffällig rasch befördert. Er brachte es bis zum jüngsten Obersten der Armee.«

»Wie lange ist das her?«

Geiger rechnete nach. »Bald vierzig Jahre.«

»Ott ist ein geduldiger Mann.«

»Eine Jägertugend.«

Pius Ott hatte Igor einen Umweg fahren lassen. Zu einem ganz bestimmten Wurststand im Rotlichtbezirk der Stadt. Igor kannte das Prozedere. Er ließ den Cadillac mit laufendem Motor stehen und holte eine Bratwurst mit Senf und Brot und einen Pappbecher Bier. Dann fuhr er zu einer kleinen Grünanlage in der Nähe, die als Drogenumschlagplatz berüchtigt war. Das erste Mal hatte Igor gedacht, Ott suche ein Mädchen oder einen Jungen vom Drogenstrich oder er brauche selbst etwas Stoff. Aber Ott saß einfach im Fond des Wagens, aß seine Wurst, trank sein Bier und schaute nicht einmal dem Treiben in der Anlage zu. Inzwischen glaubte Igor, daß sein Chef einfach manchmal Lust hatte, eine Bratwurst an einer gefährlichen Stelle zu essen. Wozu hatte man schließlich seinen Bodyguard.

Heute schmeckte Ott die Bratwurst besonders gut. Das lag am Gespräch mit Geiger. Es war sehr aufschlußreich gewesen. Ott hatte ihm ein paar vertrauliche Informationen über Vorgänge hinter den Kulissen eines großen Brokers gegeben und war dafür mit ein paar Präzisierungen schadlos gehalten worden, die das Ausmaß des Schadens betrafen, den Fluri mit seinem ›Rußlandfeldzug‹ angerichtet hatte. Er würde gleich am nächsten Tag Schritte unternehmen, die etwas Bewegung in die Sache bringen sollten.

Es drehten sich ein paar Köpfe, als Lucille das Restaurant des Imperial betrat. Sie war geschminkt wie eine Tempeldienerin und hatte das Haar mit einem orangenen Seidentuch zu einem Turm hochgebunden. Dazu trug sie eine ihrer gewagten Kombinationen aus verschiedenen asiatischen Trachtenteilen.

Sie aßen die ersten grünen Spargel der Saison und frische, hausgemachte Ricotta-Ravioli mit Salbeibutter.

Nach dem Essen, als er anstatt auf den Ausgang auf den Lift zusteuerte, fragte Lucille: »Wohin gehen wir?«

»Überraschung.«

Er führte sie durch die Beletage zu seiner Suite. Erst als er den Zimmerschlüssel ins Schloß steckte, verstand sie. »Du hast ein Zimmer gemietet.« Sie schien nicht besonders erfreut.

Er führte sie durch die Suite, und sie bewunderte alles artig: Das große Marmorbad, den begehbaren Schrank, den Salon mit seinen Stilmöbeln, den Arbeitstisch mit Fax, das Telefon mit Direktanschluß, das Schlafzimmer mit dem großen französischen Doppelbett.

Am Ende des Rundgangs öffnete er den Champagner, den er hatte bereitstellen lassen.

»Hast du auch Wasser?« fragte Lucille.

Er holte ein Mineralwasser aus dem Kühlschrank und erzählte, was es mit der Suite auf sich hatte.

Lucille hörte schweigend zu. Am Schluß sagte sie: »Sie hat recht.«

Blank verstand nicht gleich.

»Es stimmt. Du lebst in deiner alten Welt mit dem einzigen Unterschied, daß du jetzt eine junge Freundin hast.«

»Wie jeder Spießer Mitte vierzig, der es sich leisten kann«, ergänzte Blank.

»Das weiß ich nicht. Ich kenne keine Spießer.«

»Jetzt kennst du einen.«

Lucille stand auf. »Laß uns gehen.«

»Wohin?«

»Zu mir.«

»Ich dachte, du könntest hier schlafen.«

»Pat schläft auswärts. Troll ist alleine.«

Es war weit nach Mitternacht, als Blank erwachte. Lucille lag nicht neben ihm. Er stand auf und ging in den Korridor. Er hörte Lucilles Stimme in der Küche. Er öffnete die Tür und sah sie dort sitzen. Vor ihr auf dem Tisch saß Troll. Sonst war niemand im Raum.

»Prrt mmmm wwwn prrt grrr«, sagte Lucille zu Troll. Das Kätzchen schaute sie ernst und verständig an.

Lucille bemerkte Blank. »Katzensprache«, erklärte sie. Sie streckte ihm den halbgerauchten Joint entgegen, den sie zwischen Daumen und Zeigefinger hielt. Jetzt erst fiel ihm der Geruch auf. »Nein, danke«, sagte er.

»Auch eine andere Welt zum Kennenlernen.«

»Kenn ich schon.«

»Hast du das gehört, Troll? Kennt er schon.«

»Meine Generation hat den Joint erfunden.«

»Dann setz dich und nimm einen Zug.«

Blank setzte sich, nahm einen tiefen Zug, behielt den

Rauch einen Moment in der Lunge und hustete ihn aus. Lucille lachte. »Der Entdecker des Marihuanas.«

»Es ist schon eine Weile her.« Blank gab Lucille den Joint zurück.

»Habt ihr viel gekifft, damals?«

»Ein paar von uns schon.«

»Du nicht?«

»Nicht so.«

»Und Trips? LSD? Pilze?«

»Nie.«

Lucille schaute ihn ungläubig an. »Nie? Da lernst du wirklich eine andere Welt kennen.«

Wohl unter der Wirkung des Marihuanas sagte Blank daraufhin: »Es ist nie zu spät.«

4

Hinter jeder Kuppe tat sich ein neues Tälchen auf. Gepflegte Bauernhöfe zwischen blühenden Kirschbäumen, gesprenkelte Frühlingswiesen, eingefaßt von zartgrünen Laubwäldern, eine schneeweiße Mittellinie auf einer gewundenen Landstraße. Darüber ein Kinderbuchhimmel mit fünf verirrten Wolkenschäfchen.

Sie fuhren mit offenen Fenstern und lauter Musik. Pink Floyd, *Dark Side of the Moon.* Lucille hatte die Kassette mitgebracht. »Die beste Trip-Musik der Welt«, hatte sie behauptet.

»Auch Pink Floyd stammen aus meiner Generation«, war Blanks Kommentar.

Sie waren unterwegs zu einem »meditativen Wochenende«, wie sich Lucille ausdrückte. Nach seiner unbedachten Äußerung unter der Wirkung des Joints hatte sie darauf bestanden, daß er seinen Horizont auch in diese Richtung erweiterte.

Lucille dirigierte ihn. Er kannte das Ziel ihres Ausflugs nicht. Sie hatte ihm nur gesagt, daß sie eine Nacht kampieren würden und er sich entsprechend ausrüsten solle. Er ließ sich in einem Campingshop beraten und kam mit einem Schlafsack, einem Daypack mit Überlebensfolie, wasserdichter Dokumententasche, Waschbeutel, Erster-Hilfe-

Ausrüstung, Daunenjacke, Goretex-Wäsche und einer Rechnung von etwas über dreitausend Franken heraus. Als er Lucilles Schlafsack und die Tasche mit den paar warmen Sachen neben seiner Ausrüstung im Kofferraum verstaute, war er froh, daß sie schon im Auto saß.

Lucille dirigierte Blank in einen Feldweg. Er führte in ein paar Windungen durch einen Wald zu einer Lichtung hinauf, an deren Rand ein kleines Gehöft lag. Ein paar Autos standen davor.

Als Blank seinen Jaguar parkte, rannte bellend ein kleiner Sennenhund herbei.

»Ruhig, Brahma«, rief der Mann, der unter der Haustür erschien. Er war um die Sechzig, hager, hatte schulterlanges, graues Haar und trug eine indische Weste mit eingenähten Spiegelchen über dem kragenlosen, blauen Sennenhemd. Lucille begrüßte ihn wie einen alten Bekannten.

»Joe, das ist Urs.«

Joe packte Blanks Hand und schaute ihm tief in die Augen. »*Ciao*, Urs«, sagte er bedeutungsvoll.

Urs Blank war für seine Verhältnisse bequem gekleidet. Er trug eine karamelbraune Kordhose, die er sich vor fünf Jahren hatte anfertigen lassen. Er hatte einen alten kastanienbraunen Kaschmirpullover über die Schultern geworfen und den obersten Knopf seines weichen Flanellhemdes mit dem Monogramm U.P.B. geöffnet. (Das Initial seines zweiten Vornamens Peter trug er ausschließlich im Monogramm). Auf eine Krawatte hatte er verzichtet.

Trotzdem befiel ihn das Gefühl, etwas overdressed zu sein, als Joe sie in die niedrige Bauernstube brachte, wo sie von Susi, Benny, Pia und Edwin erwartet wurden.

Susi war Mitte dreißig und Mittelschullehrerin, Benny höchstens zwanzig und Straßenmusiker, Pia sah aus wie fünfzig und war Hausfrau, Edwin, ihr Mann, arbeitete bei einer Bank.

Aus der Art, wie er bei der Vorstellung die Heterogenität des Grüppchens herunterspielte, schloß Blank, daß sie Joe besonders am Herzen lag. Auch seinen Background – »prominenter Wirtschaftsanwalt oder so« – erwähnte er mit der gleichen nachdrücklichen Beiläufigkeit.

Urs Blank hatte sich auf ein meditatives Experiment gefaßt gemacht. Lucilles Andeutungen und ihre Anweisung, am Tag zuvor nichts als leichte Gemüsebouillon zu sich zu nehmen, deuteten in diese Richtung. Aber jetzt, wo Joe »für die, die das erste Mal dabei sind«, die Spielregeln erklärte, wurde ihm klar, daß er in einem Pilzzirkel gelandet war.

»Das Ritual, das uns bevorsteht, ist so alt wie die Menschheit selbst. Auf Felszeichnungen in der Sahara wurden Darstellungen von Menschen mit Pilzköpfen gefunden, sibirische Schamanen brauchten Pilze, um den Weg in die geistige Welt zu erleuchten, die Azteken versetzten sich mit halluzinogenen Pilzen in einen Zustand, den sie den blumigen Traum nannten. Und ein abtrünniger Jesuit namens John Allegro ging so weit zu behaupten, das Christentum gehe auf einen Fliegenpilz-Kult zurück.«

Joe sprach wie ein Fremdenführer, der seinen Text im Schlaf kennt. »Wie alles, was die Menschheit ein Stück weiterbringen würde, ist natürlich auch der Konsum von psilocybin- und psilozinhaltigen Pilzen bei uns verboten. Ich muß euch also bitten, zu versprechen, daß ihr niemandem sagt, wer dieses Ritual organisiert hat und woher die Pilze stammen.«

Erst als jedes Mitglied der Runde beflissen genickt hatte, fuhr er fort. »Ihr haltet euch an meine Anweisungen, ihr verlaßt die Gruppe nur in Notfällen, ihr handelt auf eigenes Risiko.«

Auch das ließ er sich von der Runde durch Kopfnicken bestätigen. Urs Blank fragte sich, was er hier verloren hatte.

Die gleiche Frage stellte er sich, als er Joe und dem beschwingten Wandergrüppchen mit Sack und Pack durch den Wald folgte. Er hatte nichts mit diesen Leuten zu tun. Sogar Lucille, die atemlos plaudernd neben Joe den steilen Waldweg hinaufstieg, kam ihm fremd vor.

Sie erreichten eine Lichtung, die an eine steile Felswand grenzte. Ein Wasserfall gischte von weit oben über die Felsvorsprünge in ein Bassin. Von dort aus floß ein Bach durch die Lichtung. In ihrer Mitte war ein großes Tipi aufgebaut, aus dem ein dünner Rauchfaden stieg. Etwas näher beim Wasserfall stand ein Verschlag aus rohen Brettern, dessen Eingang mit einer Wolldecke verhängt war.

»Shiva!« rief Joe.

Aus dem Zelt kam ein Mädchen mit weißblonden Haaren. Sie trug ein Kleid aus Waschleder mit langen Fransen, wie eine Squaw. Als sie näher kamen, sah Blank, daß sie eine ältere Frau war. »Shiva«, sagte Joe. »Unsere Reiseführerin.« Sie begrüßte Blank mit dem bedeutungsvollen Händedruck, den er bereits von Joe kannte.

In der Mitte des Tipi brannte ein Feuer, das von einem Kreis aus faustgroßen Steinen eingefaßt war. Sie ließen sich daran nieder. Shiva gab ihnen im Tonfall einer Sonntagsschullehrerin letzte Anweisungen. Sie sagte Sätze wie: »Versucht alle, die kritisierende, urteilende innere Instanz auszuschalten und den Prozeß zu erleben, ohne ihn zu früh analysieren zu wollen.«

Shiva war Blank auf Anhieb unsympathisch. Er war froh, als Joe ihn bat, ihm zu helfen, die heißen Steine von der Feuerstelle in die Holzhütte zu bringen. Joe füllte sie mit einer Feuerzange in einen alten Kohleneimer, Urs trug diesen in die Hütte und kippte ihn in das Loch in der Mitte.

Der Beginn des Rituals übertraf seine schlimmsten Erwartungen. Er hatte gerade die letzte Ladung Steine ausgekippt und kam mit dem leeren Kohleneimer aus der Hütte, als ihm die Gruppe entgegenkam. Alle waren nackt.

Urs Blank war nicht prüde. Er mied öffentliche Saunas und Nacktstrände aus ästhetischen Gründen. Nicht, weil er anderen seinen Anblick ersparen wollte. Er wollte sich den Anblick der anderen ersparen. Er war zwar nicht mehr so athletisch gebaut wie früher, aber seine Proportionen stimmten nach wie vor. Was man bei dieser Runde wirklich nur von Lucille behaupten konnte, mit der er, jetzt mehr denn je, lieber allein gewesen wäre.

Er ging ins Tipi, zog sich leise fluchend aus und kam mit einem Handtuch, das er wie zufällig bei sich trug, in die Schwitzhütte zurück.

Shiva sah aus, als ob sie meistens nackt herumliefe. Ihre Haut war wie das Waschleder, das sie vorher darüber getragen hatte. Und sie trug – Blank schaffte es nicht, es zu übersehen – die Schamhaare herzförmig rasiert.

Joe sah nackt noch hagerer aus als angezogen. Unter

einem Wusch grauer Schamhaare, um vieles dichter als sein Kopfhaar, baumelte ein welker Penis.

Susi, die Lehrerin, besaß neben ihrer Vorliebe für halluzinogene Pilze noch ein weiteres Geheimnis: Ein durch seine Unbeholfenheit pornographisch wirkendes Tattoo aus dem Kamasutra in der Leistengegend, das sie beim Schwimmunterricht wohl mit einem einteiligen Badeanzug vor der Klasse verbergen mußte.

Benny war ein überschlanker junger Mann und Blanks erste Begegnung mit einem männlichen gepiercten Bauchnabel.

Pia und Edwin waren zum Glück so dick, daß ihre privateren Teile in ihren Hautfalten verschwanden.

Joe goß Wasser auf die heißen Steine. Blank versuchte, sich mit Lucilles kleinen spitzen Brüsten vom Anblick der rasch in Schweiß ausbrechenden Körper abzulenken. Er war nicht der einzige, wie ihm ein kurzer Kontrollblick in die Runde bestätigte.

Zwischen den Aufgüssen verbrannte Joe Minze, Oregano, Rosmarin und Hanf.

Blank entspannte sich. Als sie nach einer halben Stunde ins eiskalte Wasser des Naturbassins unter dem Wasserfall tauchten, war es ihm schon egal, daß er das Handtuch in der Schwitzhütte vergessen hatte.

Er fühlte sich frisch und sauber, als sie ins warme Tipi zurückkehrten und sich anzogen. Er setzte sich neben Lucille auf den Schlafsack und versuchte gehorsam, *die kritisierende, urteilende innere Instanz auszuschalten.* Das erwies sich als nötiger denn je.

Vor Shiva stand ein kleiner Altar mit brennenden Kerzen,

einem Pilz aus Bronze, einem Räucherstäbchenhalter, wie Lucille sie verkaufte, einem Teller mit verschiedenen Kräutern und Harzen und einem Tablett, das mit einem weißen Tuch zugedeckt war.

Shiva murmelte Formeln und nahm das Tuch ab. Sie hielt das Tablett hoch über den Kopf, schloß die Augen, verharrte einen Moment in dieser Stellung und gab es dann Joe. Er musterte das Tablett und reichte es weiter.

Urs Blank sollte sich noch oft daran zu erinnern versuchen, was er auf dem Tablett sah. Für ihn waren es getrocknete Pflanzenstücke. Rinde, Gemüse, Früchte oder von ihm aus auch Pilze. Sie besaßen weder eine Form noch eine Farbe noch eine Struktur, die auf irgendeine bestimmte Pflanze schließen ließen. Voneinander unterschieden sie sich – nach seiner Erinnerung – nur durch die Größe.

Er reichte das Tablett an Lucille weiter. Sie studierte seinen Inhalt, blinzelte ihm zu und leckte sich die Lippen.

»Drei kleine trockene Pilze enthalten etwa ein Gramm Psilocybin«, erklärte Shiva. »Je nach Körpergewicht braucht ihr mehr oder weniger«, sie warf Pia und Edwin einen vielsagenden Blick zu. »Ich, zum Beispiel, nehme vier.«

Sie füllte ein Glas mit Wasser und warf drei Tabletten hinein. Das Wasser schäumte orange auf. »Reines Vitamin C. Überdeckt den Geschmack und verbessert die Wirkung.«

Sie nahm vier der trockenen braunschwarzen Stücke vom Tablett, steckte sie in den Mund und begann zu kauen. »Kaut, solange ihr es durchsteht.«

Sie schloß die Augen und kaute.

»Wie eine Ziege«, raunte Blank Lucille zu. Sie legte den Finger auf die Lippen.

Shiva kaute mit ausgebreiteten Armen, als ob es sich um einen gefährlichen Hochseilakt handelte. Endlich, als sich die ersten Anzeichen von Ungeduld im Tipi bemerkbar machten, griff sie zum Glas und stürzte es hinunter. Ab diesem Moment waren die Pilze freigegeben.

»Wie viele nimmst du?« flüsterte Blank.

»Vier.«

»Dann nehme ich auch vier.«

»Du bist zwanzig Kilo schwerer als ich, nimm sechs.«

»Wie ist es?«

»Wie LSD, aber schöner. Organischer.«

»Und wie ist LSD?«

Lucille lachte. »Wie ein Joint, der aufmacht statt zu.«

Blank suchte sich sechs Pilze aus. Drei mittlere, zwei kleine. Unter einem der mittleren kam noch ein winziges Pilzlein zum Vorschein. Den nahm er als sechsten. Lucille hatte ihn beobachtet. »Feigling.«

Sie nahm vier mittelgroße und stopfte sie in den Mund. Sie begannen zu kauen.

Das Zeug schmeckte wie alte Socken. Zuerst wie trockene, dann wie nasse. Auch die Konsistenz war ähnlich. Nachdem er eine Weile gekaut hatte, verstand Blank, weshalb Shiva daraus eine Mutprobe gemacht hatte. Je breiiger die Masse wurde, desto mehr Bitterstoffe lösten sich.

Lucille stieß ihn an. Sie hatte das Gesicht verzogen und begonnen, mit den Fingern bis zehn zu zählen. Blank zählte mit. Bei zehn griffen sie zu ihrer Vitaminlimonade und spülten den Brei runter. »Pfui Teufel«, sagte Blank.

Die erste Wirkung, die Blank spürte, war, daß ihm das Trommeln nicht mehr auf die Nerven ging. Benny hatte auf kleinen Bongos zu spielen begonnen. Blank wäre am liebsten aufgestanden und gegangen. Aber jetzt, nach einer Viertelstunde, störte es ihn nicht mehr. Um ehrlich zu sein: Es fing an ihm zu gefallen. Auch als Lucille und ein paar andere im Tipi mit Rasseln, Rumbakugeln, Tamburinen und anderen Schlaginstrumenten einfielen, ging das in Ordnung.

Die nächste Wirkung, die er verspürte, war, daß er selbst spielte. Er hatte plötzlich eine Schellentrommel in der Hand und begleitete die *jam session* mit wachsendem Selbstbewußtsein.

Auf einmal merkte er, daß er es war, der den Takt angab. Alle hörten auf seine Zeichen, verdoppelten, wenn er verdoppelte, schleppten, wenn er schleppte. Er gab die Einsätze, korrigierte, pfiff zurück. Er war die natürliche, von allen anerkannte Autorität geworden.

Er, Urs Blank, der sehr mittelmäßige Tänzer, der unbegabte Klavierschüler, der falsche Sänger, war plötzlich der fleischgewordene Rhythmus geworden. Mit einem Mal verstand er die Musik – alle Musik – in ihrem innersten Wesen. Er spürte die Klänge des Universums, bündelte und fächerte sie zum endgültigen Opus, nach dessen Uraufführung keine Musik mehr möglich sein würde.

Joe hatte schon so oft Pilze genommen, daß es ihm jedes Mal schwerer fiel, auf den Trip zu kommen. Nur dank seiner jahrzehntelangen Erfahrung mit halluzinogenen Drogen gelang es ihm immer wieder, sich mit ein paar Tricks und Triperinnerungen auf die Umlaufbahn zu katapultieren. Aber die Harmonie mußte stimmen. Und diesmal stimmte sie nicht.

Der Anwalt, den Lucille, warum auch immer, mitgebracht hatte, riß alles an sich. Bei seiner Ankunft war er ihm höflich und zurückhaltend erschienen. Fast schüchtern. Der einzige, der mit einem Frotteetuch vor dem Bauch in die Schwitzhütte kam.

Aber keine zehn Minuten, nachdem er die Pilze geschluckt hatte, fing er an, den Zirkel zu tyrannisieren. Er nahm sich eine Schellentrommel, fing sofort an der Gruppe seinen Rhythmus aufzuzwingen und herrschte alle an, die sich nicht fügten. Joe konnte sich nicht konzentrieren. Immer, wenn er einen Zipfel des fliegenden Teppichs erwischt hatte, wurde er von den schlechten *vibes* des Mannes wieder auf den Boden zurückgeholt.

Lucille konnte nicht mehr vor Lachen. Urs war völlig verwandelt. Was der mit seiner Schellentrommel aufführte! Sie hatte nicht gewußt, daß ein Mensch so wenig Rhythmus besitzen konnte. Er hüpfte im Tipi umher und traf keinen einzigen Takt. Aber er hielt sich offenbar für ein Rhythmusgenie. Er korrigierte die anderen, die nicht gleich falsch trommelten wie er. Er hielt ihnen seine Schellentrommel vor die Nase und klopfte, bis auch sie aus dem Takt gefallen waren.

Der Bauch tat ihr weh vor Lachen.

Edwin spürte rein gar nichts. Im Gegensatz zu Pia, die immer auf seine Glatze zeigte und kicherte: »Spitzkegeliger

Kahlkopf.« So hießen die psychedelischen Pilze, die sie genommen hatten. Sehr komisch. Aber er spürte nichts. Außer einer wachsenden Gereiztheit über Pias Getue. Und einen ziemlichen Haß auf den Anwalt mit seinem Trommelterror.

Der Name Urs Blank war ihm nicht unbekannt. Er hatte die Finger mit im Spiel gehabt bei der Fusion seiner Bank, die ihm in einem Jahr die vorzeitige Pensionierung einbringen würde. Er hatte sich nichts anmerken lassen und versucht, Blank wie allen anderen Teilnehmern des Rituals vorurteilsfrei gegenüberzutreten. Am Anfang hatte das funktioniert. Der Mann war ihm ganz normal und freundlich erschienen. Edwin hatte sich gesagt, der hat ja die Fusion nicht erfunden, der hat nur seinen Job gemacht, der kann nichts dafür.

Aber jetzt, wo Blank sich aufführte wie der Erfinder der Schellentrommel, revidierte er seine Meinung. Das Vorurteil stimmte. Blank war das eingebildete Arschloch, für das er ihn von Anfang an gehalten hatte.

Der Boden kippte. Blank mußte sich setzen. Der Boden kippte auf die andere Seite. Blank legte seine Trommel beiseite und hielt sich am Boden fest. Er fixierte die Spitze des Tipi, dort, wo sich die Zeltstangen trafen und ein Stück blauer Himmel sichtbar war.

Der Himmel kippte nach hinten weg. Blank schloß die Augen, aber er sah immer noch das Stück blauen Himmels. Es schwang zurück wie ein Pendel. Er öffnete die Augen. Kein Unterschied. Das blaue Pendel begann zu kreisen. Immer enger wurde der Kreis, immer rasender drehte er sich. Das Tipi war ein Kreisel, der sich drehte wie eine außer Kontrolle geratene Jahrmarktsbahn. Die Schwerkraft drückte ihn an die Wand des Tipi. Und das Trommeln ging weiter, schwoll an, ebbte ab, schwoll an. »Stop!« wollte er schreien. Aber er brachte keinen Ton heraus. Der Kreisel drehte, drehte, drehte.

Plötzlich blieb der Kreisel stehen. Alle im Zelt waren zu Statuen erstarrt, die Trommeln verstummt. Blank wurde schlecht. Er wollte hinaus, aber er konnte sich nicht bewegen. Er war gelähmt. Das einzige Gefühl in ihm war ein unüberwindlicher Brechreiz. Er würgte. Und plötzlich befand er sich im Freien. Er übergab sich. Das Gras schlug über ihm zusammen, die Wiese verschlang ihn.

Mitten im Schlag hörte Blank auf zu trommeln. Er blieb einen Moment bockstill, dann begann er zu wanken. Wie eine Lenin-Statue nach dem Mauerfall, dachte Lucille. Der Gedanke war so komisch, daß sie ihn weitersagen mußte. »Wie eine Lenin-Statue nach dem Mauerfall«, sagte sie und zeigte auf den schwankenden Urs. Alle lachten.

Urs stürzte und klammerte sich an seinem Schlafsack fest. Die Augen hatte er weit aufgerissen. Er kroch an die Wand des Tipi und rollte sich zu einem Embryo zusammen. Er wälzte sich auf den Bauch und hielt alle viere von sich gestreckt. Er begann zu würgen.

Edwin beobachtete interessiert, wie Blank durchdrehte. Er kannte das von anderen Workshops, an die ihn Pia geschleppt hatte. Sie dachte, es helfe gegen die Depressionen, die ihn seit der Fusion plagten. Immer gab es einen in der Gruppe, der sich in den Mittelpunkt drängte.

Als Blank zu würgen begann, stand er auf. Das fehlte noch, daß der hier alles vollkotzte.

Joe hatte gerade wieder den Schanzentisch zum Nirwana erreicht, als das Würgen anfing. Er öffnete die Augen und sah Blank auf dem Boden liegen. Gleich würde er loskotzen.

Er raffte sich auf und ging zu ihm hin. Zum Glück konnte sich Edwin ebenfalls noch auf den Beinen halten. Er hatte die gleiche Idee gehabt. Sie packten Blank unter den Armen und schleiften ihn ins Freie. Auf der Wiese, in sicherem Abstand zum Tipi, ließen sie ihn liegen. Als sie zurückkamen, empfingen sie Applaus und Gelächter.

Blank befand sich im Innern der Wiese. Dort war es hell, wie in einer Sonne. Das Licht drang durch seine Augenlider und verwandelte sich in Bildpunkte, die in grellen Farben explodierten. Er war ein gläserner Behälter, der sich bei jeder Explosion mit einer anderen Farbe füllte. Zitronenfaltergelb, Himbeersiruprot, Pistazieneisgrün.

Lucille versuchte sich zu erinnern, wo Urs geblieben war. Immer, wenn sie an ihn dachte, mußte sie lachen. Sie wußte nicht weshalb, aber es hatte mit ihm zu tun. Wenn sie nicht an ihn dachte, war sie ganz ernst. Aber kaum dachte sie an ihn, kugelte sie sich. Sie konnte das an- und ausknipsen, wie sie wollte. Sie wußte nicht, wie lange sie das schon tat. Eine Stunde sicher. Oder zwei Tage.

Jetzt fiel ihr ein, daß sie Urs bestimmt schon eine Woche nicht gesehen hatte. Wieder überkam sie die Heiterkeit, die mit Urs zu tun hatte. Sie stand auf, hob die Schellentrommel auf und verließ das Tipi. War da schon immer eine Wiese gewesen?

Nach ein paar Schritten stolperte sie über etwas. Es war Urs. Er lag mit ausgebreiteten Armen in der Sonne und hatte die Augen geschlossen. Sie mußte furchtbar lachen.

»Psst«, sagte er. »Du vertreibst die Wiesenwichte.«

Da mußte sie noch mehr lachen. »Die Wiesenwichte? Die Wiesenwichte?« lachte sie und klopfte auf der Schellentrommel den Takt dazu.

Da schlug er sie ins Gesicht.

Die Wiese hatte Blank ausgespuckt. Er lag jetzt wieder auf ihr. Aber er konnte sich noch immer nicht bewegen. Er war wie Gulliver mit tausend kleinen Seilen festgepflockt. Das Werk der Wiesenwichte, kleine, borstige, leuchtgrüne Wesen mit Saugnäpfen an den Füßchen.

Er war kurz davor, mit ihnen in Kommunikation zu treten, als jemand über ihn stolperte und laut zu lachen und lärmen anfing. Die Wiesenwichte stoben in alle Richtungen davon.

Der Lärm hörte erst auf, als er sich von den Pflöckchen riß und dort hinschlug, wo er herkam.

Er stand auf und ging der Stimme nach, die ihn rief.

Als Lucille ins Tipi zurückkam, blutete sie aus der Nase. Das sah so komisch aus, daß Susi laut lachen mußte.

Als die anderen sahen, weshalb sie lachte, stimmten sie ein. Sie lachten und lachten, bis auch Lucille lachen mußte.

Nur der dicke Edwin lachte nicht. Er stand auf und stieß Shiva an. »Ich dachte, Sie seien die Reiseführerin. Einer der Touristen hat sich verirrt, hören Sie doch.«

Beim Wort »Reiseführerin« mußten alle noch mehr lachen. Da schrie der dicke Edwin: »Still!«

Alle gehorchten.

Jetzt hörte man draußen die Schellentrommel, die sich langsam entfernte.

»Kein Rhythmus im Arsch«, murmelte Benny, der Straßenmusiker. Jetzt lachten wieder alle los.

Im Wald herrschte hoher Wellengang. Woge um Woge kam der Waldboden auf Blank zu. Aber sie brachten ihn nicht aus dem Gleichgewicht. Auch jetzt nicht, als sie die Farben änderten. Eine neongrüne Welle folgte einer phosphorgelben, einer saphirblauen, einer karminroten. Und die Bäume tanzten dazu, wie Bojen im aufgewühlten Meer. Blank ließ sich nicht aus dem Takt bringen. »Tschirrtamtam, tschirrtamtam« machte seine Schellentrommel.

Die moosigen Wellen nahmen den Takt auf, die Tannen und Fichten wiegten sich darin. Und änderten ihre Gestalt. Wurden untersetzt und schlank, eckig und rund, dreidimensional und flach. Ganz wie sie wollten. Nein. Ganz wie Urs wollte. Er zwang sie, die Form anzunehmen, die er ihnen zudachte. Und die Farbe. Sie duckten sich pink und blähten sich aquamarin. Sie verwandelten sich in Echsenfrösche, Rehhasen, Schwalbenschnecken und Fuchsgemsen.

Blank hatte sich den Wald unterworfen.

Im Tipi lief *Dark Side of the Moon*. Lucille konnte David Gilmour nicht nur hören, sie konnte ihn sehen. Er sprach mit ihr. Er bewegte sich wie eine Flüssigkeit.

Urs Blank kam ihr in den Sinn und sein fehlender Sinn für Rhythmus. Aber statt eines Lachanfalls überfiel sie diesmal eine tiefe Traurigkeit. Sie mußte weinen. »Urs«, stammelte sie zwischen Schluchzern. »Urs.«

Jemand robbte zu ihr heran und legte den Arm um sie. Eine Hand tastete sich in den Ausschnitt ihrer Bluse.

Die einzige Wirkung, die Edwin spürte, war, daß es ihm egal war, daß er nichts spürte. Die anderen waren alle weggetreten. Pia lächelte selig mit geschlossenen Augen und sagte immer wieder »schau«. Die alte Shiva streichelte den jungen Benny. Susi kicherte. Joe ging in der psychedelischen Musik auf. Der Anwalt war zum Glück verschwunden. Die hübsche Lucille fing an zu weinen.

Edwin robbte sich an sie heran.

Urs Blank saß auf einem weichen grünen Thron. Um ihn versammelt: die Menschheit. Abrufbar. Jeder und jede, die er kannte, nahmen Gestalt an. Und zwar die Gestalt, die er wollte.

Ein Lidschlag, und Dr. Fluri grunzte als Schwein herbei. Ein Atemzug, und Halter + Hafner zitterten als Gelatine vor ihm. Er verwandelte Anton Huwyler in einen Pavian, Ruth Zopp in eine Ziege, Christoph Gerber in Schleim, Niklaus Halter in einen Klumpen Teig. Er probierte Pflanzen aus: Moos für seinen Partner Dr. Geiger, Farn für Evelyne Vogt, Tanne für Alfred Wenger. Und er probierte Sachen aus: Hans-Rudolf Nauer wurde zu Erde, Pius Ott zu Stein, Lucille zu heißer Luft, die über sonnenbeschienenen Teerstraßen flimmerte.

Alle winselten um ihr Leben. Aber alle löschte er aus. Ohne Mitleid, ohne Vergnügen. Ohne die geringste Gemütsregung.

Urs Blank war in eine neue Dimension getreten. Alles war ihm plötzlich klargeworden. Er hatte die letzte Einsicht gewonnen.

Alles, was er bisher getan, gedacht, gelernt und gefühlt hatte, beruhte auf einem einzigen, gewaltigen Irrtum. Gut, böse, falsch, richtig, schön, häßlich, ich, du, mein, dein: alles Werte einer Skala, die die große, letzte Wahrheit außer acht ließ: Es gibt keine Vergleichsgrößen. Weil es nichts gibt. Es existiert nur eine einzige Wirklichkeit: Urs Blank.

Diese Erkenntnis war so überwältigend und doch so einfach. Kaum zu glauben, daß er so lange dafür gebraucht hatte.

5

Lucille erwachte, weil sie jemand grob anstieß. Sie schlug die Augen auf und sah Pias großes Gesicht über sich. »Das reicht jetzt«, fauchte sie.

Lucille verstand nicht. Erst als sie die Hand auf ihrer linken Brust spürte und den dicken Mann neben sich liegen sah, begriff sie. Sie faßte den schlaffen Arm und ließ ihn neben sich fallen wie einen ausgewrungenen Putzlappen. Edwin schnarchte weiter.

»Gewisse Leute lassen keine Gelegenheit aus«, schimpfte Pia. Der Vorwurf galt Lucille. Sie mußte lachen.

Das Lachen erinnerte sie an Blank. Sie schaute sich im Tipi um. Hier war er nicht. Sie ging hinaus. Joe und Susi saßen im Gras und rauchten einen Joint. »Habt ihr Urs gesehen?«

»Ich glaube, er ging irgendwann mal raus.«

Lucille erinnerte sich. »Wann war das?«

»Schon länger«, sagte Joe und schaute zum Wald hinüber, aus dem bereits die Dämmerung kroch.

»Weit kann er nicht sein«, sagte Joe immer wieder. Es war Lucille gelungen, die ganze Gruppe zur Suche nach Urs zu überreden. Joe hatte sich zuerst auf den Standpunkt gestellt, daß jeder auf eigene Gefahr gehandelt habe. Aber als Lucille damit drohte, jeden einzelnen von ihnen anzuzeigen, falls Urs etwas passierte, gingen sie widerwillig mit.

Als es dunkel wurde, hatten sie sich in drei Suchtrupps aufgeteilt. So viele, wie sie Taschenlampen besaßen. Die Weisung lautete, daß jeder Trupp immer den Lichtkegel eines anderen Trupps in Sichtweite haben und sich beim ersten Anzeichen, daß die Batterie schwächer wurde, mit den anderen zusammenschließen mußte.

Vor zehn Minuten waren Edwins Leute zu Joe und Lucille gestoßen. Ihre Lampe brannte nur noch schwach. Edwin und Pia schnauften beide und verwünschten Blank und Joe und Shiva und die ganze Organisation.

Joe und Lucille waren wortkarg geworden. Sie versuchten, den Lichtkegel im Auge zu behalten, der hundert Meter weiter zwischen den Stämmen tanzte. Ab und zu hörten sie Benny oder Shiva Urs' Namen rufen.

Die Rufe verstummten. Der Lichtkegel kam auf sie zu. Lucille rannte ihm entgegen.

»Habt ihr ihn?« fragte sie, als Benny und Shiva sie erreichten.

»Die Batterie geht zu Ende.«

Das Grüppchen folgte Joe zurück zur Lichtung. »Bestimmt ist er schon lange dort und fragt sich, wo wir bleiben«, vermutete Joe. Lucille war fest entschlossen, die Polizei zu alarmieren, falls Joe sich irrte.

Das Tipi stand im fahlen Schein der Mainacht auf der Lichtung wie ein umgestülpter Trichter. Kein Licht brannte. Lucille nahm Joes Taschenlampe und rannte los.

Sie leuchtete in jeden Schlafsack und unter jede Decke. Von Blank keine Spur.

»Nicht hier«, sagte sie leise, als die anderen kamen.

Plötzlich drang ein Geräusch in die betretene Stille. Wie das Winseln eines Nachttiers. Lucille ging hinaus. Es kam von der Schwitzhütte. Sie rannte hin und schlug die Decke vor dem Eingang beiseite.

Im matten Licht der verbrauchten Taschenlampe sah sie Blank am Boden kauern. Sein Gesicht, seine Hände, seine Schuhe, seine Kleider waren erdverkrustet. Er weinte wie ein kleiner Junge.

Urs Blank konnte sich nicht erinnern, wie er zur Lichtung zurückgelangt war. Als er zu sich kam, saß er auf einem Baumstrunk, an einen schwarzen, feuchten Findling ge-lehnt. Das Unterholz bildete einen respektvollen Halbkreis vor ihm. Weiter hinten, in der beginnenden Dämmerung, schlossen ein paar jüngere Tannen und Fichten zum Halb-kreis auf.

Blank fühlte sich schwer. Aber er war wieder genug bei Sinnen, um zu wissen, daß er hier nicht bleiben konnte. Er wußte noch, daß er aufgestanden war, und er erinnerte sich noch an einen glitschigen Hang, den er immer wieder hin-untergerutscht war.

Dann saß er auf einmal in der Schwitzhütte. Die von ihm befohlenen Metamorphosen der Natur und der Menschheit spielten sich noch einmal vor ihm ab. Aber diesmal konn-ten es keine Halluzinationen sein. Er wußte, wer und wo er war, und sah alles noch einmal so dreidimensional und rea-listisch wie die Welt selbst.

Die Einsicht wurde noch deutlicher und noch unanfecht-barer als beim ersten Mal.

Wieder löschte er alles mit der gleichen Ungerührtheit aus, mit der er es hatte entstehen und sich verändern lassen. Als er damit fertig und als einzige Wirklichkeit übriggeblieben war, überfiel ihn ein Gefühl nie gekannter Einsamkeit.

Auch als ihn Lucille weinend in der Schwitzhütte fand, war er nicht zu trösten. Wie sollte ihn jemand trösten, den er durch einen einzigen Lidschlag entstehen und vergehen lassen konnte?

Lucille machte sich Sorgen um Urs. Er war apathisch und tat, als existiere sie nicht. Er ließ sich widerstandslos waschen, die Kratzer an Gesicht, Armen und Händen desinfizieren und in den Jogginganzug stecken, den sie in seinem Daypack gefunden hatte. Er kroch gehorsam in den Schlafsack und fiel kurz darauf in einen tiefen Schlaf.

Sie hoffte, daß er wieder als der alte Urs daraus erwachen würde. Dieser hier war ihr fremd und unheimlich geworden.

Joe und Shiva, die beiden Experten, hatten empfohlen, Blank so lange schlafen zu lassen, bis er von selbst aufwachte. Schlaf sei das beste Mittel gegen einen schlechten Trip. Die Gruppe war aufgestanden, hatte gefrühstückt, gepackt und war seit einiger Zeit marschbereit. Die Stimmung war nicht besonders. Ihre Trips waren durch Blanks Eskapaden in eine falsche Richtung gelenkt und zu früh abgebrochen worden. Alle hatten mit Nachwirkungen zu kämpfen und wollten so rasch als möglich nach Hause.

Gegen Mittag beschlossen sie, Urs zu wecken.

Urs brauchte eine Weile, um sich zurechtzufinden. Es hatte eine Zeit in seinem Leben gegeben, in der er ab und zu mit einem Kater erwacht war. Mit schweren Gliedern, trockenem Mund, schmerzenden Augenhöhlen, dumpfen Kopfschmerzen und voller diffuser Erinnerungen, die darauf lauerten, Gestalt anzunehmen.

Diesmal kam noch das Brennen der Kratzer hinzu. Und der verschwitzte Schlafsack, der ihn wie eine Riesenschlange umfing. Und die Traurigkeit, die ihn auf die dünne Isoliermatte niederdrückte.

Als er die Augen öffnete, sah er Lucilles lächelndes Gesicht über sich. Er schloß die Augen. Als er sie wieder öffnete, war sie noch immer da. Er wußte nicht, weshalb ihn das erstaunte. Aber als er sich aufrichtete und seine zerkratzten Arme untersuchte, kam es ihm wieder in den Sinn: Es gab sie nicht.

Diese Erkenntnis hatte über Nacht nichts von ihrer Unausweichlichkeit verloren.

Er stand auf, wusch sich beim Wasserfall, packte seine Sachen und schloß sich grußlos den anderen an, die ihn gereizt erwarteten. Sie machten sich schweigend auf den Rückweg.

Die Bewegung und die Waldluft taten ihm gut. Als sie beim Bauernhof ankamen, gelang es ihm sogar, gute Miene zum Abschiedsritual zu machen. Man trank einen Kräutertee, gelobte Stillschweigen und bezahlte den freiwilligen Beitrag von mindestens zweihundert Franken pro Person. Blank gab fünfhundert.

Joe fand, er hätte ruhig auch mehr geben können.

Auf der Rückfahrt waren sie beide wortkarg. Nur als Lucille Pink Floyd spielen wollte, erhob Blank Einspruch.

Einmal fragte Lucille: »Willst du darüber sprechen?«

Blank schüttelte den Kopf.

Dann wieder bemerkte sie: »Das kann mehrere Tage dauern. Man erfährt Dinge, die man nie gewußt hat. Das muß man verarbeiten. Ich kenne das.«

Blank bezweifelte, daß sie das kannte.

Sie waren bereits in einem Außenquartier der Stadt, als Lucille sagte: »Du hast mich geschlagen.«

»Ich weiß.«

»Du weißt es und sagst nichts?«

»Ich habe dich nicht richtig geschlagen.«

»Es hat weh getan«, empörte sie sich.

»Schon. Aber es war nicht wirklich.«

»Das verstehe ich nicht.«

»Ich weiß.«

Er hielt vor ihrer Haustür und nahm ihr Gepäck aus dem Kofferraum.

»Kommst du nicht rauf?«

»Besser nicht.«

»Es ist nicht gut, wenn man danach allein ist.«

»Man ist immer allein.« Blank setzte sich hinter das Steuer, ließ den Motor an und fuhr weg.

»Es tut mir leid!« rief Lucille ihm nach. Er hatte sich nicht einmal verabschiedet.

Sonntagabende im Imperial waren eine ruhige Zeit. Die Ankunft von ein paar Geschäftsleuten, die am Montag früh Termine hatten, ein paar Familien, die die Großeltern aus

Tradition einmal im Monat ins Imperial ausführten, ein paar Durchreisende und die wenigen Dauergäste, von denen Urs Blank einer war.

Er war vor einer Stunde angekommen, und Herr Fenner, der Concierge, hatte ein paar Worte über das herrliche Frühlingswochenende geäußert. »Wie geschaffen für den Wald«, hatte er mit einem Blick auf Blanks Zustand festgestellt.

Blank hatte sich in die Badewanne gelegt und damit begonnen, vernünftig zu werden.

Was war passiert? Er hatte – Idiot, der er war! – einen psychedelischen Trip unternommen und Dinge gesehen und erlebt, die es nicht gibt. Das ist der Sinn von psychedelischen Trips. Eine Reise in die Unwirklichkeit. Jetzt war er wieder zurück in der Wirklichkeit. So war es. Nicht umgekehrt.

Das sagte er sich immer wieder. Und es funktionierte. Solange ihm nicht die Augen zufielen. Denn dann wurde die Unwirklichkeit wieder wirklich.

Blank zwang sich, aus der Badewanne zu steigen und kalt zu duschen. Er rasierte sich, zog sich ein weißes Hemd, einen anthrazitfarbenen Anzug und eine japanische Designerkrawatte an und ging ins Restaurant.

Er aß mit mehr Appetit, als er sich zugetraut hatte, einen Salat, ein Filetsteak mit frischen Erbsen und Risotto. Er wagte sich sogar an ein halbes Fläschchen bewußtseinserweiternden Bordeaux.

Vom Zimmer aus rief er Lucille an und entschuldigte sich für sein brüskes Benehmen. Sie klang sehr froh, daß es ihm besserging. »Ich habe mir schon Vorwürfe gemacht«, sagte sie. Sie tauschten ein paar Banalitäten aus, er wußte nicht, wie lange.

Lucille war froh, als Blank sie anrief. Er klang wieder ganz normal, erzählte ihr, was er gegessen hatte, erkundigte sich sogar, wie Troll ihre Abwesenheit überstanden hatte. Sie plauderten ein wenig. Irgendwann hatte sie das Gefühl, daß er ihr nicht mehr zuhörte. Zuerst ließ er noch ab und zu ein »mmh« oder »jaa« vernehmen. Dann wurde er ganz still. Irgendwann merkte sie, daß er aufgelegt hatte. Nicht im Zorn. Ohne Grund. Einfach so. Wie wenn er vergessen hätte, daß sie existierte.

Wahrscheinlich ist er eingeschlafen, dachte sie.

Unterhalb des Kremls, nahe bei der ewigen Flamme für den unbekannten Soldaten, ragten Bronzestatuen im Stil von Disneyfiguren aus dem Bett eines künstlichen Flüßchens, dessen Wasser zur Zeit abgedreht war. Daneben führte eine Treppe in ein elegantes unterirdisches Einkaufszentrum. Es war im Stil der Moskauer U-Bahn-Stationen gebaut. Aber bei näherem Hinschauen sah man, daß Gips, Kunststoff und Spritzbeton die dominierenden Baustoffe waren.

Ott ging mit Tischtschenko durch die fast menschenleeren Gänge, vorbei an Schaufenstern, von denen über die Hälfte leer waren.

Ein paar Schritte vor und ein paar Schritte hinter ihnen gingen je ein junger kurzgeschorener Mann im dunklen Anzug mit einem Knopf im Ohr, aus dem ein dünnes Kabel ragte und diskret unter dem Revers verschwand.

Tischtschenko war darauf spezialisiert, westlichen Investoren den Zugang zur Moskauer Geschäftswelt und deren Eigenheiten zu erleichtern. Aber Ott hatte nicht vor, in die russische Wirtschaft zu investieren. Sein Interesse galt dem Umstand, daß es Tischtschenko gewesen war, der Fluri damals beraten hatte.

Vor einem leeren Schaufenster blieben sie stehen. »Von hier an«, erklärte Tischtschenko in fließendem Englisch, »bis dort unten: alles MOCKTEX.« Er zeigte auf eine lange Flucht von Schaufenstern.

Die ELEGANTSA hatte eine Mehrheitsbeteiligung an der MOCKTEX in die Fusion mit CHARADE eingebracht.

Sie schlenderten langsam an den Schaufenstern vorbei. Sie waren alle leer bis auf ein paar vergessene Farbkübel, Putzlappen und alte Zeitungen. Im letzten lag der Arm einer Schaufensterpuppe.

»Was schätzen Sie: Wieviel ist das wert?«

Tischtschenko blieb stehen. »Sie wollen das doch nicht etwa kaufen?«

»Warum nicht? Die Lage ist gut, und die Krise wird vorübergehen.«

»Wenn Sie Immobilien suchen, kann ich Ihnen in Moskau hundert bessere Sachen zeigen. Das hier ist nichts wert.«

»Nichts?«

»Auch wenn Sie es für eine halbe Million Dollar bekommen, es wird immer mehr kosten, als es einbringt.«

Ott nickte nachdenklich. In der Bilanz der ELEGANTSA war der Immobilienwert der MOCKTEX mit zwölf Millionen Dollar angegeben.

Huwyler hatte Blank noch nie so erlebt. Sie führten die ersten Sondierungsgespräche mit den Vertretern der anderen Fusionsparteien. Jack Taylor von BRITISH LIFE, Jean-Paul Le Cerf von SECURITÉ DU NORD und Klaus Gebert von der HANSA ALLGEMEINEN. Die Sitzung war auf zehn Uhr angesagt. Mit anschließendem Mittagessen, zum Kennenlernen.

Sie tagten im Direktionssitzungszimmer der CONFED. Haupttraktanden: Etappenplan der Verhandlungen und Geheimhaltungskonzept. Blank kannte die hiesigen Verhältnisse am besten und war auch der mit der größten Fusionserfahrung. Ihm fiel die Rolle des Moderators zu, die er normalerweise mit viel Eleganz und Diplomatie beherrschte. Aber heute war er verändert. Er wirkte abwesend, verlor den Faden, nahm ihn unvermittelt wieder auf, unterbrach die Gesprächspartner oder studierte sie verwundert, wie seltene Insekten.

Huwyler wußte zwar durch eine Indiskretion von Dr. von Berg, daß Blank eine Affäre mit einem sehr jungen Mädchen hatte. Aber daß diese solche Auswirkungen auf seine Leistung hatte, war er nicht bereit zu akzeptieren.

Als sich Blank dann auch noch ohne Entschuldigung vor dem Essen von der irritierten Runde verabschiedete, beschloß er, ihn sich vorzuknöpfen.

Christoph Gerber wußte nicht, wie ihm geschah. Er sprach Blank auf die Meldung an, daß die ELEGANTSA ab sofort in CHARADE integriert und ihr Name verschwinden würde. Und um ihm eine Freude zu machen, fügte er hinzu: »Dr. Arschlochs Gesicht hätte ich zu gerne gesehen.«

Blank schaute ihn an und sagte: »Raus.« Als Gerber nicht sofort gehorchte, schrie er es: »Raus!«

Petra Decarli, Blanks Sekretärin, die ihren Chef noch nie hatte schreien hören, streckte den Kopf herein. Blank war kreideweiß und zeigte auf den verdatterten Christoph Gerber: »Schaffen Sie mir das aus den Augen. Endgültig, hören Sie? Aus den Augen!«

»Ich weiß nicht, was er hat«, stammelte Gerber, als er in der Kaffeeküche einen Cognac trank, den ihm Petra Decarli aufgenötigt hatte. »Er sagt doch auch immer Dr. Arschloch zu Dr. Fluri.«

»Er hat private Probleme«, tröstete sie ihn. »Gehen Sie ihm ein paar Tage aus dem Weg. Das gibt sich wieder.«

»Sicher?«

»Ganz sicher«, sagte sie. Aber so sicher war sie nicht. Da war etwas in Blanks Augen gewesen.

Urs Blank ging an diesem Tag früher aus dem Büro. Ein Spaziergang würde ihm guttun. Er mußte mit sich ins reine kommen.

Der See glitzerte in der Sonne, weit im Süden schimmerte die Bergkette wie ein zartes Aquarell. Alte, Mütter, Kinder, Skater, Hunde, Radfahrer, Rapper, Schulschwänzer, Angler, Junkies, Liebespaare, Arbeitslose und Arbeitsmüde tummelten sich im Park.

Die Hände tief in den Hosentaschen, den Blick auf die Schuhspitzen geheftet, schlenderte Urs Blank über die Promenade. Er war ein ausgeglichener Mensch. Darauf bildete er sich etwas ein. Als kleiner Junge hatte er zwar manchmal Anfälle von Jähzorn gehabt. Es war vorgekommen, daß er mit der bloßen Faust eine Scheibe eingeschlagen oder die Füllung einer Schranktür eingetreten hatte. Aber schon damals schämte er sich für diese Ausbrüche und versuchte sich zu zügeln.

Seine Eltern hatten sich scheiden lassen, als er sechs war. Er hatte vieles von der dramatischsten Phase des Scheiterns ihrer Ehe mitbekommen und auch erlebt, daß sein Vater seine Mutter schlug. Dafür verachtete er ihn aus ganzem Herzen. Er war froh, als die Scheidung ausgesprochen war, und weigerte sich so lange, an den Besuchstagen zum Vater zu gehen, bis dieser nicht mehr darauf bestand. Blank hatte ihn nur noch einmal getroffen: Bei der Beerdigung seiner Mutter vor vier Jahren. Selbst dann mußte er sich überwinden, mit dem alten Mann ein paar Worte zu wechseln.

Von daher stammte seine tiefe Abscheu gegen jede Form von Gewalt, die er auch die gewalttätigen unter seinen Schulkameraden spüren ließ. Seine Gewaltfreiheit machte ihn zum bevorzugten Opfer von Schulhofschlägereien. Er war ein kräftiger Junge, und die anderen hatten bald herausgefunden, daß es bei ihm einen Punkt gab, an dem er zurückschlug und zu einem gefährlichen, unberechenbaren Gegner wurde. Es war eine beliebte Mutprobe, Urs bis zu diesem Punkt zu treiben.

Das wurde schwieriger, je älter er wurde. Es gelang ihm immer besser, die Wut in seinem Innern zu behalten. Wenn er ihr erlaubte auszubrechen, dann nur in Form von Gedanken und Phantasien.

Urs Blank setzte sich auf eine Parkbank und schaute zwei Pudeln zu, die, ängstlich überwacht von ihren Besitzerinnen, erste Annäherungsversuche machten.

Sein Gewaltverzicht war so weit gegangen, daß er sich zum waffenfreien Sanitätsdienst meldete, obwohl er wußte, daß er so als Jurist wenig Aussicht auf eine militärische Karriere besaß und »Sanitätsgefreiter« ein grober Schönheitsfehler im Curriculum eines Wirtschaftsanwalts war. Blank hatte diese Scharte mit Fleiß, Talent und Disziplin ausgewetzt.

Vielleicht hatte er es gerade seiner Fähigkeit, seine Gefühle im Zaum zu halten, zu verdanken, daß er es so weit gebracht hatte. Was ihn jetzt beunruhigte, war weniger, daß er die Kontrolle über das längst domestizierte Tier in ihm zu verlieren schien, als die Tatsache, daß es ihm egal war.

Es gab nichts und niemanden, auf den er Rücksicht nehmen mußte. Weil nichts und niemand wirklich existierte.

Daß das Unsinn war, war ihm klar. Aber der Unsinn hatte sich tief in seinem Unterbewußtsein festgesetzt und funkte von dort aus in sein Bewußtsein. Es waren die Nachwehen des Psilocybins. Aber er konnte es sich nicht leisten, abzuwarten, bis sie von selbst verklungen waren. Bis dahin hätte er zuviel Porzellan zerschlagen. Er mußte etwas dagegen unternehmen.

Die Pudel jagten einander jetzt über die Wiese. Auch ihre Frauchen hatten sich gefunden und tauschten Pudelerfahrungen aus.

Blank spazierte in die Kanzlei zurück und ging in Gerbers Büro. Er wollte ihn um Entschuldigung bitten und ihm sagen, daß es nicht so gemeint war.

Als er den Empfang betrat, winkte ihn die Telefonistin heran. »Ich habe Huwyler, er ist ziemlich sauer.«

Als Blank sich meldete, bellte Huwyler: »Ich hoffe, Sie haben eine gute Entschuldigung.«

Blank hatte sich vorgenommen, Nierenkoliken vorzuschieben. Er hatte mit siebzehn monatelang unter solchen gelitten. Die Symptome waren ihm so schmerzhaft in Erinnerung geblieben, daß er sie jederzeit anschaulich hätte beschreiben können. Aber Huwylers erster Satz machte seine guten Vorsätze zunichte.

»Ich sehe keinen Anlaß für eine Entschuldigung.«

Die Antwort verschlug Huwyler für einen Moment die Sprache. Als er sie wiederfand, hatte Blank aufgelegt.

Drei Minuten später stand Dr. von Berg in Blanks Büro. »Darf ich?« fragte er und setzte sich in den Besuchersessel. »Huwyler hat soeben angerufen.«

Blank stand auf und ging aus dem Büro. Die Tür ließ er offen. Dr. von Berg wartete. Als Blank nach fünf Minuten noch immer nicht zurück war, ging er hinaus.

»Haben Sie Dr. Blank gesehen?« erkundigte er sich bei der Empfangsdame.

»Der ist vor ein paar Minuten gegangen.«

Erst auf dem Weg zu Lucille fiel Urs Blank auf, daß er von Berg vermutlich einfach in seinem Büro hatte sitzenlassen. Er war sich nicht ganz sicher. Er hatte sich schon als Student angewöhnt, sich auf das Wesentliche zu konzentrieren, und darin eine solche Meisterschaft entwickelt, daß ihm das Unwesentliche zuweilen völlig entging. Sein Unterbewußtsein reihte von Berg wie alles andere unter das Unwesentliche ein. Nur so konnte er sich erklären, daß er ihn im Besuchersessel vergessen hatte wie einen Handschuh.

Selbst jetzt, wo er sich daran erinnerte, tat er es nicht mit Schrecken. Er hatte nicht das Bedürfnis, umzukehren, sich zu entschuldigen und Erklärungen zu erfinden.

Pat ließ Blank herein. Lucille war nicht zu Hause. Sie hätte angerufen, daß sie sich eine halbe Stunde verspäten würde. Und sie selbst sei auch im Begriff zu gehen.

Er ging in Lucilles Schlafzimmer. Die einzige Sitzgelegenheit war mit Kleidern beladen. Auf die Matratze am Boden mochte er sich nicht setzen. Der Geruch nach kalten Räucherstäbchen erinnerte ihn an das Tipi. Er zog es vor, in der Küche zu warten.

Kaum hatte er sich gesetzt, begann ihm Troll um die Beine zu streichen. Wie vielen Leuten, die keine Beziehungen zu Katzen haben, passierte es ihm, daß er dafür mit Zuneigung bestraft wurde. Es dauerte nicht lange, und das Tier sprang ihm auf den Schoß.

Mit einem einzigen Griff drehte er ihm den Hals um, bis Trolls Schrei von einem Knacken abgeschnitten wurde.

Erst als Blank Schritte im Treppenhaus hörte, erinnerte er sich an das tote Kätzchen. Er hob es auf, schaute sich nach einem geeigneten Versteck um, hörte, wie der Schlüssel ins Schloß der Wohnungstür gesteckt wurde, und verstaute Troll in seiner Aktentasche.

Lucille strahlte ihn an, als sie die Küche betrat. »Hast du lange gewartet?«

»Eine halbe Stunde.«

Sie nahm ihm die Mappe ab und setzte sich auf seinen Schoß. »Kam es dir lange vor?«

»Wie eine Ewigkeit.«

Sie küßten sich. Lucille stand auf und führte ihn ins Schlafzimmer. Zuerst zog sie ihn aus, dann sich.

Mitten im Liebesakt mußte Blank das Interesse verloren haben. Er merkte es daran, daß Lucille ihn tröstete: »Mach dir nichts daraus, das passiert oft nach einem schlechten Trip.«

Kurz darauf schlief er ein.

Lucilles Stimme weckte ihn. »Troll?« rief sie. »Tro-oll!« Als er die Augen öffnete, stand sie unter der Schlafzimmertür. »War Troll hier, als du kamst?«

»Ich habe nicht darauf geachtet.«

»Als du in der Küche gewartet hast, müßte er doch gekommen sein.« In ihrer Stimme lag Panik.

»Kam er aber nicht. Vielleicht ist er mit raus ins Treppenhaus, als Pat ging.«

»Diese Schlampe«, schnaubte Lucille. Er hörte, wie sie die Wohnungstür öffnete.

Als sie nach einiger Zeit zurückkam, weinte sie. »Niemand hat ihn gesehen. Aber im ersten Stock ist das Fenster offen. Bestimmt ist er da raus.«

»Troll ist ein Kater, der in die Pubertät kommt«, sagte Blank. »Das ist immer schwer für die Mutter.« Lucille gelang es nicht zu lächeln.

Jedesmal, wenn Urs aus seinem unruhigen Schlaf erwachte, hörte er sie in der Wohnung herumgehen und leise Trolls Namen rufen.

Als er am Morgen kurz nach sechs in die Küche kam, saß sie angezogen am Küchentisch. Vor sich ein kleines Plakat mit der Überschrift TROLL und einem Foto des grauen

Kätzchens. Darunter hatte sie mit ihren schönsten Buchstaben eine genaue Beschreibung des Tiers gemalt und das Wort BELOHNUNG in fetten Lettern.

»Kannst du mir davon im Büro Kopien machen?«

»Klar. Wie viele?«

»Glaubst du, hundert reichen?«

»Hundert?«

Lucille war es ernst. »Für die Haustüren und Briefkästen und Tramhaltestellen des Quartiers.«

»Ich kann dir auch mehr machen.«

»Hundertfünfzig?«

Urs nickte. Er nahm das Plakat und steckte es in seine Mappe.

Als er in die Kanzlei kam, war er glänzender Laune. Er fühlte sich leicht und klar und spürte nichts von den Nachwirkungen des Wochenendes. Erst als er die Miene von Petra Decarli sah, erinnerte er sich an die Vorfälle von gestern. Nichts, was man nicht wieder geradebiegen könnte, beschloß er und machte sich an die Arbeit.

Er rief Jack Taylor, Jean-Paul Le Cerf und Klaus Gebert an und entschuldigte sich mit Magenkoliken. Er hatte sich gegen Nierenkoliken entschieden, weil er nicht den Eindruck erwecken wollte, er könnte für längere Zeit ausfallen. Magenkoliken waren eine vorübergehende Unpäßlichkeit. Besonders, wenn sie – wie er andeutete – von einer nicht ganz frischen Auster herrührten. Auf jeden Fall waren sie eine plausible Erklärung für seine Konzentrationsschwächen und sein Fehlen beim gemeinsamen Mittagessen. Die drei Herren schienen sich damit zufriedenzugeben.

Huwyler war schwieriger. Er trug ihm mittlerweile weniger sein Verhalten bei der Sitzung nach als seine Weigerung, sich zu entschuldigen. Am meisten nahm er ihm übel, daß Blank einfach den Hörer aufgelegt hatte. Das hatte ihm – von einer jungen Dame einmal abgesehen, der er eine Zeitlang ein Appartement bezahlt hatte – noch nie jemand geboten. »Beim Huwyler legt man nicht einfach auf«, sagte er.

»Hätte ich in die Hose scheißen sollen?« fragte Blank, der Huwylers Sinn für drastischen Humor kannte.

»Ja«, antwortete Huwyler und legte seinerseits auf.

Blank rief zurück. Huwyler ließ ihn lange warten und meldete sich schließlich mit der Bemerkung: »Glauben Sie ja nicht, daß wir damit quitt sind.« Aber er klang halbwegs versöhnt.

Dr. von Berg hatte den ganzen Vormittag keine Zeit, ließ er durch seine Sekretärin ausrichten. Aber er könnte sich für ein Mittagessen im Krummenacher freimachen.

Blank deutete das als Versöhnungsangebot. Ein Mittagessen im Krummenacher würde ihn mindestens zweitausend Franken kosten. Von Berg würde das Menü *surprise* bestellen und zu jedem Gang eine önologische Rarität. Das war seine Art, es ihm heimzuzahlen.

Blank ging ins Büro seiner Sekretärin. »Ich war wohl etwas hart zu Gerber, gestern. Wo kann ich ihn erreichen?«

Sie schaute erstaunt auf. »Wahrscheinlich in seinem Büro.«

Blank spürte Haß in sich aufsteigen. Was hatte Gerber hier noch verloren? Hatte er nicht angeordnet, man solle ihm den Kerl endgültig aus den Augen schaffen? Es gab nur einen einzigen Menschen, der das Recht hatte, Blanks Anordnungen rückgängig zu machen: Urs Blank.

Er stürmte durch den Korridor und platzte in Gerbers Büro. Es war leer. Auf dem Computer lief ein Bildschirm-Schonprogramm. Eine endlose Formation fliegender Toaster zog vorbei. Gerber konnte nicht weit sein. Wahrscheinlich auf der Toilette.

Die Vorstellung, daß Gerber auf dem Klo saß, während in seinem Büro ein Schwarm fliegender Toaster vorbeizog, besaß etwas so Rührendes, daß Blank lachen mußte. Er schloß die Tür und ging grinsend durch den Gang, vorbei an der konsternierten Petra Decarli, zurück an seinen Schreibtisch.

Er hatte von Berg unterschätzt. Das Mittagessen im Krummenacher glich einer Weindegustation. Nur, daß er die Jahrhundertweine, die er bestellte, nicht ausspuckte, sondern etwa ein Drittel jeder Flasche austrank. Dazu aß er nicht Brot, sondern er naschte von einem der Menüs, mit denen sich das Krummenacher vom Gault Millau die zweithöchste Punktzahl geholt hatte.

Der Schaden für Blank belief sich auf etwas über fünftausend Franken. »Mein persönlicher Rekord für ein Mittagessen zu zweit«, wie sich von Berg ausdrückte, als er Blank vergnügt die Rechnung zuschob.

Am Nachmittag versuchte Blank an Huwylers Großfusion zu arbeiten. Aber obwohl er beim Mittagessen an von Bergs Weinen nur genippt hatte, fiel es ihm schwer, sich zu konzentrieren. Er brauchte über zwei Stunden für das Protokoll der Sitzung vom Vortag und den Zeit- und Maßnahmenplan. Als er die erste Fassung aus dem Drucker nahm, rief Lucille an.

»Wenn ich die Plakate jetzt abhole, kann ich sie an den Tramstationen aushängen, bevor die Leute von der Arbeit kommen.«

Blank brauchte einen Moment, bis er verstand, welche Plakate sie meinte. In einer Viertelstunde lägen sie bereit, versprach er, der Kopierer sei ausgefallen.

Er hatte seit dem Betreten der Kanzlei keinen Gedanken an das tote Kätzchen verschwendet. Als er Lucilles Vorlage aus der Mappe nahm, erschrak er. Neben dem Wort TROLL, so dicht, daß er das letzte L verdeckte, war ein Fleck, wie von eingetrocknetem Blut.

Blank holte sich bei seiner Sekretärin eine Schere und schnitt den Fleck aus. Er klebte die Vorlage auf ein weißes Papier, malte das letzte L neu, legte sie in den Fotokopierer und stellte den Zähler auf hundertsechzig Kopien.

»Brauchen Sie Hilfe?« fragte hinter ihm eine Stimme. Es war Christoph Gerber. Blank reagierte nicht. Er wartete, bis der Kopierer das letzte Plakat ausgespuckt hatte, griff sich das Bündel Kopien und ging in sein Büro.

Kaum hatte er sich hinter seinen Schreibtisch gesetzt, klopfte es schüchtern. »Ja?« rief Blank.

Gerber kam herein. In der Hand hielt er das Original des Plakätchens. »Sie haben das hier im Kopierer vergessen«, stammelte er.

»Raus!« schrie Blank. »Was hast du hier noch verloren? Verschwinde, wenn dir dein Leben lieb ist, du Arschkriecher! Raus!« Gerber legte erschrocken das kleine Plakat auf ein Aktenschränkchen neben der Tür und versuchte Blanks Büro mit Würde zu verlassen.

Hinter ihm kam die verdatterte Lucille zum Vorschein. Sie hatte Urs Blank noch nie so gesehen.

»Entschuldige«, sagte er. »Komm doch rein.«

»Wer war das?«

»Mein ehemaliger Assistent.«

»Was hat er getan?«

Blank nahm das Original des Steckbriefes vom Aktenschränkchen und zeigte ihr die reparierte Stelle.

»Und deswegen schreist du so herum?«

»Nicht nur deswegen.« Blank half Lucille den Packen Kopien in ihrem kleinen indonesischen Rucksack zu verstauen. »Das hat jetzt einfach das Faß zum Überlaufen gebracht.«

Lucille zog den Rucksack an. »Kommst du dann auch?«

»Ich muß hier noch etwas fertigmachen, dann komme ich.«

»Glaubst du, er kommt wieder zurück?« Sie stand jetzt genau neben der Mappe mit dem toten Troll. Blank hatte vergessen, sie zu schließen. Er legte den Arm um sie und führte sie zur Tür. »Bestimmt ist er schon in der Wohnung, wenn du zurückkommst.«

Der Boden des Stadtwaldes war bedeckt mit einer Schicht rötlicher Knospenhüllen. Die Buchen hatten ihre flaumigen Blätter entrollt und machten sich daran, das Kronendach zu schließen. Blank parkte den Jaguar auf dem Parkplatz der Waldruhe und ging zu Fuß weiter. Die Sonne stand tief und blitzte da und dort durch das junge Laub. Er war nicht der einzige, den der schöne Frühlingsnachmittag in den Wald gelockt hatte. Die Spaziergänger grüßten ihn wie den Mitbürger eines kleinen Dorfes. Vielleicht wunderten sie sich über Blanks Anzug, der nicht für Waldspaziergänge geschaffen war. Und vielleicht fragten sie sich, warum er im Wald eine Mappe trug.

Blank bog in einen Forstweg ein. Nach fünfzig Metern war er außer Sicht der Spaziergänger. Er öffnete die Mappe und kippte ihren Inhalt in den Bärlauch am Wegrand: Eine Zeitung von gestern, drei Klarsichtmäppchen mit Protokollen und Memoranden, ein Satz Leuchtstifte, eine Rolle Pfefferminzbonbons, eine Schachtel Räucherstäbchen *Ylang-Ylang,* ein *Palmtop,* ein Handy, ein totes graues Kätzchen.

Er packte seine Sachen zurück in die Mappe. Den steifen Troll, der mit verdrehtem Kopf und seltsam struppigem Fell übrigblieb, deckte er mit ein paar Zweigen zu. Dann ging er weiter.

Die Sonnenflecken auf dem Waldboden erloschen, die Dämmerung füllte die Abstände zwischen den Buchenstämmen. Hoch oben begann eine Drossel ihre drei Refrains zu singen.

Urs Blank fuhr auf der alten Landstraße auf einem Umweg zurück in die Stadt. Er hatte lange gebraucht, bis er zur Waldruhe zurückgefunden hatte. Als er endlich wieder hinter dem Steuer saß, beschloß er, die Begegnung mit Lucille und ihren Sorgen noch ein wenig hinauszuschieben.

Er fuhr durch die kurvige Straße im Tempo eines Herrschaftschauffeurs und genoß die mondlose Nacht. Auf einmal blendete ihn der Reflex eines Scheinwerferpaares im Rückspiegel. Hinter ihm war ein Wagen dicht aufgeschlossen und gab ihm mit der Lichthupe zu verstehen, daß er überholen wolle. Blank fuhr im gleichen Tempo weiter.

Der Wagen hinter ihm klebte an der Stoßstange des Jaguars und hatte die Scheinwerfer voll aufgeblendet. Blank reagierte nicht.

Nach der nächsten Kurve setzte der Wagen zum Überholen an. Als er auf der gleichen Höhe war, beschleunigte Blank. Ein zweitüriges Coupé, soviel Blank erkennen konnte. Kein Gegner für seine zwölf Zylinder. Je mehr der andere beschleunigte, desto mehr beschleunigte Blank.

So rasten sie auf die nächste Kurve zu. Blank sah, wie dort die Alleebäume im Scheinwerferlicht eines entgegenkommenden Wagens aufblitzten. Der Fahrer des Coupés, der jetzt hupend neben ihm herfuhr, mußte es auch gesehen haben. Er reduzierte die Geschwindigkeit.

Blank reduzierte sie auch.

Der andere trat aufs Gas.

Blank beschleunigte.

Der andere trat auf die Bremse.

Blank bremste.

Die Scheinwerfer des entgegenkommenden Wagens trafen das Coupé neben Blank. Für Sekundenbruchteile konnte er das Gesicht eines dicklichen jungen Mannes erkennen. Blank trat aufs Gas. Hinter ihm hörte er einen Knall wie von einer Explosion.

Dann war es still. Nur das leise Summen der Klimaanlage. Urs Blank stellte das Radio an. Ein klassischer Sender spielte Haydn. Die Landstraße führte durch ein kleines Wäldchen wie durch einen Triumphbogen. An seinem anderen Ende sah Blank schon die Lichter der Stadt.

6

»Weißt du, was mir an ihm gefallen hat?« fragte Lucille. »Daß man sich auf ihn verlassen kann.«

»Ach«, machte Pat.

»So sehen Männer aus, auf die man sich verlassen kann. Die Frisur, die Kleider, die Schuhe, das Auto, alles.«

Es war ein Uhr. Sie saßen in der Küche. Bis Mitternacht hatte sich Lucille dagegen gewehrt, daß Pat einen Joint drehte. Falls jemand kam, der Troll gefunden hatte, sollte es nicht nach Gras riechen. Aber dann hatte sie sich überzeugen lassen, daß niemand mehr kommen würde. Schon gar nicht Urs Blank. Den hatte sie schon kurz vor zehn abgeschrieben.

»Der war nichts für dich, Lu, das habe ich dir von Anfang an gesagt.«

»Weil du voreingenommen bist.«

»Besser voreingenommen als verarscht.«

»Er verarscht mich nicht.«

»Einen, der seine Freundin allein läßt, wenn ihr die Katze entlaufen ist, kannst du vergessen. Und einen, der seine Angestellten anschreit, auch.«

»Vor dem Pilztrip war er nicht so.«

Pat streckte Lucille den Joint hin. »Jetzt fühlst du dich auch noch verantwortlich.«

Lucille nahm einen Zug und behielt den Rauch lange in der Lunge. »Nach einem Pilztrip ist man nicht mehr der gleiche Mensch wie zuvor.«

»Das glaube ich nicht. Ein Trip verändert dich nicht. Er holt nur Dinge raus, die immer in dir drin waren.«

»Es heißt, in allen sei alles drin.«

»Glaub nicht jeden Quatsch.«

Das Telefon klingelte. Lucille nahm es vom Tisch und ging damit in ihr Zimmer.

»Er hatte eine Panne«, erklärte sie, als sie nach längerer Zeit zurückkam.

»Und weshalb hat er nicht angerufen?«

»Weit und breit kein Telefon.«

»Der hat doch in jeder Tasche ein Handy.«

»Batterie leer.«

»Glaub nicht jeden Quatsch.«

Die Zeitungen brachten eine kleine Meldung von einem tödlichen Unfall. Der Fahrer eines Coupés war oberhalb von Neuwald mit einem korrekt entgegenkommenden Fahrzeug kollidiert. Beim schuldigen Lenker handelte es sich um einen vierundzwanzigjährigen Maschinenbauzeichner auf dem Weg nach Hause. Beim anderen um einen siebenundsechzigjährigen Handharmonikaspieler unterwegs zu einem bunten Abend. Beide Insassen waren auf der Stelle tot. Zeugen wurden gesucht.

Das Plakat der Boulevardzeitung lautete: HORRORUNFALL! LÄNDLERKÖNIG TOT!

Urs Blank forschte in seinem Inneren nach irgendeiner Regung. Er fand nichts.

Ott saß mit Nauer im Safari-Salon. Sie hatten etwas Wildlachs und Kaviar gegessen. Russischen, wie es Otts Sinn für
Humor entsprach. Denn der Grund für den Arbeitslunch
war Fluris ›Rußlandfeldzug‹.

Otts Ausflug nach Moskau hatte sich in jeder Beziehung
gelohnt. Allein die Immobilien, die er in Moskau gesehen
hatte, würden Fluris Fusionsbilanz bei einer realistischen
Bewertung um über vierzehn Millionen Dollar verschlech-
tern. Auch ohne daß er die sechs Millionen, die sie in Petersburg auswies, unter die Lupe nahm, würde das Fluri den
Kopf kosten.

Er hatte daher auf den Abstecher nach Petersburg verzichtet und dafür zwei Tage Kirov angehängt. Er kannte
dort ein Revier, wo die Bejagung des europäischen Braun-
bären in der Winterhöhle noch möglich war. Dafür war es
diesmal zwar zu spät im Jahr. Aber das Revier war auch
berühmt für seinen reichen Wolfsbestand und dafür, daß
dort noch die Lappjagd betrieben wurde.

Die Lappjagd war eine Treibjagd mit an Schnüren auf-
gehängten Lappen. An einer Stelle ließ man eine Lücke frei
als einzigen Ausweg für das Tier. Der Jäger stellte sich davor und wartete mit der Büchse im Anschlag. Das war zwar
keine sehr sportliche Jagdmethode, aber Ott fand die Unausweichlichkeit der Situation erregend.

Er hatte Glück. Der Schädel des Wolfs, der ihm vor
die Büchse lief, brachte 46,80 CIC-Punkte, der Balg 182,45.
Wenn er dem Revierleiter glauben konnte, war das die stärk-
ste Trophäe, die in diesem Revier je gemessen worden war.

Gleich nach seiner Rückkehr hatte er Nauer informiert.
Sie hatten sich darauf geeinigt, von einem unabhängigen

Buchprüfer eine Bewertung der Liegenschaften machen zu lassen. Sie entschieden sich für ROBERTSON & PICKWICK CONSULTANTS, ein traditionsreiches internationales Haus mit Niederlassungen in Moskau und St. Petersburg.

Jetzt saßen sie über dem Dossier, das den Bericht enthielt. Er war verheerend. Der tatsächliche Marktwert der Immobilien mußte herunterkorrigiert werden. Auf nicht einmal zehn Prozent des Betrags, den die ELEGANTSA in ihrer Fusionsbilanz führte.

Der ›Rußlandfeldzug‹ hatte statt der zwei bis zweieinhalb Millionen, die Fluri angegeben hatte, fast neunundzwanzig gekostet.

Nauer war immer bleicher und stiller geworden. Eine Erblast in dieser Größenordnung konnte CHARADE schlecht verkraften. »Was schätzen Sie, ist Fluri wert?« fragte er, als Ott das Dossier auf das Rauchtischchen legte.

»Laut seinem Steuerauszug knapp vier Millionen.«

»Und woher nehmen wir den Rest?«

Ott schüttelte lächelnd den Kopf. »*Sie.* Mich brauchen Sie nicht anzuschauen.«

Nauer hob die Schultern. »Dann bleibt nur UNIVERSAL TEXTILE.«

»Soweit sind wir noch nicht«, beschwichtigte Ott. Er nahm einen Schluck Mineralwasser. »Aber vielleicht könnte es nicht schaden, die Fühler etwas auszustrecken.«

Nauer nickte versonnen.

»Wenn Sie wollen, kann ich das für Sie übernehmen«, schlug Ott vor.

Nauer war dankbar für das Angebot.

Ott begleitete ihn persönlich zum Wagen. Als Nauer aus

der Einfahrt fuhr, kam ihm ein Lieferwagen entgegen. Der Präparator brachte den Luchs aus Estland.

Heute war ein guter Tag.

»Soll ich das als Gratiskonsultation verstehen?« fragte Alfred Wenger.

»Ich bezahle das Essen«, antwortete Blank.

»Das bezahlst du sowieso, bei einer halben Stunde Verspätung.«

Es war Mittwoch. Der Jour fixe mit Wenger hatte wie immer mit dem Flohmarkt kollidiert. Blank war früher aus dem Büro gegangen und hatte Lucille ein Falafel vom libanesischen Takeaway gebracht. Aber sie hatte sich nicht so leicht abspeisen lassen. Sie war verzweifelt wegen Troll und nahm es ihm übel, daß er keine Zeit für sie hatte. Das Gespräch mit Pat am Küchentisch hatte bis in die frühen Morgenstunden gedauert. Es war nicht ohne Wirkung geblieben.

Als er endlich im Goldenen ankam, hatte Alfred Wenger schon bestellt und aß einen Frühlingssalat, der, wie immer im Goldenen, mit etwas zuviel Öl angemacht war.

Blank hatte sich für die Verspätung entschuldigt und ihn um seine Meinung als Fachmann gebeten.

Herr Foppa nahm Blanks Bestellung auf. Als sie wieder unter sich waren, erzählte er von seinem Pilztrip. Wenger aß stumm seine gewaltige Portion gemischten Braten. Als Blank geendet hatte, sagte er: »Klingt wie ein Psilocybin-Trip der intensiveren Sorte. Hast du Nachwirkungen?«

»Ja.«

»Stimmungsschwankungen? Euphorien? Depressionen?«

»Auch. Aber das ist nicht das Problem.«

»Was ist das Problem?«

Blank stocherte in seinem Teller. Er hatte ein Bärlauch-risotto bestellt, dessen Geruch ihn an die Stelle im Stadtwald erinnerte, wo er den toten Troll aus der Mappe gekippt hatte. »Ich habe die Kontrolle über mich verloren.«

»Wie äußert sich das?«

»Ich folge jedem Impuls. Es gibt keine Hemmschwelle.« Blank erzählte von seinen Ausbrüchen Gerber gegenüber. »Dabei finde ich ihn gut. Ich habe nichts gegen ihn. Er ist, wie ich vor ein paar Jahren war.«

Die Art, wie Wenger nickte, ließ ihn fragen: »Du meinst, deswegen hasse ich ihn?«

»Ein bißchen einfach, aber nicht von der Hand zu wei-sen.«

»Und wie erklärst du dir das folgende?« Blank erzählte von seinem Verhalten Huwyler, von Berg und Lucille ge-genüber, wie er plötzlich das Interesse verlor, Hörer auf-legte, Zimmer verließ. »Alles, was ich früher manchmal am liebsten getan hätte, tue ich jetzt, ohne zu zögern. Und in aller Unschuld.«

»Psilocybin verändert die Sinneswahrnehmungen, die zeitlichen und räumlichen Wahrnehmungen, den Bewußt-seinszustand. Es vermittelt dir ein anderes Selbstgefühl. Das kann zu einer Veränderung im Verhalten, in den Werturtei-len und in den persönlichen Eigenschaften führen. Du hast auf deinem Trip die Einsicht gewonnen, daß es nichts gibt außer dir selbst. Und dieser Erkenntnis entsprechend ver-hält sich dein Unterbewußtsein.«

Herr Foppa brachte Wenger seine obligate Mousse au chocolat und übergoß sie mit reichlich Crème fraîche.

»Und das geht wieder vorbei?« fragte Blank.

»Man sagt, daß Pilze dir Türen öffnen, die du nie wieder ganz schließen kannst. Nach einem psychedelischen Trip bist du nicht mehr ganz der, der du vorher warst. Aber die Nachwirkungen gehen vorbei.«

»Wie rasch?«

»Das ist verschieden. Nach ein paar Tagen oder Wochen oder Monaten.«

»Läßt sich das beschleunigen?« Blank erzählte Wenger die Sache mit Troll. Die Sache mit dem Auto erwähnte er nicht.

Wenger hatte aufgehört, seine Mousse zu essen.

»Und das schlimmste ist: Ich habe kein schlechtes Gewissen. Keine Spur von Reue. Ich spreche mit dir nur deshalb darüber, weil ich mir einrede, daß ich etwas dagegen unternehmen muß. Weil die Dinge, die ich tue, nach allgemeinem Verständnis nicht richtig sind. Und weil es nur eine Frage der Zeit ist, bis ich schlimmere Dinge tue. Ich kann nicht warten.« Blank brachte ein hilfloses Lächeln zustande. »Kann man das behandeln?«

Wenger schob den Teller beiseite. »Ein Psilocybin-Trip ist wie jede andere Reise auch: Du kannst das Ziel bestimmen. Wenn du vor der Abreise weißt, wo du hinwillst, kommst du in der Regel dort an. Anfänger vergessen das meistens. Die wandern staunend wie Alice durchs Wunderland, und eh sie sich's versehen, haben sie sich verirrt.«

»Du meinst, ich soll den Trip wiederholen?«

»Wiederholen und korrigieren. Unter Aufsicht von jemandem, der die Reise kennt und dich an der richtigen Stelle daran erinnern kann, daß du eine andere Richtung einschlagen mußt.«

»Hast du Erfahrung mit so etwas?«

Wenger nickte. »Wir haben Anfang der neunziger Jahre mit Psilocybin experimentiert.«

»Würdest du das für mich tun?«

»Klar.«

Herr Foppa räumte den Tisch ab. Er wirkte etwas besorgt. Noch nie hatte Herr Dr. Wenger von der Mousse au chocolat etwas übriggelassen.

Urs Blank hatte Alfred Wenger ab und zu bei Verträgen geholfen oder ihm in anderen juristischen Fragen einen Tip gegeben. Aber umgekehrt war es das erste Mal, daß Blank die Dienste von Wenger in Anspruch nahm. Er war noch nie in seiner Praxis gewesen und überrascht von der Großzügigkeit und Eleganz der Räume. Er wußte zwar, daß Wenger schon bei Evelyne Vogt eingekauft hatte. Aber daß er ein so guter Kunde war, erstaunte ihn doch.

Sie hatten sich für den gleichen Abend verabredet. Lucille hatte er auf Wengers Bitte über den Plan, den Trip unter psychiatrischer Führung zu wiederholen, informiert. Er hatte sie gebeten, sie für den kommenden Samstag bei Joe anzumelden. Am Telefon klang sie verwundert und etwas schuldbewußt.

Wenger unterzog Blank einem genauen Verhör über den Trip. Er hatte ein Tonband laufen und machte sich Notizen. Blank war überrascht, wieviel er in Erinnerung behalten hatte. Und wie emotionslos er darüber berichten konnte.

Es war beinahe elf Uhr, als Wenger das Tonband abschaltete und seine Notizen beiseite legte. »Ich schlage vor, wir schreiben dich krank.«

»Soll ich dir meinen Terminkalender zeigen?«

Wenger blieb ernst. »Ich kann dich so nicht auf die Leute loslassen.«

»Wenn mich ein Psychiater krank schreibt, kann ich mich gleich pensionieren lassen.«

»Für solche Fälle habe ich meinen Briefkopf als Allgemeinmediziner. Was willst du für eine Krankheit?«

»Lebensmittelvergiftung.«

Die beiden nächsten Tage verbrachte Urs Blank meist schlafend in seiner Suite im Imperial. Alfred Wenger hatte ihm ein starkes Schlafmittel gegeben und kam zweimal am Tag auf Hausbesuch.

Einmal hatte er Lucille dabei. Sie brachte ihm einen Strauß selbstgepflückter Frühlingsblumen und den Bescheid, daß Joe und Shiva mit der Wiederholung der Session einverstanden seien. Sie erwarteten sie am Samstag vormittag. Über Troll sprachen sie nicht.

Sie saß schüchtern an Blanks Bett wie eine Nichte, die gezwungen ist, ihren kranken Onkel zu besuchen. Sie ließ sich nicht zweimal bitten, als Wenger sagte: »Wenn Sie mich jetzt mit dem Patienten alleine lassen würden.«

»Du schützt sie vor mir, nicht wahr?« fragte Blank, als Lucille gegangen war.

»Ich schütze dich vor dir.«

Es hatte in der Nacht geregnet. Der Weg durch den Wald zum Tipi war glitschig. Immer wieder mußten sie Pausen einlegen und die Lehmstollen entfernen, die an ihren Schuhen klebten.

Die Wiese, auf der das Tipi stand, war frisch gemäht. Nur dicht an den Zeltstangen hatte die Mähmaschine ein paar Reihen hoher Halme stehen lassen. Die Felswand verlor sich keine fünf Meter über ihnen im Nebel. Der Wasserfall fiel aus dem Nichts in das kleine Bassin. Aus dem Tipi stieg Rauch, der sich als graublauer Deckel über der Lichtung breitmachte. Es war kühl.

Shiva hatte sich dem Wetter angepaßt. Sie war keine blonde Squaw mehr, sondern eine ältere, zu stark geschminkte Frau in einem ausgebeulten grauvioletten Trainingsanzug. Ihr Haar hatte sie unter einem bunten Kopftuch versteckt, dem einzig Psychedelischen an ihrer Erscheinung. »Wenn es nicht für euch wäre, hätten mich heute keine zehn Pferde hier heraufgebracht«, war ihre Begrüßung.

Für uns und die dreitausend Franken, die Joe mit Lucille ausgehandelt hat, dachte Blank.

Er half Joe mit den heißen Steinen und machte sich für die Schwitzhütte bereit. Erst als er nackt – und ohne Handtuch – fröstelnd mit den anderen über die Stoppelwiese ging, fiel ihm auf, daß er damit kein Problem mehr hatte. Hatte er auch diese Hemmung verloren?

Schon nach dem ersten Aufguß wurde ihm warm. Er genoß das Kitzeln der hundert dünnen Schweißbäche, die an seinem Körper herunterliefen. Und er atmete tief, als Joe seine Rauchopfer aus Minze, Oregano, Rosmarin und Hanf darbot.

Als sie ins eiskalte Wasser des Naturbassins tauchten, sah es aus, als könnte die Sonne den Kampf gewinnen, den sie dem Nebel über den Fichten lieferte.

In der Wärme des Tipi entspannte er sich vollends. Alfred Wenger setzte sich neben ihn. So hatten sie es vorher abgesprochen. Wenger würde keinen Schritt von seiner Seite weichen, wie lange der Trip auch dauerte.

Als Shiva sagte: »Versucht, die kritisierende, urteilende innere Instanz auszuschalten und den Prozeß zu erleben, ohne ihn zu früh analysieren zu wollen«, tauschten sie einen Blick. Shiva konnte nicht wissen, daß das Ziel seiner Reise war, die kritisierende, urteilende innere Instanz wieder einzuschalten.

Sie begann ihr Zeremoniell vor ihrem kleinen Pilzaltar. Sie murmelte ihre Formeln, nahm das Tuch vom Pilztablett, hielt es über den Kopf, schloß die Augen, verharrte einen Moment und gab es weiter.

Blank wußte, daß er das letzte Mal sechs Pilze genommen hatte. Als Wenger, ohne sich bedient zu haben, das Tablett an ihn weiterreichte, versuchte er sich zu erinnern, wie groß sie gewesen waren. Er entschied sich für drei mittlere und drei kleine.

7

Joe trommelte auf den Bongos. Shiva schüttelte die Rumbakugeln. Lucille bearbeitete den Guiro. Wenger klopfte das Tamburin. Blank hielt seine Schellentrommel vom letzten Mal in der Hand. Er spielte nicht. Er hatte keine Lust. Es genügte ihm, den anderen zuzuhören und zu spüren, wie der Rhythmus in seinen Körper überging.

»Spiel doch, spiel, wie letztes Mal«, ermunterte ihn Alfred Wenger und trommelte dazu ostentativ auf seinem Tamburin.

Blank wurde von einem Lachanfall geschüttelt. »Wie Herr Moser«, brachte er heraus.

»Wer?« fragte Wenger.

»Du!« jauchzte Blank. Herr Moser war ihr Klassenlehrer gewesen. Ein sehr liebenswürdiger, durch und durch unsportlicher Mensch. Seine tuntige Art, zu ihren Freiübungen das Tamburin zu schlagen, machte seine Turnstunden zur Legende.

»Wie-letz-tes-Mal-wie-letz-tes-Mal«, skandierte Wenger und schlug das Tamburin im Takt dazu. Das löste bei Blank einen neuen Lachanfall aus. Er stand auf und ließ kichernd die Hüften zum Takt der chaotischen Combo kreisen. Er stützte die Fäuste in die Taille, hob das linke Bein, das rechte Bein. Urs Blank, das Hula-Mädchen.

Von da an überließ er sich ganz dem Rhythmus. Nicht wie beim ersten Mal, als er das Metronom war, das allen anderen den Takt vorgab. Er war weder Schöpfer noch Dirigent noch Interpret. Er war das Treibgut auf den Wellen, das Herbstblatt im Wind. Der Rhythmus war das Element, das ihn trug.

Joe hatte sich auf das Schlimmste gefaßt gemacht. Er hatte Lucilles Anwalt und seine Art, sich allen anderen aufzuoktroyieren, in schlechter Erinnerung. Als er jetzt wieder aufstand und begann, sich zu produzieren, wäre er am liebsten abgehauen. Aber je länger sie spielten, desto erträglicher wurde er. Er bewegte sich einfach im Rhythmus. Oder versuchte es. Nichts Dominantes, nichts Aggressives ging von ihm aus. Wenn es stimmte, daß er sich bei seinem letzten Trip verändert hatte, dann zu seinem Vorteil.

Joe versuchte sich auf den fliegenden Teppich zu konzentrieren. Er war froh, daß er den Bläuling nicht erwähnt hatte.

Lucille hatte nur drei Pilze genommen. Sie wollte versuchen, einigermaßen da zu sein, wenn sie gebraucht würde. Aber jetzt, als sie sah, wie sanft Urs abhob, tat es ihr leid, daß sie ihm nicht folgen konnte. Vielleicht sollte sie noch einen oder zwei nachwerfen.

Alfred Wenger war nicht sicher, ob sich Urs auf dem richtigen Weg befand. Laut seinen Aufzeichnungen war seine erste Erfahrung eine musikalische. Soweit stimmte es überein. Aber er schien ganz im Rhythmus der Gruppe aufzugehen und machte keine Anstalten, ihr seinen Rhythmus aufzuzwingen, wie er das laut Lucille das letzte Mal getan hatte.

Er schaute Urs zu, wie er sich immer mehr in sich selbst verkroch. Er bewegte sich nur noch unmerklich im Takt und hatte das Gesicht in den Händen verborgen. Plötzlich breitete er die Arme aus, balancierte einen Moment wie auf dem Hochseil, ging in die Knie, suchte Halt am Boden, setzte sich, streckte sich aus und jauchzte.

Wenger fühlte seinen Puls.

Der Boden war unter ihm weggekippt. Urs begann zu rutschen. Immer schneller, immer schneller. Der Boden des Tipi, die Wiese, die Welt war eine Rutschbahn. Immer runter, runter, runter. Jetzt ging es hinauf. Und in die Kurve. Und in den Looping. Die Welt war eine Achterbahn. Aiiii!

Alfred Wenger brachte Blank hinaus. Es sah aus, als hätte die Phase mit den Gleichgewichtsstörungen begonnen. Gleich würde er sich übergeben.

Aber Blank übergab sich nicht. Er ließ sich brav hinausführen und jauchzte und lachte.

Die Sonne hatte den Nebel aufgerissen. Der Wald hob sich dunkel gegen einen blaßblauen Himmel ab. Wenger ließ Blank los. Er ließ sich sofort ins feuchte Gras fallen, legte sich auf den Rücken und schloß die Augen.

Die Achterbahn führte ins All. Blank war ein Meteor, der an explodierenden Sternen vorbeiraste. Sie verwandelten sich in einen farbigen Feuerregen. Weit weg sah er die Erde.

Jemand sagte: »Du kannst den Kurs bestimmen.«

Urs nahm Kurs auf die Erde. Sie wurde rasch groß und immer größer. Er spürte, wie er in die Erdatmosphäre eintrat und verglühte.

Er war wieder ein gläserner Behälter. Aber diesmal füllte er sich nicht mit grellen Farben. Diesmal füllte er sich mit Licht. Hellem, klarem, sauberem Licht.

Lucille saß im Zelt und kicherte. Joe sah so doof aus. Er saß im Schneidersitz mit verschränkten Armen auf seinem Schlafsack und kniff die Augen zu.

Shiva sah noch blöder aus. Sie war im Lotussitz eingeschlafen und dabei nach hinten gekippt. Die Wand des Tipi hinderte sie daran, ganz umzukippen. Das Doofste war, daß sie schnarchte.

Lucille spürte keine Wirkung der Pilze außer, daß alles so doof aussah. Sie stand auf.

Auf der Wiese lag Urs mit ausgebreiteten Armen. Daneben kauerte der weißhaarige Psychiater und blätterte in seinen Notizen. Das sah wieder so komisch aus, daß Lucille sich ins Gras fallen ließ und loslachte. So leise sie konnte. Aber laut genug, daß sie der Psychiater hören konnte. Er sah zu ihr hin und machte eine Handbewegung, die aussah, als würde er auf einem unsichtbaren Tamburin spielen. Sie antwortete ihm mit unsichtbaren Rumbakugeln und konnte nicht mehr vor Lachen.

Es dauerte eine Weile, bis sie merkte, was er wollte. Sie holte Urs' Schellentrommel aus dem Tipi. Er wollte Urs dazu bringen, darauf zu spielen. Aber der zeigte kein Interesse.

Dann geschah wieder etwas Komisches. Der Psychiater schlug jetzt selbst auf die Schellentrommel, und Urs begann sich aufzurichten. Wie eine beschworene Kobra, dachte sie, und kicherte wieder los.

Wenger stand auf und klopfte weiter. Urs erhob sich und bewegte sich im Takt. Schritt für Schritt folgte er seinem Rattenfänger zum Waldrand.

Als Lucille nachkommen wollte, schickte Wenger sie mit einer gebieterischen Handbewegung zurück.

Das Licht in Urs' gläsernem Körper hatte sich in Gas verwandelt. Jetzt schwebte er. Es trug ihn über die Wiese zum Waldrand.

Der Wald war gefüllt mit Wasser. Die Tannen und Fichten wogten wie Algen, der Farn war Seetang, das Moos Korallen. Urs glitt durch die Unterwasserlandschaft wie ein Taucher. Er folgte den Luftblasen des Tauchers vor ihm. Er konnte sie sehen und hören.

Er ließ sich auf dem Meeresgrund nieder. Sofort wurde er Teil davon. Er wiegte sich mit dem Farn, dem Moos, den Zweigen in der sanften Strömung. Er besaß keinerlei Macht über sie. Aber er begriff sie. Er durchschaute ihre Molekularstruktur und spürte sogar, wie sie assimilierten.

»Sind sie da?« flüsterte eine Stimme neben ihm. Es war der andere Taucher. Alfred. »Versuch jetzt, sie abzurufen.«

Wenger mußte den Verstand verloren haben. Blank legte den Arm um ihn. Er spürte seinen Herzschlag, sein Atmen, die Zellen, die sich teilten.

Ein Eichelhäher flog herbei. Setzte sich auf einen Ast, flog weiter. Urs schaute ihm nach. Er verstand, weshalb ihn seine Flügel trugen, sah die Luftströmungen wie in einem Windkanal.

Urs war ein Teilchen des Universums. Und er wußte genau, welches.

Jetzt erklang eine Stimme, die nicht zum Universum gehörte. Die Stimme eines Engels. Sie sang:

> *Lux aeterna luceat eis, Domine:*
> *Cum sanctis tuis in aeternum,*
> *quia pius es.*
> *Requiem aeternam dona eis, Domine*
> *et lux aeterna luceat eis.*
> *Cum sanctis tuis in aeternum,*
> *quia pius es.*

Urs' Gesicht war naß von Tränen. »Amen«, sagte er.

Als Urs Blank nicht zu bewegen war, wie beim ersten Mal die Schellentrommel zu nehmen und damit in den Wald zu gehen, sprang Alfred Wenger für ihn ein. Es funktionierte. Blank folgte dem Rasseln und Klopfen wie hypnotisiert. Er ließ sich ein ganzes Stück weit in den Wald führen.

Als er stehenblieb und sich auf einen bemoosten Strunk setzte, ließ sich Wenger neben ihm nieder. Blank war nicht ansprechbar. Aber er schien glücklich. Mehr noch: erleuchtet.

Ein paar Mal versuchte Wenger, Einfluß auf Blanks Trip zu nehmen. Er wollte ihn an die Stelle führen, an der er begann, sich den Wald und die Welt zu unterwerfen. Sie hatten das eingehend besprochen. Wenger würde ihm helfen, im entscheidenden Moment das Gegenteil von dem zu tun, was er das erste Mal getan hatte. Aber dazu mußte Wenger wissen, wann Blank an diesem Punkt angelangt war.

»Sind sie da?« flüsterte er.

Urs saß einfach da und staunte. Anstatt zu antworten, legte er den Arm um ihn. So saßen sie beinahe eine Stunde lang.

Plötzlich fing Blank an zu singen. So falsch, wie nur er es konnte. *Lux aeterna* aus Verdis *Requiem,* wenn Wenger sich nicht irrte.

Blank saß auf dem Beifahrersitz von Wengers Volvo und erzählte von seinem Trip. Er war früh am Morgen in seinem Schlafsack erwacht und hatte sich ausgeruht und unternehmungslustig gefühlt. Die anderen hatten noch geschlafen. Er war aufgestanden, leise, um niemanden zu wecken, und vor das Tipi getreten. Die Sonne hatte gerade die obersten Wipfel des Waldes erreicht und ließ den Morgentau der Stoppelwiese auffunkeln. Er ging barfuß durch das nasse Gras zum Wasserfall. Er zog den Trainingsanzug aus und ließ sich in das Bassin gleiten. Die Kälte des Wassers verschlug ihm den Atem. Er tauchte und öffnete die Augen.

Unscharf sah er das Grün der Algen und das Weiß seines Körpers. Er tauchte auf, kletterte schlotternd aus dem Wasser und trocknete sich mit dem Oberteil des Trainingsanzuges ab. Er schlüpfte in die Hose und begann, in einem weiten Kreis um das Tipi zu rennen. Er achtete nicht auf die Stoppeln und Steine, die seine an Maßschuhe gewöhnten Fußsohlen malträtierten.

Als Wenger, Joe und Shiva aus dem Tipi krochen, hatte

Blank Feuer gemacht und Kaffee gekocht. Er empfing sie mit ungeheuchelter Herzlichkeit und störte sich weder an Joes Schweißgeruch noch an Shivas verquollenem Gesicht.

Lucille schlief noch, als sie fertig gefrühstückt hatten. Er weckte sie behutsam mit einer Tasse Kaffee und half ihr, zu sich zu kommen. Nun schlief sie tief auf dem Rücksitz.

Blank konnte sich sehr genau an die Details seines Trips erinnern. Er wußte, welche tiefen Einsichten über das Universum er gewonnen hatte. Nur konnte er sie nicht weitergeben. Als er auf die Engelsstimme zu sprechen kam, spürte er, wie bewegt er immer noch war.

»Psilocybin führt oft zu religiösen Bewußtseinserweiterungen, die sehr beglückend sein können«, erklärte ihm Alfred Wenger. Es war sein erster Kommentar.

»Du bezweifelst, daß es funktioniert hat«, stellte Urs fest.

»Anstatt den Trip zu wiederholen und an den entscheidenden Stellen zu korrigieren, hast du einen völlig anderen gemacht.«

»Aber einen phantastischen. Wir haben nicht nur die entscheidenden Stellen korrigiert, sondern die ganze Erfahrung. Ich bin sicher, daß es funktioniert hat.«

Wenger nickte. Er schien nicht sehr überzeugt.

Sie hatten Mühe, Lucille wach zu kriegen, als sie vor ihrer Wohnung hielten. Sie brachten sie die drei Treppen hinauf, und Wenger bat Pat, sich um sie zu kümmern. Urs Blank gab er zu verstehen, daß er es für besser halte, wenn er weiterhin im Hotel übernachte.

8

Es war, als hätte sich die Welt verschworen, den Erfolg der Therapie zu testen. An der Rezeption im Imperial erwarteten ihn zwei dringende Nachrichten. Eine von Dr. von Berg, eine von Anton Huwyler. Beide bestanden auf dringendem Rückruf. Bei von Berg stand, dick unterstrichen, »als erstes«. Auch Evelyne bat um einen Anruf.

Blank rief zuerst seinen Partner an. Beim zweiten Klingeln meldete er sich. »Huwyler ist am Ausrasten. Er versucht dich seit Samstag zu erreichen. Sie haben ein Informationsleck. Ein Journalist belagert ihn. Die Idioten im Hotel haben ihm gesagt, du seist verreist. Ich habe gesagt, du ließest dich in einer Privatklinik wegen einer Lebensmittelvergiftung behandeln und seist nicht erreichbar.«

Er rief sofort Huwyler an. »Ich hoffe, Sie hatten eine angenehme Lebensmittelvergiftung«, sagte der als erstes. Blank ging nicht darauf ein. Er hörte sich Huwylers Geschichte an und fragte: »Wie heißt der Journalist?«

»Müller.«

»Pedro Müller?« Blank kannte den Mann. Er war einer der unangenehmeren Wirtschaftsjournalisten, die er kannte.

»Können Sie ihn mir vom Hals schaffen? Wenn er die Sache bringt, können wir einpacken.«

Blank versprach, sich darum zu kümmern.

Als er Evelyne erreichte, fing sie sofort an zu weinen. Blank horchte in sich hinein und stellte erleichtert fest, daß sie ihm leid tat. Und noch ein Gefühl glaubte er festzustellen. Nicht Liebe, aber vielleicht so etwas wie ein schlechtes Gewissen.

Es war noch früh am Abend, er hatte keine anderen Pläne, und so schlug er vor, sie zu besuchen.

Evelyne hatte sich Mühe gegeben, besser auszusehen, als sie sich fühlte. Aber Blank erschrak trotzdem. Sie hatte ein paar Kilo abgenommen, und das stand ihr nicht. Es ließ sie älter aussehen. Als er sie zur Begrüßung auf die Wangen küßte, roch er, daß sie sich etwas Mut angetrunken hatte. Aber der Alkohol machte sie fahrig statt locker.

Sie hatte im Eßzimmer den Tisch gedeckt. Es war Sonntagabend. Sie hatte nicht mit einem Gast gerechnet und ein paar Dosen aufgemacht. Es gab Krabbenfleisch und Entenleber-Pâté. Dazu Toastbrot, von dem sie immer etwas im Kühlfach hatte. Im Weinkühler stand eine angefangene Flasche Pouilly Fumé.

Sie saßen da wie Gäste in diesem Haushalt, der vor kurzem noch ihr gemeinsamer gewesen war. Blank hatte ein schlechtes Gewissen, daß er sie so abrupt hatte sitzenlassen. Aber er konnte mit diesem Gefühl nichts anfangen. Er bereute zwar, was er getan hatte, aber er konnte sich zu nichts aufraffen, was geholfen hätte, etwas davon wiedergutzumachen. Die Evelyne der Vergangenheit tat ihm leid. Aber die Evelyne der Gegenwart war ihm gleichgültig.

Er aß vom Krabbenfleisch und dachte an den Unterwasserwald. Das Gefühl, ein Teil des Universums zu sein und seine letzten Geheimnisse zu verstehen, war noch nicht ganz verflogen.

»Gibst du uns noch eine Chance?«

»Bitte?« Blank war in Gedanken gewesen und hatte Evelyne vergessen.

»Glaubst du, wir sollten es noch einmal versuchen?«

»Nein.« Was er angerichtet hatte, merkte er erst, als er Evelynes betroffene Miene sah. Sofort tat ihm seine unbedachte Antwort leid.

»Dann ist es wohl besser, wir bringen die Sache rasch hinter uns«, brachte sie heraus.

»Ja.« Er stand auf, löste den Haus- und den Garagenschlüssel vom Bund, legte sie auf den Tisch und ging.

Als er im Wagen saß, tat ihm seine Reaktion bereits wieder leid. Aber es kam ihm nicht in den Sinn, wieder umzudrehen.

Das Telefon riß ihn aus dem tiefsten Schlaf. Blank schaute auf die Uhr. Es war halb drei. Der Anrufer war Alfred Wenger. Er kam gerade von Evelyne. Ihre Freundin, Ruth Zopp, hatte ihn zu ihr bestellt. Sie hatte Angst, Evelyne könnte sich etwas antun.

»Nach dem, was sie mir von eurem Abend berichtet hat, sieht es nicht aus, als hätte die Therapie etwas bewirkt.« Wenger klang mehr besorgt als vorwurfsvoll.

Blank korrigierte ihn. »Das stimmt nicht. Mein Gewissen ist wieder erwacht, nur am Timing muß ich noch arbeiten.«

»Wie meinst du das?«

»Es meldet sich erst hinterher. Wenn es zu spät ist. Aber es meldet sich. Wie geht es Evelyne?«

»Sie ist in Ordnung. Sie schläft. Frag mich, wie es mir geht. Frag mich, wie viele Stunden ich seit Freitag geschlafen habe.«

»Tut mir leid.«

»Stimmt, dein Timing könnte verbessert werden.«

Wenger legte auf.

Am nächsten Morgen ging Urs Blank auf dem Weg zur Kanzlei bei Lambert vorbei, dem ältesten Blumenladen der Stadt. Er wählte einen Strauß Kamelien und schrieb eine Karte. *Evelyne, verzeih. Laß uns Freunde bleiben.*

Zur gleichen Zeit versandte auch Pius Ott einen Gruß. Er war wie jedes Jahr um diese Zeit im Eschengut für das, was er den großen Service nannte: Einen gründlichen Check-up, eine Entschlackung und eine Frischzellenkur. Er wußte zwar, daß die Wissenschaft an der Wirkung dieser Behandlung mit lebenden Zellen von Lamm-Embryos zweifelte, aber er fühlte sich danach immer verjüngt und unternehmungslustig.

Diesmal trat dieser Effekt bereits am Anfang seines Aufenthaltes ein. Aber es hatte weniger mit der Behandlung zu tun als mit der Nachricht, die er soeben erhalten hatte. Mit ihr hatte auch der Gruß zu tun. Er steckte eine Zigarre und eine Visitenkarte in einen Umschlag und ließ ihn von Igor überbringen.

Kaum saß Blank hinter seinem Schreibtisch, streckte sein zweiter Partner, Dr. Geiger, den Kopf zur Tür herein. »Fluri hat sich erschossen.«

»Fluri von ELEGANTSA?«

»Ex-ELEGANTSA, Ex-CHARADE. Ex.«

»Weiß man, weshalb?«

»Wissen tut man nichts. Aber vermuten. Der ›Rußland-feldzug‹. Um die dreißig Millionen sollen da aufgetaucht sein. Es heißt, ab zwanzig haftet er persönlich. Eine Klausel im Fusionsvertrag. Sagt dir das etwas?«

»Scheiße. Ich konnte doch nicht ahnen...«

»Ich dachte, ich hätte dir so etwas angedeutet.« Geiger zuckte die Schultern und verließ das Büro.

Blank versuchte das Bild des alten, resignierten Mannes im graubraunen Dreiteiler zu vertreiben, wie er in das Taxi stieg, nachdem er ihn in der Waldruhe dazu gezwungen hatte, die Klausel zu unterzeichnen.

Er wandte sich dem Stoß von Papieren zu, die sich in den zwei Tagen angesammelt hatten.

Petra Decarli brachte ihm einen Umschlag. Er war von einem Boten abgegeben worden und enthielt ein Zigarren-etui mit einer Romeo y Julieta. Und eine Visitenkarte von Pius Ott.

Für Blank gab es Turnschuhjournalisten und Krawatten-journalisten. Pedro Müller war beides. Er trug Krawatte und Turnschuhe und ließ offen, welches von beiden die Konzession darstellte. So schrieb er auch.

Sie trafen sich in einem Café, das um diese Zeit – es war elf Uhr – nur von ein paar älteren Frauen und ihren dicken Hunden besetzt war. Müller ließ Blank zehn Minuten warten und erwähnte seine Verspätung nicht. Ein Zeichen, daß er sich sehr sicher fühlte.

»Die Tatsache, daß Huwyler Sie einschaltet, ist so viel wert wie eine Bestätigung«, begann er.

Blank hatte sich vorgenommen, das Gespräch als Test für seine Verfassung zu betrachten. Er wollte versuchen, an seinem Timing zu arbeiten. Das Gewissen früher ins Spiel bringen.

Die Serviertochter brachte Müller seinen Cappuccino, der hier aus einem Kaffee mit Schlagrahm und Schokoladenpulver bestand. Das verschaffte Blank etwas Zeit.

Als sie wieder allein waren, nahm Müller einen Schluck. Ein dünner Schnurrbart aus Rahm mit Schokoladenpulver blieb auf seiner Oberlippe zurück. »Wir kommen in der nächsten Ausgabe mit der Fusionsgeschichte.«

»Das werden Sie nicht.« Es klang wie eine Feststellung.

»Und was gedenken Sie dagegen zu tun?«

»Ihnen das Genick brechen.«

Müllers Lächeln erlosch. Er machte sich eine Notiz. »Mit welcher Handhabe?«

»Mit diesen beiden Handhaben.« Blank packte Müllers dünnen Hals mit beiden Händen und drückte zu. Ganz leise sagte er: »Wenn Sie Ihr diffuses Gerücht auch nur mit einer einzigen Silbe erwähnen, werde ich Ihren ungewaschenen Hals umdrehen, Sie widerliches, kleines, stinkendes Stück Scheiße.«

Ein fast kahler Rauhhaardackel unter einem Nebentisch fing an zu bellen. »Ruhig, Lola, die Herren machen nur Spaß«, beruhigte ihn die alte Dame, zu der er gehörte.

Blank ließ den Hals des Journalisten mit einem Lächeln los. Er nahm seine Serviette und putzte ihm den Rahmschnurrbart von der Oberlippe.

Die alte Dame lachte. Der Dackel hörte auf zu bellen. Pedro Müller war sicher, daß das Tier ihm das Leben gerettet hatte.

Blank erwachte mit einem schlechten Gewissen. Erst als er die Zeitung aufschlug, die man ihm mit dem Frühstück gebracht hatte, wußte er wieder, warum. Sie enthielt zweieinhalb Seiten Todesanzeigen für Dr. Kurt Fluri. Sein Bataillon, seine Verbindung, seine Zunft, seine Partei, sein Schützenverein, der Alpenclub, der Arbeitgeberverband, Direktion und Mitarbeiter von CHARADE, die Familie. Der einzige Hinweis auf einen möglichen Selbstmord waren Adjektive wie *plötzlich, jäh* und *unerwartet*.

In der Dusche erinnerte er sich an die anderen Gründe, ein schlechtes Gewissen zu haben: Lucille, Troll, Evelyne, Christoph Gerber, Huwyler, Pedro Müller, ein vierundzwanzigjähriger Maschinenbauzeichner und ein siebenundsechzigjähriger Handharmonikaspieler auf dem Weg zu einem bunten Abend.

Er ging ins Büro und versuchte zu arbeiten. Aber er saß wie gelähmt hinter seinem Schreibtisch. Seine Hände waren zu schwer für seine Arme, und seine Beine hatten keine Lust, seinen Körper zu tragen. Jeder Gedanke, den er faßte, blieb in seinem Hirn hängen und wurde repetiert wie von einer defekten CD. Er schaltete den Computer ein und begann an einem Vertrag zu arbeiten. Aber das Blinken des Cursors hypnotisierte ihn.

Ein Anruf von Huwyler riß ihn aus seiner Apathie.

»Was haben Sie mit dem Journalisten gemacht? Der hat mich angerufen und sich entschuldigt.«

»Anwaltsgeheimnis«, antwortete Blank.

»Wenn Sie so weitermachen, fällt mir auch wieder ein, weshalb ich die Sache mit Ihnen durchziehen wollte. Alle Achtung, Doktor Blank.«

Um elf hatte er einen Termin bei Alfred Wenger. Den ersten offiziellen Psychiatertermin seines Lebens.

Eine verhuschte junge Frau kam gerade aus dem Sprechzimmer, als die Praxishilfe ihn ins Wartezimmer brachte. Kurz darauf bat Alfred Wenger ihn zu sich.

»Wie fühlst du dich?« war seine erste Frage, als sie im Sprechzimmer Platz genommen hatten.

Blank beschrieb es ihm.

»Depression«, stellte Wenger fest.

»Aber wenigstens weiß ich, woher.« Er erzählte ihm von Dr. Fluris Selbstmord und der Rolle, die er glaubte, dabei gespielt zu haben.

»Das war doch vor deinem ersten Trip, nicht wahr?«

»Das ist es ja. Ich habe seit Samstag ein schlechtes Gewissen wegen Dingen, die ich vor dem Trip tat, der mich jetzt noch schlimmere Dinge tun läßt. Ich benehme mich wie vor deiner Therapie. Neu ist nur, daß ich mich schlecht dabei fühle.«

Blank beichtete Wenger seine Begegnung mit Pedro Müller. Daß er bei seiner Drohung handgreiflich wurde, erwähnte er nicht.

Wenger suchte nach einer Formulierung. »Wir haben es nicht geschafft, das Böse in das Gute zu verwandeln. Und das Gute, das du dem Bösen entgegensetzt, ist nicht stark genug.«

»Das Gute gegen das Böse. Du klingst wie ein Pfarrer.«

»Wie ein Psychiater.«

Blank blieb ernst. »Ganz ehrlich: Hast du das schon einmal erlebt, daß ein psychedelischer Trip jemanden in ein Monster verwandelt?«

»Die Psychiatrie kennt keine Monster.«

»Du weißt, was ich meine.«

»Ich selbst habe es noch nie erlebt.«

»Und andere?«

»Ich bin noch am Suchen.«

»Seit wann suchst du?«

Wenger wurde verlegen. »Seit unserem ersten Gespräch.«

»Also seit beinahe einer Woche.«

»Es gibt schon Beispiele. Aber alle betreffen das Verhalten während des Trips. Und bei keinem ist nur Psilocybin beteiligt.«

»Sondern?«

»Man kennt Fälle, in denen Leute, die zusätzlich Amphetamine oder Heroin, Kokain oder Crack nahmen, während des Trips gewalttätig wurden. Und man kennt Persönlichkeitsveränderungen nach Exzessen mit anderen Drogen.«

»Ich habe nur Pilze genommen.«

»Ich weiß.«

»Was schlägst du vor?«

»Eine Analyse.«

Blank schaute seinen Freund ungläubig an. »Eine Psychoanalyse?«

»Bei einem Kollegen.«

»Dauert etwa zwanzig Jahre, wenn ich richtig informiert bin.«

»In deinem Fall glaube ich nicht.«

»Weil sie mich vorher einsperren?«

Wenger verbrachte den Rest der Sprechstunde damit, Blank auseinanderzusetzen, weshalb er es für das beste hielt, eine Analyse zu machen. Als er fertig war, versprach ihm Blank, sich den Vorschlag ernsthaft zu überlegen.

Bevor sie sich verabschiedeten, sagte Wenger: »Eine Frage noch, Urs.«

Blank sah ihm an, daß jetzt etwas Wichtiges kam.

»Hast du irgendwann in diesen Tagen das Gefühl gehabt, du könntest nicht nur einer kleinen Katze gefährlich werden?«

Blank zögerte einen Moment. Dann schüttelte er den Kopf. »Nie. Außer meinem Psychiater.«

Am Nachmittag begann es zu regnen. Der Regen lief als Wasserfilm am Bürofenster herunter und ließ die blühenden Roßkastanien auf der Straße unten aussehen wie riesige Sträuße in der Auslage eines altmodischen Blumengeschäfts.

Blank stand am Fenster und konnte sich nicht von diesem Anblick losreißen. Er erinnerte ihn an den Wald unter Wasser. Und an das Gefühl, ihn zu durchschwimmen.

Gegen halb fünf Uhr verließ er die Kanzlei. »Ich mache etwas früher Schluß, Petra«, informierte er seine Sekretärin im Vorbeigehen. Nicht zum ersten Mal glaubte er in ihrem »Schönen Abend!« einen mißbilligenden Unterton bemerkt zu haben.

Eine knappe Stunde später joggte Blank durch den Stadtwald. Das Buchendach war jetzt zugewachsen und verwandelte den Regen in einen feinen Wassernebel. Er färbte die Stämme dunkel und ließ Blanks blauen Trainingsanzug schwarz an seinem Körper kleben.

Blank rannte wie in Trance. Er hatte den Punkt überwunden, wo die Lungen schmerzten und die Seiten stachen. Das Wasser, das ihm in die Augen drang, ließ den Wald zur Unterwasserlandschaft verschwimmen. Er war dem Glücksgefühl vom letzten Wochenende dicht auf den Fersen.

Es war schon fast dunkel, als Blank zu seinem Wagen zurückkam. Sein Jaguar war das letzte Fahrzeug auf dem kleinen Parkplatz, den man am Anfang des Fitnessparcours errichtet hatte. Blank wartete, bis er wieder zu Atem gekommen war, dann schloß er den Wagen auf. Er öffnete den Kofferraum und nahm ein großes Frottiertuch heraus. »Grand Hotel Imperial« stand drauf. Er begann sich die Haare trockenzurubbeln.

Als er das Tuch abnahm, stand ein junger Mann vor ihm. Sein Haar hing ihm in langen, nassen Strähnen herunter. Er war bleich und unrasiert und hatte Angst.

»Alle Kohle, alle Wertsachen, alles«, stammelte er. Er hielt Blank eine Spritze vors Gesicht. Sie war mit einer dunklen Flüssigkeit gefüllt. »Blut. Positiv.«

Das einzige Gefühl, das Blank verspürte, war Verwunderung. Verwunderung darüber, daß ihm so etwas passierte. Und darüber, daß er keine Spur von Angst empfand. »Okay«, sagte er, »ganz ruhig!« und begann das Armband seines Chronometers zu öffnen. »Dafür allein müßte man dir über zwanzigtausend geben. Im Laden bekommst du sie nicht unter fünfzig. Aber Vorsicht, da ist etwas eingraviert. Das mußt du dir rausschleifen lassen.«

Blank hielt dem Jungen die Uhr entgegen. Der nahm sie mit der freien Hand.

»Geld und Wertsachen sind im Wagen. Soll ich es holen?«

»Aber kein Scheiß«, sagte der Junge und erschrak über die Lautstärke seiner Stimme. Blank öffnete die Fahrertür, nahm den Fahrzeugausweis, ein paar Karten und was er sonst noch an Papieren fand und griff sich die schwere Taschenlampe im Türfach.

»Hier.« Er streckte dem Jungen die Papiere entgegen und ließ sie fallen.

Als der Junge sich hinunterbeugte, traf ihn die Taschenlampe am Hinterkopf. Er sackte zusammen.

Blank knipste die Lampe an und hob seine Sachen auf. Er stieg in den Wagen und wendete.

Als er aus dem Parkplatz hinausfuhr, tat der schwere Wagen einen kleinen Rumpler. Im Rückspiegel sah es aus, als hätte der Junge am Boden gezuckt. Aber genau konnte er das im schwachen Rot des Rücklichts nicht erkennen.

9

Urs Blank fuhr ins Imperial, gab dem Türsteher seinen Wagenschlüssel, holte an der Rezeption den Zimmerschlüssel und nahm ein heißes Bad. Er zog einen Pyjama und seinen Alpakaschlafrock an und bestellte sich ein Steak und Salat aufs Zimmer. Er aß an seinem Arbeitstisch und studierte dazu die Akten, die er sich aus dem Büro mitgenommen hatte. Um zehn ging er ins Bett.

Um zwei Uhr wachte er auf. Er fror. Er hatte die Bettdecke weggestrampelt. Der Pyjama klebte am Körper. Sein Gesicht war naß. Durch das halboffene Fenster zog ein frischer Wind. Regen trommelte auf die Kastanienblätter im Hotelpark.

Er stand auf, schloß das Fenster, rieb sich trocken und zog einen frischen Pyjama an. Er wendete die Bettdecke und legte sich auf die trockene Seite des Bettes.

Als er das Licht ausmachte, traf ihn das Bild des zuckenden Jungen mit voller Wucht.

Er machte Licht und setzte sich auf den Bettrand. Sein Herz klopfte wie nach einer großen Anstrengung.

Hatte er den Jungen überfahren? Mit Absicht? Oder es in Kauf genommen? Hatte er einen Verletzten im Stich gelassen? Oder einen Menschen umgebracht?

Urs stand auf und begann im Zimmer auf und ab zu gehen. Er wußte, daß er etwas tun mußte. Aber etwas in ihm flüsterte: »Vergiß es. Leg dich schlafen.«

Um drei Uhr ließ er sich den Wagen aus der Hotelgarage holen.

Er fuhr durch die menschenleere Stadt und hinauf zum Stadtwald. Je näher er zum Parkplatz beim Fitneßparcours kam, desto langsamer fuhr er. Bei der Abzweigung in den Wald hielt er und schaltete Motor und Scheinwerfer aus. Er öffnete das Fenster. Es hatte aufgehört zu regnen. Bei jedem Windstoß prasselte es von den dunklen Buchen.

Als sich seine Augen an die Dunkelheit gewöhnt hatten, konnte er den Holzstoß erkennen, der bei der Einfahrt zum Parkplatz stand. Er ließ etwas Zeit verstreichen. Dann startete er den Motor und fuhr ohne Licht zum Parkplatz.

Er war leer. Blank spürte Erleichterung. Vielleicht, dachte er, werden meine Gefühle langsam wieder normal.

Er schaltete die Scheinwerfer an.

Dann sah er die Zeichnung auf dem Asphalt. Die Umrisse einer gekrümmten Gestalt.

Vor einer halben Stunde hatte es über den Hügeln zu dämmern begonnen. Die gewundene Landstraße glänzte naß. Ab und zu kam Blank ein Traktor oder ein alter Landrover entgegen.

Er fand die Abzweigung auf Anhieb. Er fuhr durch den Wald zur Lichtung hinauf. Der kleine Bauernhof lag still da. Als er darauf zufuhr, begann die Sennenhündin zu bellen.

»Ruhig, Brahma«, sagte Blank, als er ausstieg. Sofort war das Tier ruhig und beschnüffelte ihn schwanzwedelnd.

Er mußte lange klopfen und rufen, bis im ersten Stock ein Fenster aufging und Joe den zerzausten Kopf heraus-streckte. »Du spinnst, es ist sechs.«

»Es ist wichtig«, rief Blank hinauf.

Kurz darauf saß er in der ungelüfteten Küche. Joe hatte im kleinen Holzherd Feuer gemacht und einen Aluminium-krug kalten Kaffee darauf gestellt. Jetzt saß er Blank am Kü-chentisch gegenüber. »Was ist wichtig?« fragte er gereizt.

»Beim ersten Mal war etwas dabei, was beim zweiten Mal fehlte.«

»Wie kommst du darauf?«

»Der Trip war ganz anders.«

»Jeder Trip ist anders.«

»Nicht *so* anders, sagen meine Ärzte.«

Joe sah überrascht aus. »Deine *Ärzte*?«

»Ich bin in Behandlung. Ich bin krank. Und wenn ich nicht gesund werde, zeige ich dich an.«

»Auf dein eigenes Risiko. So lautete die Abmachung.«

»Nicht, wenn du das Zeug panschst.«

Joe wurde laut. »Wir panschen nicht!«

»Meine Ärzte sagen, es müsse etwas Synthetisches dabei-gewesen sein.«

»Deine Ärzte verstehen einen Scheißdreck von Pilzen.«

»Meine Symptome geben ihnen recht.«

Joe stand auf und suchte etwas. »Rauchst du?« fragte er.

Als Blank verneinte, wählte er aus einem vollen Aschen-becher den größten Stummel und steckte ihn an.

»Was für Symptome?«

Blank stand auf und versetzte ihm eine Ohrfeige. Der Stummel flog durch die Küche. »Solche«, antwortete er.

Joe sah ihn erschrocken an. Er faßte sich an die Backe. »Verrückt geworden?«

»Genau.«

Auf dem Herd zischte es. Der Kaffee kochte über. Blank stand auf, fand einen Topflappen und nahm den Krug vom Herd. Er trug ihn zum Tisch und schüttete kochenden Kaffee über Joes Arm.

Joe schrie, sprang auf, rannte zum Ausguß voll schmutzigem Geschirr, drehte den Wasserhahn auf und kühlte seinen Arm.

»Was war noch dabei?« fragte Blank.

Joe gab keine Antwort. Blank trat hinter ihn und hielt den Krug an seinen Rücken. Joe schrie auf.

»Setz dich!« befahl Blank.

Joe gehorchte. Blank baute sich mit dem Krug vor ihm auf. »Was war noch dabei außer Pilzen?«

»Nur Pilze. Ich schwör's.«

Blank hielt den Krug über ihn. »Verschiedene Größen!« schrie Joe.

Blank stellte den Krug auf den Herd und warf zwei Scheite nach.

»Spitzkegelige Kahlköpfe in verschiedenen Größen.«

»Zeig sie mir.«

Joe stand auf. Blank folgte ihm mit dem Krug. Eine steile Treppe führte hinauf zum Schlafzimmer, direkt unter dem Dach. Es roch nach Schweiß und schmutziger Wäsche. Eine Matratze mit zerwühltem Bettzeug lag am Boden. »Wo ist Shiva?« fragte Blank.

»Indien.« Joe wühlte in einem offenen Schrank und brachte eine Blechschachtel zum Vorschein. Sie gingen zurück in die Küche. Blank stellte den Krug zurück auf den Herd und befahl Joe, sich zu setzen.

In der Schachtel waren zwei Plastikbeutel. Joe leerte ihren Inhalt auf den Küchentisch. Das eine waren große und mittlere getrocknete Pilze. Das andere kleine.

»Größere und kleinere spitzkegelige Kahlköpfe oder Zwergenhütchen«, kommentierte Joe.

»Und die ganz winzigen?«

»Welche ganz winzigen?«

»Beim ersten Mal hatte ich einen ganz winzigen. Viel kleiner als die Kleinen hier.« Blank griff zum Topflappen.

Joe zögerte. »Es gab nur einen einzigen winzigen.«

»Den hatte ich.«

»Einen ganz winzigen? Wie ein Daumennagel?«

»Höchstens wie ein Daumennagel.«

Joe seufzte.

»Was war das?«

Joe zuckte die Schultern. Blank nahm den Krug vom Herd. »Ich weiß es nicht!« schrie Joe.

Blank hielt den Krug über ihn. »Ein Bläuling, ein Bläuling«, stieß Joe hervor.

»Was ist ein Bläuling?«

»Ein sehr seltener Pilz.«

»Wie selten?«

Joe zögerte. Blank goß Kaffee auf den Boden. Dicht neben Joes Bein.

»Es war der erste, den ich gesehen habe«, stammelte Joe.

»Und woher wußtest du, wie er wirkt?«

»Ich wußte es nicht. Ich wollte es ausprobieren. Ein Versehen. Shiva hatte ihn zu den anderen gelegt.«

»Weißt du von anderen Leuten, wie er wirkt?«

Joe schüttelte traurig den Kopf. »Ich habe nichts darüber gefunden.«

»Und woher weißt du, daß er Psilocybin enthält?«

Joe begann zu weinen. »Er sah so aus.«

»Und woher kennst du seinen Namen?« Blank schrie es fast.

»Den habe ich ihm gegeben.«

Am Nachmittag saß Urs Blank wieder an seinem Schreibtisch. Er hatte die Bürotür geschlossen und durfte nicht gestört werden. Vor ihm lag ein Buch mit dem Titel: *Pilze bestimmen.* Ein paar Seiten waren mit selbstklebenden Notizzetteln markiert. Immer wieder schaute er auf ein Stück Papier, das aus einem kleinen Ringblock herausgerissen war. Darauf ein paar Notizen in Joes fahriger Handschrift:

> *»Bläuling«*
> *Hut: 7–9 mm, zyanblau, schleimig glänzend, spitz gebuckelt, gerieft.*
> *Lamellen: safrangelb, am Stiel frei.*
> *Stiel: hutfarben, 2–3 cm, schlank, gebrechlich.*
> *Fleisch: lamellenfarben, Geruch leicht unangenehm.*
> *Sporen: Sporenpulver rosa.*
> *Vorkommen: Rubliholz?*

Blank fand einen Riesenbläuling, *peziza varia.* Aber er war ockergelb bis braun, besaß einen Durchmesser von zweieinhalb bis zwanzig Zentimeter und galt als eßbar, wenn auch nicht als besonders schmackhaft.

Der einzige Pilz, der Joes Beschreibung einigermaßen entsprach, war der stahlblaue Rötling. Stahlblau und Zyanblau konnten Ansichtssache sein. Und die Lamellen – fleischfarben bis rosa beim einen, safrangelb beim anderen – kamen sich auch sehr nahe. Aber auch hier war der Hutdurchmesser das Problem. Zwei bis fünf Zentimeter. Statt sieben bis neun Millimeter.

Blank verstand nichts von Pilzen. Aber er konnte sich nicht vorstellen, daß sie ganz jung um so viel kleiner waren als im ausgewachsenen Stadium.

Er hatte noch ein paar andere Exemplare markiert: Blauer Klumpfuß, Grünspanträuschling, Blauer Saftporling. Aber außer der Farbe hatten sie nicht die geringste Gemeinsamkeit mit dem Bläuling.

Joe hatte ihm wenig über den Fundort des Pilzes sagen können. Im vergangenen Herbst hatte er wie jedes Jahr eine alternative Pilzexkursion organisiert. Am Abend bei der Pilzkontrolle befand sich der Pilz unter der chaotischen Ausbeute der jungen Leute. Niemand wußte mehr genau, wer ihn gefunden hatte. Joe war sich nicht einmal ganz sicher, wo sie an diesem Tag gesucht hatten. Vielleicht im Rubliholz, einem Mischwald in der Umgebung, den er Blank auf der Karte zeigte. Vielleicht aber auch nicht. Die Gruppe hatte die Exkursion mit einem unvergeßlichen Pilzritual abgeschlossen. Dieses war etwas von dem wenigen, das ihm aus jenen Tagen unvergeßlich geblieben war.

Der Blutmilchpilz und die gelbe Lohblüte, zwei ungenießbare Schleimpilze, bildeten den Abschluß des Buches. Er hatte darin keinen einzigen Hinweis auf einen winzigen zyanblauen Pilz gefunden.

Blank stand auf und packte das Pilzbuch in seine Aktentasche. Er mußte hier raus, bevor dieses lähmende Gefühl
von Reue sich seiner ganz bemächtigte.

Rolf Blaser, grauer Bürstenschnitt, schlechte Zähne, saß im
blauen Opel und notierte sich Stichworte für sein Protokoll.
Der Dienstwagen war der einzige Ort, wo er niemandem
im Weg stand. Der ganze Vorplatz war verstellt von Lösch-
fahrzeugen, Schläuchen, Pumpen, Generatoren, Autos und
Traktoren.

Als der Bauer des nächsten Hofes die Rauchsäule über
dem Wald gesehen hatte, hatte er vorsorglich die Gemeindefeuerwehr alarmiert. Dann hatte er die Feuerwehruniform
angezogen, sich in seinen Landrover gesetzt und war zum
Fichtenhof hinaufgefahren.

Der hatte bereits lichterloh gebrannt. Brahma, die Sennenhündin, hatte davorgestanden und die Flammen verbellt.

Die Gemeindefeuerwehr bestand aus den Bauern der umliegenden Höfe. Sie waren alle bei der Arbeit. Bis sie an-
rückten, hatte das Feuer bereits auf die Blutbuche hinter
dem Hof übergegriffen. Zwar übte die Feuerwehr den
Ernstfall regelmäßig, aber bis die Schläuche ausgerollt und
angeschlossen waren und mit der Löscharbeit begonnen
werden konnte, hatte bereits der Wald gebrannt. Nur mit
Verstärkung der Berufsfeuerwehr und mit Hilfe des Baggers
eines nahen Bauunternehmens, der eine häßliche Brand-
schneise in den alten Wald pflügte, konnte das Feuer unter
Kontrolle gebracht werden.

Der Fichtenhof war bis auf die Grundmauern abge-
brannt.

Die Bauern in ihren Helmen und Feuerwehrgürteln standen in Grüppchen herum und spekulierten über die Brandursache. Man war sich einig: fahrlässige Brandstiftung. Besoffen oder unter Drogen mit Feuer hantiert. Ein Wunder, daß das nicht schon früher passiert war.

Einer der Berufsfeuerwehrleute, die in den Brandtrümmern herumstocherten, näherte sich Blasers Opel. »Wir haben da etwas«, sagte er.

Blaser holte die Gummistiefel aus dem Kofferraum, zog sie an und suchte sich einen Weg über den Platz, der vom Spritzwasser aufgeweicht und vom Löschgerät zerpflügt war. Er stieg über die Trümmer zu den Feuerwehrleuten, die um etwas herumstanden.

Blaser wußte sofort, worum es sich handelte. Es war nicht das erste Mal, daß er so einen schwarzen undefinierbaren Klumpen an einer Brandstätte sah. »Wir brauchen einen Sarg«, sagte einer der Feuerwehrmänner.

Blaser ging zum Wagen zurück und funkte seiner Dienststelle.

Alfred Wenger war mit einer Patientin beschäftigt. Aber Lucille bestand darauf, durchgestellt zu werden. Ein Notfall. Es ginge um Urs Blank.

»Hast du es schon gehört?« Sie duzten sich seit dem Pilzwochenende. »Joe ist verbrannt.« Sie berichtete ihm, was sie wußte. Daß der Hof niedergebrannt sei und der halbe Wald.

»Und weshalb ist das ein Notfall, der Urs betrifft?« fragte Wenger.

»Seit gestern abend versuche ich es ihm zu sagen. Aber

ich erreiche ihn nicht. Weder im Hotel noch in der Kanzlei noch über sein Handy. Niemand weiß, wo er ist.«

»Ich weiß es auch nicht.«

Lucille schwieg einen Moment. »Ich habe ein ungutes Gefühl. Er ist so bedrückt in letzter Zeit. Und jetzt das mit Joe.«

»Ich sehe den Zusammenhang nicht.« Wenger klang etwas ungeduldig.

»Alles hängt irgendwie zusammen«, antwortete Lucille. »Letzte Woche haben wir noch im gleichen Tipi übernachtet. Und jetzt ist Joe tot und Urs verschwunden. Es ist unheimlich.«

»Ich habe eine Patientin, Lucille.«

»Entschuldige.«

»Mach dir keine Sorgen«, sagte Wenger, bevor er auflegte.

Aber als die Patientin gegangen war, rief er Blanks Sekretärin an. Von ihr erfuhr er, daß Urs gestern erst am frühen Nachmittag aufgetaucht war, zwei Stunden in Klausur gegangen und auf einmal aus der Kanzlei gestürmt sei. Seither hätte sie nichts mehr von ihm gehört und wisse nicht mehr, was sie den Leuten sagen solle. Sie klang besorgt.

Auch über die direkte Nummer seiner Suite antwortete er nicht. Von der Rezeption erhielt er die Auskunft, daß Herr Dr. Blank nicht auf seinem Zimmer sei. Die Frage, wann er das letzte Mal im Imperial gesehen wurde, beantwortete man ihm selbstverständlich nicht.

Zwei Patienten später rief er Evelyne an. Möglichst beiläufig sagte er: »Du, ich versuche Urs zu erreichen. Weißt du, wo er ist?«

»Ausgerechnet mich fragst du das?«

»Im Büro und im Hotel weiß man nicht, wo er ist. Seit gestern.«

»Gibt es einen Grund, sich Sorgen zu machen?« wollte Evelyne wissen.

Wenger zögerte.

»Was ist mit ihm, Alfred?«

»Er ist nicht ganz er selbst. In letzter Zeit.«

»Ja. Das ist mir auch aufgefallen.« Es klang etwas sarkastisch.

»Sag ihm, er soll sich bei mir melden, wenn du ihn siehst.«

Vielleicht war es das Zögern, bevor sie »ja« sagte, vielleicht ein Unterton in ihrer Stimme oder vielleicht einfach Wengers langjährige Erfahrung mit Menschen, die nicht die Wahrheit sagten. Jedenfalls fuhr er nach dem letzten Patienten direkt zu Evelyne.

Sie schien nicht überrascht über seinen unangemeldeten Besuch und führte ihn ins Wohnzimmer.

»Trinkst du ein Glas Wein?«

Sie brachte zwei Gläser und eine halbvolle Karaffe mit Rotwein. Als er ihr beim Einschenken zuschaute, fiel ihm auf, daß ihre Bewegungen nicht mehr resigniert waren wie bei seinem letzten Besuch. Und auch ihre Augen sahen nicht mehr aus, als seien dahinter die Lichter ausgegangen.

»Er ist hier, stimmt's?«

»Ich mußte ihm versprechen, ihn nicht zu verraten.«

Während sie ihren Wein tranken, erzählte Evelyne, was passiert war. Gestern abend, kurz nach Einbruch der Dunkelheit, hatte es geklingelt. Als sie öffnete, stand Urs vor der

Tür. Sein Anzug war schmutzig, und seine Schuhe waren lehmverschmiert. Sie hatte ihn hereingelassen. Sie hatten etwas gegessen. In der Küche, wie in alten Zeiten.

Urs hatte nicht viel gesagt. Nur, daß er sich in einer Krise befinde. An einem Punkt, an dem er nicht mehr weiterwisse. Er müsse sich ein paar Tage zurückziehen und mit sich ins reine kommen.

»Seither hat er sein Zimmer nicht mehr verlassen. Ich habe ihm das Frühstück neben das Bett gestellt. Als ich ihm etwas zum Mittagessen bringen wollte, schlief er immer noch. Das Frühstück hatte er nicht angerührt. Was ist los mit ihm, Alfred?«

»Er hat eine Depression.«

»Urs und eine Depression. Weshalb?«

»Wenn man das immer gleich wüßte.«

»Liebeskummer?«

»Nein. Ich fürchte, es ist etwas komplizierter.«

»Ich verstehe. Du darfst mir nichts sagen.«

Wenger stimmte dem zu.

»Aber wenn ich etwas sagen darf: So, wie er gestern war, ist er mir jedenfalls lieber. Die Wochen zuvor strahlte er eine Kälte aus, die mir angst machte.«

Wenger nickte.

»Ist dir das auch aufgefallen?«

Die Tür ging auf. Blank kam im Morgenrock herein. Sein Haar war zerzaust, sein Gesicht unrasiert. Er musterte Evelyne und Wenger angewidert. »Das hätte ich mir denken können.«

»Er ist von alleine drauf gekommen, ich schwör's«, verteidigte sich Evelyne.

Blank setzte sich zu ihnen. »Soll ich dir ein Glas holen?« fragte Evelyne. Er schüttelte den Kopf.

Sie saßen schweigend im Licht einer Stehlampe. Ihr Spiegelbild im großen Fenster war durchsetzt von den fernen Lichtern der Stadt.

»Willst du reden?« fragte Wenger.

Blank hob die Schultern.

»Soll ich raus?« fragte Evelyne.

Blank hob die Schultern.

Evelyne ging aus dem Zimmer. Ihr Glas nahm sie mit.

Wenger nahm einen Schluck. »Vor wem versteckst du dich?«

Blank überlegte. »Vor mir, vielleicht.«

»Ist etwas passiert?«

»Nein. Aber dieses Gefühl von Schuld macht mich fertig.«

»Gibt es einen neuen Grund?«

»Die alten Gründe reichen.«

»Und wo hast du dich so schmutzig gemacht?«

»Schmutzig?«

»Evelyne sagt, du seist völlig verdreckt hier angekommen.«

»Ach so. Im Wald. Der Wald beruhigt mich. Komisch, nicht?«

»Das letzte Mal, als es dir richtig gut ging, war im Wald.«

»Ja, da ging es mir gut.«

Wenger schenkte sich Wein nach.

»Gibt es psychoaktive Pilze mit anderen Wirkstoffen als Psilocybin?« fragte Blank.

»Psilocin, Serotonin, Baeocystin, soviel ich weiß.«

»Könnte es sein, daß sich beim ersten Mal unter meinen

Pilzen ein solcher befand und deshalb mein zweiter Trip so ganz anders war?«

»Nicht auszuschließen.«

»Glaubst du, es würde sich lohnen, der Sache nachzugehen?«

Wenger beobachtete Blank, als er sagte: »Da gibt es ein Problem.«

»Was für ein Problem?«

»Joe ist tot. Mit Haus und Hof verbrannt.«

»Ach.« Es klang weder erstaunt noch erschrocken noch enttäuscht. Es war das »Ach«, mit dem jemand einen neuen Umstand zur Kenntnis nimmt, den es bei der Planung weiterer Maßnahmen einzubeziehen gilt. »Ach.«

Wenger war erleichtert. »Ich würde ohnehin von weiteren Pilzexperimenten abraten. Kaum zu dosieren. Zu unsicher. Zu riskant. Ich bin nach wie vor für eine Analyse.«

Blank schüttelte den Kopf.

»Was willst du denn machen?«

»Ich muß eine Weile weg von allem.«

»Hältst du das hier für den richtigen Ort?«

»Was schlägst du vor?«

»Du sagst doch, daß dich der Wald beruhigt. Ich kenne etwas mitten im Wald. Schönes Haus, schöne Umgebung, gutes Personal, gutes Essen. Nicht ganz billig.«

»Ein Hotel?«

»Etwas in der Art.«

Als Pat um zwei Uhr morgens aus dem Volume nach Hause kam, fand sie Lucille in der Küche hinter der Crème de Banane, die Zunge etwas schwerer als sonst. »Der Herr

Dr. Blank ist wieder aufgetaucht. Dreimal darfst du raten, wo.«

»Bei Mami?«

»Bei Mami.«

»Hat er dich angerufen?«

»Nein. Sein Psychiater.«

»Oh, pardon.« Pat schenkte sich den Rest Likör in ein Gläschen und prostete ihrer Freundin zu.

»Soviel zum Thema Dr. Blank«, sagte Lucille.

10

Das Eschengut bestand aus einem Patrizierschlößchen aus dem achtzehnten Jahrhundert, einem Bauernhof mit seinen Nebengebäuden für den Gutsbetrieb, einem Personalhaus und einem Annex aus den achtziger Jahren, als die Klinik ihren großen Boom erlebte.

Ins Eschengut gingen Leute, die es sich leisten konnten, um sich von ihrem Herzinfarkt zu erholen, um vom Alkohol loszukommen oder um ihr Übergewicht loszuwerden. Man konnte dort auch seine Zellen auffrischen oder Spuren von kosmetischen Operationen vernarben lassen. Die Institution war spezialisiert auf die Regeneration nach jeder Form von Rückschlägen, die das Leben für die Wohlsituierten bereithält.

Bei Urs Blank handelte es sich um eine Erschöpfungsdepression. Er hatte ihr vor »Nervenzusammenbruch« den Vorzug gegeben. Er fand, es klang weniger zickig.

Bei Geiger, von Berg, Minder & Blank hatte man mit einer Mischung aus Besorgnis und Erleichterung von der Diagnose Kenntnis genommen. Besorgnis, weil sie bedeutete, daß einige der wichtigeren Mandate herrenlos geworden waren. Erleichterung, weil sie eine Erklärung für Blanks seltsames Verhalten lieferte. Den Partnern wäre zwar etwas Handfestes wie ein Herzinfarkt oder ein Bandscheibenvorfall als Erklärung für Blanks Ausfall lieber gewesen. Aber eine Erschöpfungsdepression ließ sich, wie Dr. Wenger erklärte, als er sie persönlich ins Bild setzte, auf Überarbeitung zurückführen. Überarbeitung war für einen tüchtigen Wirtschaftsanwalt allemal ein ehrenwerter Ausfallgrund.

Jedenfalls gelang es ihnen, alle Klienten von Blank für eine Übergangslösung zu gewinnen. Sogar Huwyler war schließlich bereit, sein Mandat in der Kanzlei zu belassen. Es wurde interimistisch von Dr. Geiger betreut. Die Knochenarbeit überließ dieser Blanks Assistenten Christoph Gerber. Er war in das Mandat bereits eingearbeitet und kannte Blanks Arbeitsstil. »Ein zweiter Blank«, wie Geiger Huwyler versicherte.

Urs Blank war angenehm überrascht vom Eschengut. Das Personal war diskret. Die Ärzte drängten sich nicht auf. Es war einfach, den Mitpatienten aus dem Weg zu gehen. Die meisten waren froh, wenn man sie in Ruhe ließ. Er traf nur ab und zu einige im Schwimmbad oder in den Fitneßräumen. Die Mahlzeiten nahm er in seinem Zimmer ein. Es befand sich in einem Turm des Schlößchens. Seine Fenster gingen in allen Himmelsrichtungen auf den Eschenwald, der die Klinik umgab.

Dort verbrachte Blank seine Tage.

Manchmal erwachte er bereits beim ersten Tageslicht. Er stellte sich ans offene Fenster und hörte zu, wie die Vögel den Tag begrüßten. Ein vielstimmiges Gezwitscher und Getriller, das sich bisweilen zu einer einzigen Stimme zusammenfand, wie von einem einzigen Lebewesen.

Urs zog sich an und ging leise die knarrende Treppe hinunter und hinaus auf den Hof. Er überquerte den Platz zum Gutshof. Im Stall brannte Licht, aus dem Fenster drangen Ländlermusik und das Saugen der Melkmaschine. Blank schlug einen der Wege zum Wald ein, die sich hinter dem großen Gemüsegarten teilten. Je näher er dem Wald kam, desto schneller ging er. Wie jemand, der noch vor dem großen Regen den Unterstand erreichen will.

Es war Ende Mai. Die Eschen hatten erst vor zwei Wochen ausgetrieben und ließen viel Licht in den Wald. Das saftige Grün des Waldbodens war noch immer gelb gesprenkelt von Waldschlüsselblumen und Goldnesseln. Hie und da blitzte das Weiß eines verspäteten Buschwindröschens auf.

Nach ein paar hundert Metern verließ Blank den Weg und schlug die Richtung ein, in der ihm der Wald am dichtesten vorkam. Dort, wo die gelblichen Eschenstämme von den moosüberwachsenen des Bergahorns abgelöst wurden, wo im Schatten ihrer mächtigen Kronen Traubenkirsche, Hasel und Pfaffenhütchen ein dichtes Unterholz bildeten, fühlte er sich am wohlsten. Er liebte die Stellen, die aussahen, als hätte sie seit Jahren kein menschlicher Fuß betreten. Er setzte sich auf einen Stein oder einen morschen Stamm oder einfach auf den weichen Waldboden und versuchte, Teil des Waldes zu werden.

Manchmal, nach Stunden, gelang es ihm, einen Schatten des Gefühls zurückzugewinnen, das ihn an jenem Nachmittag erfüllte, auf dem Meeresgrund des Waldes. An solchen Tagen kehrte er wie befreit ins Eschengut zurück.

In der zweiten Woche fand er Pilze. Er war auf dem Rückweg in die Klinik. Genau an der Stelle, an der er auf den
Waldweg traf, sah er sie am Wegrand. Zuerst dachte er,
es seien Kiesel. Er sah nur die Hüte, die von hellem Grau
bis in dunkles Graublau verliefen. Erst als er sich nieder-
kauerte, merkte er, daß es Pilze waren. Er löste einen aus
dem lockeren Waldboden. Der Hut war glockig, sein Rand
faltig wie alte Haut. Der Stiel war hellgrau, aber vielleicht
hätte man ihn auch als hellblau bezeichnen können. An
der Basis besaß er einen Wulst, etwas, das in der Beschreibung des Bläulings nicht vorkam. Auch war er bedeutend
größer. Die jungen Exemplare sahen aus wie graue Eier an
Stielen.

Blank riß das ganze Grüppchen aus und packte es sorgfältig in sein Taschentuch.

Da, wo der Weg auf die Lichtung des Eschenguts traf,
stand am Waldrand eine grüne Ruhebank. Als Blank daran
vorbeikam, sagte jemand: »Sind Sie inkognito hier oder darf
man Sie ansprechen?«

Blank erschrak und wandte sich um. Auf der Bank saß
Pius Ott. Er trug einen Lodenmantel und einen Filzhut, wie
ihn Jäger tragen. Jetzt stand er auf und ging auf Blank zu.

»Woher wußten Sie, daß ich hier bin?«

»Ich wußte es nicht.« Ott gab Blank die Hand.

»Dann sind Sie zufällig hier?«

»Nicht ganz.« Ott deutete auf Blanks Taschentuchbeutel.
»Sie sind Pilzsammler?«

»Nein. Aber ich fand sie bemerkenswert.«

Ott streckte die Hand nach dem Beutel aus. »Darf ich?«

»Verstehen Sie etwas von Pilzen?«

»Ein wenig schon.« Ott nahm das Taschentuch, legte es auf den Boden, schlug es auf und stieß einen Pfiff aus. »Bemerkenswert ist das richtige Wort.«

»Sind sie eßbar?«

»Eßbar? Die jungen Exemplare sind ausgezeichnet! Laden Sie mich dazu ein?«

»Wohnen Sie auch im Eschengut?«

»Jedes Jahr drei Wochen.«

Blank hielt sich an den Kodex und fragte nicht, weshalb.

Ott schlug die Pilze wieder ins Taschentuch. »Ich sage dem Koch, wie man sie zubereitet, und wir essen sie gemeinsam. *Your place or my place?*«

Als Blank zögerte, fügte Ott hinzu: »Ich weiß, es gibt nichts Unangenehmeres als zufällige Begegnungen mit Bekannten in Rehabilitationskliniken. Sie können beruhigt sein: Es ist auch in meinem Sinn, daß wir uns nicht weiter belästigen. Aber diese Pilze müssen sofort gegessen werden. Es sind Tintlinge. Morgen fangen sie an, sich zu verflüssigen.«

Noch vor ein paar Tagen hätte er Ott in einer solchen Situation bestenfalls ignoriert. Aber zu seiner eigenen Verwunderung sagte er nicht nur zu, sondern willigte auch ein, das Pilzgericht in Otts Zimmer einzunehmen. Blank schrieb das seinen selbstverschriebenen Meditationsübungen zu. Er schien auf dem Weg, wieder ein soziales Wesen zu werden.

Otts Zimmer lag im Penthouse des Annex. Es war auf drei Seiten von einer Terrasse umgeben, von der aus man das Gut, das Schlößchen und den Wald überblicken konnte. Es besaß einen Wohnraum und ein Schlafzimmer. Die Einrichtung bestand aus Möbeln, die in den achtziger Jahren modern gewesen sein mochten.

Ein Viertel des Wohnraumes nahm ein Tisch ein, auf dem drei Bildschirme standen. Auf jedem liefen Börsenkurse. Daneben lagen akkurat gebündelte Papiere und exakt ausgerichtet drei Handys. Ein Faxgerät und ein Papierwolf komplettierten Otts temporäre Infrastruktur.

Bei der Fensterfront zum Westen war ein kleiner Tisch für zwei gedeckt. An der Südseite stand eine kleine Sitzgruppe, ein Sofa und zwei Sessel. »Das Essen wird in einer halben Stunde serviert. Darf ich Ihnen einen Aperitif anbieten?«

Blank bat um ein Tonic. Ott holte zwei Fläschchen aus dem Kühlschrank und schenkte beiden ein Glas voll.

»Früher dachte ich, die Unregelmäßigkeit verlängere das Leben. Nie zwei Jahre hintereinander das gleiche tun, sonst kannst du die Jahre nicht mehr auseinanderhalten, und sie verschmelzen zu einem einzigen. Heute glaube ich das Gegenteil: Die Regelmäßigkeit macht das Leben lang. Je mehr die Jahre einander gleichen, desto unmerklicher gehen sie ins Land. Ich komme jedes Jahr um genau diese Zeit hierher und habe immer genau dieses Zimmer. Das Personal altert nur unmerklich und die Stammkundschaft überhaupt nicht.« Ott lachte. »Im Gegenteil: Einige von ihnen werden jedes Jahr jünger. Was tun Sie, um das Leben zu verlängern, Herr Doktor?«

Blank überlegte. »Vielleicht zu wenig.«

»Sie gehen jeden Morgen in aller Frühe in den Wald.«

»Woher wissen Sie das?«

»Ich sehe Sie von hier oben. Ich bin auch Frühaufsteher.«

»Sie beobachten mich?« Blank war irritiert.

»Seit Sie angekommen sind. Aber keine Sorge. Morgen ist mein letzter Tag.«

Blank gab keine Antwort.

»Tut mir leid, eine alte Jägerangewohnheit. Frühmorgens auf dem Hochstand sitzen und den Waldrand beobachten. Und da sehe ich Sie eben in den Wald gehen. Der Wald ist ein guter Anfang, wenn Sie das Leben verlängern wollen. In ihm finden Sie beides gleichzeitig. Stillstand und Veränderung.«

»Deswegen jagen Sie?« Blank war froh über seine Gelassenheit.

»Nicht wegen dem Wald. Ich jage auch in der Steppe und im Eis. Aber ich tue es ebenfalls, um das Leben zu verlängern.«

»Wie das?«

»Über Tod oder Leben bestimmen kommt dem Zustand der Unsterblichkeit sehr nahe.«

Es klopfte. Zwei Kellner schoben einen Servierwagen herein. Ott und Blank setzten sich und ließen sich das Essen servieren. Gemischte Frühlingssalate, hausgemachte Nudeln und die Pilze mit etwas Zwiebeln und Knoblauch gedünstet.

»Nehmen Sie einen Schluck Bordeaux?« fragte Ott. Blank lehnte ab.

Sein Gastgeber hatte recht gehabt. Die Pilze waren eine Delikatesse. Als Blank den Teller geleert hatte, fragte er: »Sind die so selten, daß man sie nicht öfter bekommt?«

»Nein, der Faltentintling kommt relativ häufig vor. Daß

er selten gegessen wird, hat eine andere Bewandtnis. Er verträgt sich schlecht mit Alkohol.«

»Wie äußert sich das?«

»Rötung der Gesichtshaut, die allmählich ins Violett übergeht und sich auf dem ganzen Körper ausbreitet. Nur Nasenspitze und Ohrläppchen bleiben merkwürdigerweise blaß. Hitzegefühl, Herzklopfen, Sprach- und Sehstörungen. Die Symptome treten auf, wenn man zwei Tage zuvor oder während der Mahlzeit auch nur kleine Mengen Alkohol zu sich genommen hat. Und sie kehren zurück, wenn man zwei Tage danach Alkohol zu sich nimmt.« Ott lächelte. »Gut, daß Sie nichts trinken.«

»Woher wußten Sie das?«

»Ich wußte es nicht.«

Blank spürte, wie die Wut in ihm hochstieg. »Sie ließen es darauf ankommen?«

»Ich war mir ziemlich sicher.«

»Wie konnten Sie ziemlich sicher sein?« Blanks Stimme war laut geworden.

»Ich bin ein guter Menschenkenner.«

»Sie testen Ihre Menschenkenntnis mit Giftpilzen?«

Je wütender Blank wurde, desto ruhiger wurde Ott. »Ich sage ja, ich war mir sicher. Ich habe von mir auf Sie geschlossen. Wir haben dieselben Instinkte. Wir sind uns sehr ähnlich.«

Blanks Faust flog in Otts Gesicht. Sofort begann aus dessen rechtem Nasenloch Blut zu fließen. Er kümmerte sich nicht darum. Er blieb sitzen und schaute Blank in die Augen.

Als Blank zum zweiten Schlag ausholte, hob Ott die

rechte Hand. Er hatte ein Jagdmesser. Blank stand vom Tisch auf und trat einen Schritt zurück. Ott tropfte das Blut vom Kinn auf das weiße Hemd. Er lächelte.

Blank verließ das Zimmer.

Ott blieb reglos und aufrecht sitzen, die Hände links und rechts vom Teller.

Er hatte sich getäuscht in Blank. Er war nicht so wie er. Er hatte sich nicht unter Kontrolle.

Ott verbot sich, die Serviette auf die Nase zu pressen oder das Bad aufzusuchen. Er würde einfach hier sitzen und warten, bis sein Körper das Blut von selbst stillte. Er wartete und fragte sich, ob Blank wohl ahnte, wie groß der Fehler war, den er soeben begangen hatte.

Blank hatte seinen Pilzatlas ins Eschengut mitgenommen. Es stimmte, was Ott über den Faltentintling *(coprinus atramentarius)* gesagt hatte. Der Verfasser des Führers ging noch weiter. Er warnte vor tödlich verlaufenden Kreislaufkollapsen. Blank strich die Stelle wütend an und schrieb an den Seitenrand: »Pius Otts Scherzpilz!«

Das Schuldgefühl stellte sich diesmal nicht ein. Als er Alfred Wenger bei ihren regelmäßigen Telefongesprächen darüber berichtete, hielt der es für ein gutes Zeichen. »Dein Unterbewußtsein scheint wieder unterscheiden gelernt zu haben. Einem Mann, der dich fast vergiftet, die Nase einzuschlagen halte ich für eine ausgesprochen gesunde Reaktion.«

Gleich nach seiner Entlassung aus dem Eschengut traf sich Pius Ott mit Blanks Partner Geiger in der Lobby des Imperial und eröffnete ihm, daß er beabsichtige, in Zukunft exklusiv mit Geiger, von Berg, Minder & Blank zu arbeiten. Man besprach ein paar Kernfragen und delegierte die Details der Übergabe an die zuständigen Ebenen. Blank wurde mit keinem Wort erwähnt.

In Blanks Zimmer stapelten sich Bücher und Nachschlagewerke, die er sich hatte kommen lassen. Alles, was mit dem Wald zu tun hatte: Waldgemeinschaften, Forstwirtschaft, Baumkunde, Pflanzenkunde, Pilzkunde, Naturschutz, Wildkunde, Wildhege, Jagdpraxis.

Er büffelte »Wald«, wie er seit seiner Studienzeit nicht mehr gebüffelt hatte. Aber es fiel ihm nicht schwer. Im Gegensatz zum Recht faszinierte ihn das Fach. Er war wie besessen vom Wald.

Im Wald war er weder gut noch böse, wie jede Kreatur.

In der dritten Woche seines Aufenthalts überraschte ihn Evelyne mit einem Besuch. Er stand wie immer beim ersten Morgengrauen am Fenster und hörte den Vögeln zu, als das Konzert durch ein Motorengeräusch gestört wurde. Er erkannte den alten silbergrauen Alfa von Evelyne. Sie parkte vor dem Eingang, schaltete die Scheinwerfer aus und wartete.

Blank wartete auch. Der Streifen über den Wipfeln wurde heller. Evelyne rührte sich nicht. Blank sah ein, daß er der Begegnung nicht aus dem Weg gehen konnte, wenn er nicht den Morgen im Wald verpassen wollte.

Als er aus der Tür trat, stieg Evelyne aus dem Wagen und kam ihm entgegen. »Alfred hat mir gesagt, daß du immer um diese Zeit in den Wald gehst.«

Sie trug Wanderschuhe, Keilhosen und eine schwarze Lodenjacke mit Hirschhornknöpfen. Blank verfluchte Alfred Wenger.

»Nimmst du mich mit?«

»Ich gehe nicht auf den Wegen.«

»Ich habe gute Schuhe.«

»Ich gehe schnell.«

»Ich bin fit.«

Sie gingen los. Vorbei am Bauernhof und dem Gemüsegarten Richtung Waldrand.

»Was tust du im Wald?«

»Schauen, hören, riechen. Schweigen.« Er beschleunigte sein Tempo.

Sie erreichten den Waldrand. Vor ihnen verlor sich der Weg im frühen Dämmerlicht. Blank ging weiter. In den Augenwinkeln sah er Evelyne, außer Atem, unsicher, beflissen. An der ersten Stelle, an der er normalerweise den Weg verließ, ging er vorbei. An der zweiten ebenfalls. An der dritten blieb er stehen. »Es geht nicht.«

»Was?«

»Geh zurück.«

Evelyne sah ihn fassungslos an.

»Hau ab!« schrie er. Sie wich einen Schritt zurück.

Er ging einen Schritt auf sie zu. »Hau ab!« Sie wich wieder zurück.

Er nahm einen Stein vom Boden und holte aus. Jetzt begann sie zu rennen. Er rannte ihr nach. »Hau ab! Hau ab!«

Evelyne rannte jetzt, so schnell sie konnte. Blank blieb stehen. »Lauf! Lauf um dein Leben!« schrie er.

Gegen Abend tauchte er ganz gelöst in der Küche des Eschenguts auf. Der Küchenchef hatte ihm dort – ungern und nur auf Intervention der Klinikleitung – einen Teil eines Herdes, ein paar Pfannen und einen Tisch überlassen. An einer Stelle, wo er nicht im Weg war. Dort bereitete Blank seine seltsamen Mahlzeiten aus selbstgepflückten Pilzen und Waldgemüsen zu.

Heute hatte er zum ersten Mal Morcheln gefunden. Er hatte gelesen, daß Morcheln die Nähe der Eschen lieben. Aber bis heute hatte er vergeblich nach ihnen gesucht. Und heute fünfzehn Maimorcheln! An der Stelle, an der er sie gefunden hatte, gab es noch mehr.

Er putzte die Pilze, säuberte sie mit einem Konditor-Pinsel, halbierte die kleinen und viertelte die größeren.

Er wusch und zerkleinerte die jungen Blätter der Rapunzel, die er im Unterholz geerntet hatte. Dann machte er in einer Bratpfanne Butter heiß, briet die Morcheln, salzte und pfefferte sie, kippte das Brett voller Rapunzelblätter dazu und dünstete alles zugedeckt ein paar Minuten.

Er richtete das Pilzgericht auf einem heißen Teller an und garnierte es mit ein paar zarten Geißfußblättern. Er bedeckte den Teller mit einer Cloche, stellte ihn auf ein Tablett und trug ihn aus der Küche.

Als er sein Zimmer betrat, saß Alfred Wenger an seinem Schreibtisch und blätterte im Pilzatlas.

»Wenn du dich angemeldet hättest, hätte ich mehr Morcheln genommen«, sagte Blank.

»Ich habe schon gegessen.«

»Morcheln mit Rapunzel und Geißfußblatt. Bekommst du nirgends auf der Welt.«

Wenger schüttelte den Kopf. Blank deckte den Tisch, setzte sich, nahm die Cloche ab und aß. Langsam und mit Bedacht.

Wenger studierte ihn dabei. »Drohst du jetzt Frauen mit dem Tod?«

Blank sprach erst, als der Teller leer war. »Schickst du mir jetzt meine Probleme um fünf Uhr morgens in die Therapie?«

»Das war wohl keine gute Idee gewesen.«

»Das kannst du laut sagen. Ich habe Evelyne nicht mit dem Tod gedroht. Ich habe sie nur etwas nachdrücklich davongejagt.«

»Mit Steinen beworfen?«

»So getan als ob.«

»›Lauf um dein Leben!‹ geschrien?«

»War nicht so gemeint. Verstehst du nicht?«

Wenger war sehr ernst. »Erklär's mir.«

Blank überlegte. »Der Wald ist meine Intimsphäre. Evelyne ist in meine Intimsphäre eingedrungen.«

Blank war noch nicht zufrieden mit seiner Erklärung. Der entscheidende Punkt fehlte:

»Und das wollte sie. Das hat sie immer gewollt.«

Rolf Blaser wäre es lieber gewesen, der alte Egli hätte den schwarzen Jaguar nicht gesehen. Oder wenigstens nicht erwähnt.

Egli war auf dem Futtersilo gewesen und hatte das Silorohr montiert. Der Silo war acht Meter hoch. Von dort oben konnte er den Weg zum Fichtenhof einsehen, bevor er im Wald verschwand. Er sah den schwarzen Jaguar. Wenig später dann den Rauch.

Wie er aus dieser Distanz hatte erkennen können, daß es ein Jaguar war, hatte Blaser gefragt.

Der sei nachher auf der Landstraße unten vorbeigefahren. Das waren fünfzig Meter.

Ob er das Nummernschild habe lesen können.

Er sehe nicht mehr so weit.

Woher er dann wisse, daß es nicht ein anderes Fahrzeug gewesen sei.

Da sei kein anderes Fahrzeug gewesen. Das hätte man gehört. Hören tue er noch gut.

Blaser mußte wohl oder übel der Sache nachgehen. Nach Reifenspuren suchen war beim Zustand der Umgebung der Brandstelle ein hoffnungsloses Unterfangen. Er mußte damit beginnen, Leute aus Joe Gassers Umkreis zu befragen, ob sie jemanden mit einem schwarzen Jaguar kannten.

Von Gasser wußte er nur, daß er Verbindung zur Drogenszene gehabt hatte. Ein Gebiet, auf dem Blaser nicht bewandert war. Er brauchte Amtshilfe. Deswegen saß er seit über einer halben Stunde in einem Büro der Stadtpolizei und wartete, bis ein gewisser Detektiv Schär geruhte, Zeit für ihn zu haben.

»So, so, aus der Drogenszene«, echote Schär, als ihm Blaser fast eine Stunde später endlich die Geschichte hatte schildern dürfen. Er war bestimmt zwanzig Jahre jünger und trug einen Lumberjack, wie ihn die Fernsehdetektive tragen. In Uniform wäre er unauffälliger, dachte Blaser. Es war Abneigung auf den ersten Blick. Gegenseitige, ganz offensichtlich.

»Was glauben Sie, Kollege Blaser, wo wir da hinkämen, wenn wir jetzt auch noch anfangen würden, die Pilzchenszene zu überwachen?«

»Ich dachte, vielleicht gibt es in der Szene Leute, die auch im Zusammenhang mit anderen Drogen aktenkundig sind.« Blaser zeigte auf das Dossier, das Schär zur Besprechung mitgebracht hatte.

Der schlug es auf und blätterte nachlässig darin. »Das ist das Dossier von Gasser. Es sind alte Sachen. Aber wenn Sie wollen, kann ich es Ihnen leihen.« Schär schob das Mäppchen über den Tisch. Blaser nahm es an sich.

»An Ihrer Stelle würde ich mich an diese Trudi Frei, alias Shiva, halten, von der hier so oft die Rede ist.«

»Ist irgendwo in Indien.«

»Das sind sie meistens.«

Mit einer alten Polizeifiche über einen verbrannten Althippie und bestärkt in seiner Meinung über junge Drogenfahnder in Lumberjacks stieg Rolf Blaser in seinen blauen Dienstopel und fuhr zurück hinter den Mond.

II

Nach vier Wochen Eschengut fühlte sich Urs Blank dem Alltag wieder einigermaßen gewachsen. Seine Anfälle von Depressionen waren selten geworden, und wenn sie auftraten, behandelte er sie mit einer Überdosis Wald. Er hatte viel von seiner früheren Ausgeglichenheit zurückgewonnen. Wenn er Ausbrüche von Jähzorn hatte, waren sie ohne Folgen für Dritte geblieben. Er war sich sicher, daß dies nicht nur daran lag, daß er Dritte gemieden hatte, so gut es ging.

Um seinen Wiedereintritt in die Berufswelt nicht zu abrupt zu gestalten, traf er ein paar Vorkehrungen. Anstatt seine Suite im Imperial wieder zu beziehen, mietete er sich im Hotel Stadtwald ein.

Das Stadtwald war ein vierstöckiger Fertigelementebau aus den siebziger Jahren. Es lebte vor allem von älteren Dauerrentnern. Seine Suiten waren große, unprätentiös möblierte Zweizimmerappartements mit Kochnische. Die meisten boten einen einzigartigen Blick auf die Stadt und den See. Ein paar wenige gingen nach hinten hinaus, wo die vordersten Buchen des Stadtwaldes die Aussicht versperrten. So eines nahm sich Urs Blank.

Auch von seinem schwarzen Jaguar trennte er sich. Für sein zukünftiges Leben brauchte er etwas Geländegängigeres. Er entschied sich für einen Range Rover. Der Farbe Schwarz blieb er treu.

Mit seinen Partnern einigte er sich darauf, daß er in der ersten Zeit nicht voll arbeitete. Er schlug ihnen vor, daß er sich im Hintergrund halten und die Kundenkontakte ihnen überlassen würde. Das war durchaus im Sinn von Geiger, von Berg und Minder. Der einzige etwas heikle Punkt war Blanks Assistent Christoph Gerber. Er war inzwischen voll integriert in die CONFED-Fusion und stand, wie sich Geiger ausdrückte, für Blank nicht mehr zur Verfügung. Dessen Einwände parierte er mit der Bemerkung: »Wie er mir berichtete, waren deine letzten Worte an ihn ›Verschwinde, wenn dir dein Leben lieb ist, du Arschkriecher!‹.«

Zweimal die Woche traf er sich mit Alfred Wenger. Einmal, wie früher, als Freund im Goldenen, einmal als Patient in der Praxis. Ansonsten lebte er wie ein Sonderling.

Jeden Morgen stand er mit der ersten Morgendämmerung auf. Wenn es die Arbeit zuließ – und das wußte er meistens so einzurichten –, stieg er in seinen Range Rover und fuhr in einen Wald der Umgebung. Oft kam er mit Pilzen, Waldgemüsen und Wildsalaten zurück, die er sich in seiner Kochnische zubereitete. Immer hatte er Pflanzen und Insekten dabei, die er manchmal bis tief in die Nacht hinein bestimmte.

An Tagen, an denen seine Anwesenheit in der Kanzlei unabdingbar war, ging er vor der Arbeit drei Stunden in den Stadtwald. Immer wieder kam es vor, daß er in schweren Wanderschuhen ins Büro kam. Und in Kordhosen, deren Aufschläge Spuren von getrockneter Walderde aufwiesen.

Evelyne Vogt hatte einen ihm persönlich nicht bekannten Anwalt damit betraut, die materielle Seite ihrer Trennung zu regeln. Blank fand manchmal, daß die beiden etwas weit gingen in ihren Forderungen. Aber es war ihm egal.

Lucille beschäftigte ihn noch ab und zu. Er hatte vom Eschengut aus einmal bei ihr angerufen. Pat hatte sich gemeldet und ausgerichtet, Lucille habe keine Lust, mit ihm zu sprechen. »Kann sie mir das auch persönlich mitteilen?« hatte er gefragt. Er hatte gehört, wie die Sprechmuschel zugehalten wurde. Dann Lucilles Stimme. »Ja, ich kann dir das auch persönlich sagen«, hatte sie gesagt. Und aufgelegt.

Am zweiten Mittwoch nach seiner Rückkehr vom Eschengut richtete er es so ein, daß er um die Mittagszeit durch den kleinen Park mit dem Flohmarkt schlenderte. Es war Mitte Juni, ein bewölkter, aber warmer Tag. Der Flohmarkt war gut besucht, an den Imbißständen herrschte Hochbetrieb.

Zuerst dachte er, Lucille hätte die Haare gefärbt, als er die schmale Gestalt mit dem blonden Schopf von weitem an ihrem Stand sah. Aber als er näher kam, drehte sie sich um. Es war ein junger Mann. Er war wie Lucille gekleidet: Aus Versatzstücken asiatischer Trachten und behangen mit den Seidentüchern, die sie verkaufte.

»Wo ist Lucille?« fragte Blank ohne ein Wort der Begrüßung.

»Auf Einkauf.«

»Wo?«

»Indonesien.«

»Wann kommt sie zurück?«

Der junge Mann zuckte die Schultern. »Alles, was ich weiß, ist, daß ich sie noch höchstens vier Mittwoche vertreten kann.«

»Verstehe«, murmelte Blank und ging weiter.

»Hast du gewußt, daß Lucille in Indonesien ist?« fragte er Wenger später im Goldenen.

»Sie hatte es erwähnt.«

»Und weshalb hast du mir nichts davon gesagt?«

»Ich wußte nicht, daß es dich noch interessiert.«

Blank stocherte ohne Appetit in seinem Salatteller. Seit er seine eigenen Waldmenüs kochte, schmeckte ihm das Essen in Restaurants nicht mehr. »Eine seltsame Zeit, um auf Einkaufstour zu gehen, jetzt, wo der Flohmarkt von Kunden wimmelt.«

»Es erleichtert ihr die Trennung.«

»Hat sie das gesagt?«

»Ja.«

Die Information, daß ihr die Trennung von ihm nicht leichtfiel, trug nicht dazu bei, Lucille zu vergessen.

Zwischen Pius Ott und Dr. Geiger war eine Art Freundschaft entstanden. Sie trafen sich regelmäßig, meistens in der Lobby des Imperial, und duzten sich seit ein paar Tagen. Die Initiative dazu war von Ott, dem Mandanten gekommen. Der Umfang seines Auftragsvolumens berechtigte ihn zu mehr als einer nur geschäftsmäßigen Beziehung.

Vor allem das Mandat UNIVERSAL TEXTILE, das die Integration der CHARADE-Gruppe in das internationale Textilunternehmen zum Ziel hatte, eröffnete Geiger, von Berg,

Minder & Blank den Zugang zu einer Branche, in der die Kanzlei schon lange gerne Fuß gefaßt hätte.

Ott wußte aus einer seiner Quellen, daß Geiger dazu neigte, anstrengende Arbeitstage in Nachtclubs zu beenden und dabei mehr zu trinken, als ihm bekam. Er selbst hatte zwar nichts für Nachtlokale übrig, aber er wußte ihre Wirkung auf Geschäftspartner zu schätzen. Sie brachten sie dazu, mehr von sich preiszugeben, als ihnen am nächsten Tag lieb sein würde.

Nach einem gemeinsamen Abendessen wußte er es einzurichten, daß sie im Belle de Nuit landeten. Geiger hatte den größten Teil der drei Flaschen Bordeaux getrunken, hatte den Abend mit zwei Bier abgerundet und war jetzt zum Whisky übergegangen. Mitten in einem Striptease mit viel Rüschen und Spitzen murmelte Geiger: »Gummi.«

»Wie?«

»Gummi. Mit Reißverschlüssen.«

»Wo?«

»Eben nicht.«

Jetzt begriff Ott. »Gummi mit Reißverschlüssen. Gefällt dir das?«

Geiger kicherte und nickte.

»Und anbinden?« fragte Ott.

»Ja, anbinden«, lallte Geiger.

Ott gab ihm die Telefonnummer einer jungen Belgierin, die auf solche Sachen spezialisiert war. Geiger revanchierte sich dafür mit ein paar Informationen über die bevorstehende Megafusion der CONFED.

Das sommerliche Wetter lockte die Menschen in den Stadtwald. An Stellen, wo Urs noch vor kurzem sicher sein konnte, daß ihm um sechs Uhr früh keine Menschenseele begegnete, stieß er jetzt auf Jogger, Spaziergänger und Naturfreunde. Oder, noch unangenehmer: Sie stießen auf ihn.

Er hatte eine Technik entwickelt, die ihm half, sich in die Welt des Waldes zu versenken: Er brauchte dazu einen Zweig, ein Farnwedel oder ein Stück Moos. Er hockte sich auf den Boden, umfaßte das Stück Vegetation mit beiden Fäusten, preßte sie gegen die Stirn und schloß die Augen. In dieser Haltung wurde er zweimal aufgeschreckt. Einmal von einem Pärchen, das »oh, pardon!« rief und das er noch lange kichern hörte. Einmal von einer Kinderstimme, die fragte: »Papi, was macht der Mann?«

Beide Male stieg ein Haß in ihm auf, den zu besänftigen ihn den restlichen Tag kostete. Um sich und die Waldspaziergänger vor den Folgen einer solchen Begegnung zu schützen, zog es ihn immer weiter in die großen Buchenwälder des Mittellandes.

Schon am Abend suchte er sich auf der Karte eine Stelle aus, wo er den Wagen stehenlassen wollte. Um vier Uhr früh fuhr er los, um kurz nach Sonnenaufgang am Ziel zu sein. Er parkte den Wagen, schulterte seinen kleinen Rucksack und betrat das grüne Dämmerlicht des Waldes.

Er ging auf dem weichen Boden durch die verblühten Waldmeister, Goldnesseln, Einbeeren, Salomonsiegel und Buschwindröschen. Er suchte sich einen Weg durch die jungen Buchen, die zwischen den Stämmen der alten dichte Barrieren bildeten. Er kämpfte sich durch die Brombeeren, deren Dornen sich in seine Hosenbeine verkrallten.

Manchmal scheuchte er ein Reh auf, einmal erschreckte ihn eine Bache mit ihren vier Frischlingen, einmal fand er sich Auge in Auge mit einem Rothirsch, ab und zu fuhr ein Kaninchen vor ihm aus seinem Lager, wenn er ihm zu nahe kam. Das und die Vögel und Insekten waren die einzigen Lebewesen, denen er hier um diese Zeit begegnete.

Seine Streifzüge waren immer ohne Ziel. Er folgte seinem Instinkt, der ihn stets zu den dichtesten, unberührtesten Stellen führte. Nie merkte er sich den Weg. Wenn es Zeit wurde, zum Wagen zurückzugehen, verließ er sich auf seinen Orientierungssinn und auf das Moos und die Flechten, die der Wetterwind auf den Westseiten der Stämme wachsen ließ.

Nie nahm er Karte und Kompaß mit. Als hoffte er insgeheim, sich im Wald zu verirren.

Das gelang ihm denn auch an einem der letzten Junitage. Er war bei seinem Streifzug auf ein seltsames Dickicht junger Buchen gestoßen. Sein Zentrum schien von innen heraus zu leuchten. Es bedeckte eine Fläche von vielleicht dreißig Quadratmetern. Von welcher Seite er es auch betrachtete, immer schimmerte Licht aus seiner Mitte.

Blank kroch durch das Unterholz und erreichte nach wenigen Metern eine kleine Lichtung. Sie bestand aus einer Mulde, deren Erdschicht wohl zu karg war für etwas anderes als ein paar Farne und einen Teppich aus Moos. Der aber war so weich und dick, daß Blank nicht widerstehen konnte. Er mußte sich hineinlegen.

Er blinzelte in das grüne Licht des Buchenlaubs, roch die Feuchtigkeit des Mooses und fühlte dessen Weichheit. Er schloß die Augen und stellte sich vor, wie er immer tiefer hineinsank in den Grund des Waldes. So nahe war er dem Gefühl noch nie gekommen, das er damals verspürte, als er Teil des Waldes wurde.

Er erwachte am späten Nachmittag. Er fühlte sich leicht und glücklich. Er ließ sich viel Zeit, seine Mulde zu verlassen und durch das Dickicht in den offenen Wald zu kriechen.

Ganz langsam, als befürchte er, mit einer brüsken Bewegung das Gefühl zu zerstören, ging er weiter.

Er versuchte an nichts zu denken. Das Hirn auszuschalten, sich vom Unterbewußtsein lenken zu lassen und jeden profanen Gedanken – wieviel Uhr ist es?, wo bin ich?, in welcher Richtung steht mein Wagen? – fernzuhalten.

So geisterte er durch den Wald bis zum Eindunkeln. Die Wirklichkeit holte ihn ein mit der Erkenntnis, daß er die Orientierung verloren hatte. In allen vier Himmelsrichtungen sah der Wald gleich aus.

Bald wurde das Gezwitscher der Vögel abgelöst vom Zischeln, Raunen, Tuscheln, Knistern, Knacken und Rascheln der Waldnacht.

Blank hatte eine Taschenlampe im Rucksack. Aber ihr Strahl zerlegte den Wald in Einzelteile aus Stämmen, Stauden und Büschen. Eine Weile suchte er nach einem Weg, der ihn irgendwann zu einem Wegweiser oder an den Waldrand gebracht hätte. Aber das Dickicht wurde immer undurchdringlicher und immer enger der Radius, den er mit seiner Lampe beleuchten konnte. Er beschloß, einen Platz zum Übernachten zu finden.

Zwischen zwei alten Buchen stieß er auf einen niedrigen Molassefelsen, in den die Gletscher der Eiszeit eine flache

Mulde geschliffen hatten. Er polsterte sie mit grünen Zweigen aus, die er von einer jungen Fichte schnitt.

Er zog die Windjacke an und machte es sich, so gut es ging, auf seinem Lager bequem. Der Rucksack diente als Kopfkissen, eine hauchdünne Rettungsfolie als Decke. Fast augenblicklich schlief er ein.

Blank erwachte, weil er fror. Er leuchtete auf seine Uhr und stellte fest, daß er noch keine Stunde geschlafen hatte. Die Mulde, in der er lag, war feucht und kalt. Die Folie, die seine Körperwärme reflektieren sollte, reflektierte vor allem die Kälte des Molassefelsens unter ihm.

In den Blättern hoch über ihm rauschte es leise. Es hatte zu regnen begonnen. Blank richtete sich auf. Dicht neben ihm begann das Blätterdach zu lecken. Schwere Tropfen klatschten auf den Fels. Blank raffte seine Sachen zusammen und leuchtete die Umgebung nach einem Platz zum Unterstehen ab.

In einem kleinen Dickicht aus jungen Fichten kauerte er sich unter seiner Rettungsfolie zusammen. Von allen Seiten troff es von den Ästen. Blitze, dicht gefolgt von harten Donnerschlägen, durchleuchteten den Wald sekundenlang wie einen Scherenschnitt. Gewitterböen trieben Blank die feuchte Kälte bis auf die Knochen.

Fast eine Stunde dauerte es, bis das Unwetter vorübergezogen war. Blank versuchte mit Kniebeugen, Hüpfen und Liegestützen seinen schlotternden Körper aufzuwärmen. Nichts zu essen, nichts zu trinken, nicht einmal ein Streichholz hatte er in seinem Rucksack. Er wollte auf die Uhr schauen, um zu sehen, wann es endlich dämmern würde.

Aber die Taschenlampe hatte ihren Geist aufgegeben. Wahrscheinlich hatte das Regenwasser einen Kurzschluß ausgelöst. Blank nahm sich vor, nie mehr so schlecht ausgerüstet in den Wald zu gehen.

Es dauerte eine Ewigkeit, bis sich in den Kronen da und dort das Laub im grauen Himmel abzuzeichnen begann. Sobald er die ersten Stämme ausmachen konnte, marschierte er los.

Keine zwanzig Meter weiter stieß er auf einen Weg, keine hundert Meter weiter auf einen Wegweiser. »Waldacker 10 Min.« stand drauf. So hieß der Weiler, wo er seinen Wagen stehen hatte.

Die Akte »Joe Gasser« hatte auf Rolf Blasers Schreibtisch schon etwas Staub angesetzt. Es gab keine Angehörigen, die Druck machten, und die vorgesetzten Stellen hatten andere Prioritäten. Er hätte den Fall längst abgeschlossen, wenn nicht dieser Schönheitsfehler mit dem schwarzen Jaguar gewesen wäre. Bevor Blaser die Sache abhaken konnte, mußte er der Aussage noch einmal nachgehen. Und sei es nur pro forma.

Er war auf dem Rückweg vom Verhör des Opfers einer Wirtshausschlägerei, das mit einem gebrochenen Kiefer im Krankenhaus lag. Er hatte den Popsender eingestellt, manchmal spielten sie dort Songs aus der Zeit, als er zwanzig war. Er fuhr durch die wolkenverhangene Landschaft und dachte an nichts, was mit seinem Beruf zu tun hatte. Eine angenehme Männerstimme sang zur akustischen Gitarre eine Liebeserklärung an einen kleinen Pilz. Der Song war beinahe zu Ende, als Blaser begann, auf den Text zu achten. Der ließ darauf schließen, daß es sich beim »Zwergenhütchen« nicht um einen gewöhnlichen Speisepilz handelte.

Blaser notierte sich den Namen des Sängers. Er hieß Benny Mettler. Die Aufnahme war bei einem Straßenmusiker-Festival entstanden.

Einer, der Liebeserklärungen an Pilze sang, hatte vielleicht auch Joe Gasser gekannt.

Urs Blank verbrachte drei Tage mit einer schweren Erkältung im Bett. Das Hotel Stadtwald mit seinen vielen alten Dauergästen war auf Pflegefälle eingerichtet. Der Hotelarzt schaute nach ihm und verschrieb ihm Antibiotika. Die Zimmermädchen wechselten regelmäßig seine Bettwäsche, und die Küche versorgte ihn mit Tee und leichten Mahlzeiten.

Seine Fieberträume waren ein Wirrwarr aus den Halluzinationen und Realitäten der letzten Wochen und Monate. Ein Thema verband sie alle: der Wald.

Gegen Mittag des vierten Tages, dem ersten ohne Fieber, hielt er es im Bett nicht mehr aus. Er verließ das Hotel, überquerte die sonnenbeschienene Straße und betrat den Stadtwald. Er brauchte seine Stille und seine Kühle.

Aber der Wald war voller Rufen, Lachen, Schreien und Schwatzen. Überall roch es nach Grillwürsten und Holzkohle. Es herrschte ein Lärm wie auf einem Rummelplatz. Es mußte Sonntag sein.

Blank kehrte um und ging zurück in sein Appartement. Er vertiefte sich in seine Bücher, als ob sie ihm den wirklichen Wald ersetzen könnten.

Sobald er wieder ganz bei Kräften war, wollte er eine weitere Nacht im Wald verbringen. Aber diesmal würde er sich nicht wie ein Anfänger verhalten.

Auf seiner Suche nach Literatur über das Überleben in der Wildnis stieß er auf eine ihm neue Welt: Die Welt des Survival.

Blank kaufte alles, was ihm die Bücher empfahlen und die bärtigen Verkäufer in den Survival Shops aufschwatzten. Nach ein paar Tagen war er ausgerüstet wie eine Einmann-Expedition zu jedem erdenklichen Ziel auf dem Globus.

Nach seiner Genesung tauchte Blank bei der Partnersitzung auf. Es war das erste Mal seit langem. Als er, mit etwas Verspätung, das Sitzungszimmer betrat, verstummten die Partner. Geiger hatte ein Papier vor sich, das er jetzt wie beiläufig mit der Schrift nach unten auf den Tisch legte.

»Wenn ich störe, gehe ich wieder«, bemerkte Blank. Es klang wohl etwas beleidigt.

»Setz dich, du störst nicht«, versicherte von Berg. »Im Gegenteil, wir freuen uns, daß du uns die Ehre gibst.«

Aber es wurde Blank rasch klar, daß seine Partner Geheimnisse vor ihm hatten. Es gab Themen, die sie ganz mieden, und solche, die sie nur streiften. Immer wieder schweiften sie ab zu Anekdoten und Belanglosigkeiten.

Es klopfte, und Christoph Gerber betrat den Raum mit einem Arm voller Unterlagen. Als er Blank sah, erschrak er.

»Ja, Christoph?« fragte Dr. Geiger. Blank registrierte, daß er ihn beim Vornamen nannte.

Gerber stand verlegen in der Tür. Blank kam ihm zu

Hilfe. »Ihr entschuldigt mich, ich habe einen Termin vergessen.« Er stand auf. Gerber machte ihm Platz. Blank warf im Vorbeigehen einen Blick auf den Verteiler auf den Unterlagen. Sein Name fehlte. Dafür stand unter den Namen seiner Partner der von Christoph Gerber. Und der von Pius Ott.

Ein Detail, das Blank kaltließ.

Auf dem Weg zum Essen mit Alfred Wenger ging er an Lucilles Stand vorbei. Noch immer wurde sie von Arshad, dem jungen Mann mit der blonden Lockenfülle vertreten. Er hatte nichts von ihr gehört und wußte nicht, wann sie zurückkommen würde.

Das hingegen war ein Detail, das Blank nicht kaltließ.

Es war ein Samstag für Straßenmusiker: wolkenloser Himmel, vollbesetzte Straßencafés und die Fußgängerzone voller gutgelaunter Menschen mit Kleingeld in den Taschen.

Rolf Blaser brauchte nicht lange, um Benny Mettler zu finden. Er stand neben dem Eingang eines Warenhauses und sang Balladen, die er auf einer abgewetzten Gitarre begleitete. Vor der Brust trug er einen Halter für eine Mundharmonika, auf der er manchmal ein paar Takte spielte. Ein paar Leute standen um ihn herum. Ab und zu warf jemand eine Münze in den offenen Gitarrenkasten.

Rolf Blaser stand etwas abseits an ein Verkehrsschild gelehnt. Im Gitarrenkasten lag sein Fünffrankenstück, um das er einen kleinen Zettel mit einer Notiz gewickelt hatte. Er sah Mettler an, daß er neugierig war.

Nach drei Stücken überließ er seinen Platz einem armenischen Handharmonikaspieler und machte Kassensturz. Blaser beobachtete, wie er die Münze aus der Notiz wickelte und fragend zu ihm herübersah. Blaser nickte und ging auf ihn zu.

»Was für Fragen?« wollte Mettler wissen.

»Haben Sie Zeit für ein Bier?« Ein paar Schritte weiter hatte eine Wirtschaft ein paar Tische aufs Trottoir gestellt.

»Nur solange er hier spielt. Danach bin ich wieder an der Reihe.«

»Länger dauert es nicht.« Sie setzten sich an einen grün gestrichenen Gartentisch.

»Fragen Sie«, sagte Mettler, als das Bier gekommen war.

»Kannten Sie Joe Gasser?«

»Sind Sie Polizist?«

Blaser nickte. »Aber außer Dienst.«

Mettler faßte in seine Tasche, brachte eine Handvoll Münzen zum Vorschein, zählte den Preis seines Biers auf den Tisch und stand auf.

»Erst müssen Sie meine Frage beantworten.«

»Muß ich das? Ich dachte, Sie sind außer Dienst.«

»Das läßt sich jederzeit ändern.«

Mettler setzte sich wieder. »Ja. Ich kannte ihn. Die halbe Welt kannte ihn. Warum?«

»Kurz bevor der Fichtenhof brannte, wurde ein schwarzer Jaguar gesehen, der von dort kam. Wir würden gerne wissen, wem er gehört. Haben Sie eine Ahnung?«

Benny Mettler war kein guter Lügner. Er hätte ebensogut nicken wie den Kopf schütteln können. Es dauerte keine zehn Minuten, und Blaser wußte, daß eine gewisse Lucille einmal mit einem Mann im schwarzen Jaguar bei Joe Gasser aufgetaucht war. Mettler erinnerte sich nicht an seinen Namen. Auch den Nachnamen von Lucille kannte er nicht. Aber er wußte, daß sie einen Stand auf einem Flohmarkt hatte.

Es gab nicht viele Flohmärkte in der Stadt und nur eine Standbewilligung, in der der Name Lucille vorkam. Lucille Martha Roth, Reifengasse 47, 3. Stock.

Rolf Blaser ging den Dienstweg und bat die Kollegen von der Stadtpolizei, die Zeugin zu befragen.

Nach drei Tagen erhielt er die Auskunft, daß diese für unbestimmte Zeit landesabwesend sei. Man habe eine polizeiliche Vorladung hinterlegt und werde sich melden, sobald sie auftauche.

Gelbe Pinselstriche an den Tannen- und Buchenstämmen zeigten an, daß sich Urs Blank noch immer auf dem offiziellen Wanderweg befand. Noch einen halben Kilometer, dann wollte er den Weg verlassen und in nordwestlicher Richtung in den Wald stechen. Nach seiner Karte, Maßstab 1 : 25 000, würde er dort auf einem Gebiet von etwa sechzehn Quadratkilometern auf keinen Weg stoßen.

Blank hatte sich den Wald sorgfältig ausgesucht. Er lag eine gute Autostunde von der Stadt entfernt am Rande der Nordalpen. Er war groß, steil und nach seinen Unterlagen ein Plenterwald. Das bedeutete, daß er nicht im großen Stil bewirtschaftet wurde. Die Bauern holten sich die Stämme, die sie zum Bauen und Heizen brauchten, und pflanzten dafür neue Bäumchen. In solchen Wäldern gab es keine Forstwege, keine Kahlschläge und keine Baumschulen. Sie waren so, wie Blanks Wälder sein mußten: wild, abwechslungsreich und schwer zugänglich.

Er war seit einer Stunde unterwegs. Er hatte einen gleichmäßigen Schritt gefunden, den er über lange Zeit aufrechterhalten konnte, ohne außer Atem zu geraten. Seine Wanderschuhe hatte er nach dem Kauf naß gemacht und – zum Erstaunen von Petra Decarli – im Büro getragen, bis sie trocken waren. Jetzt paßten sie perfekt.

Um den Hals trug Blank seine wichtigsten Ausrüstungsgegenstände: Kompaß, Taschenmesser, Uhr und eine Trillerpfeife, mit der er notfalls auf sich aufmerksam machen konnte. Alles an einer separaten Kordel, wie es im Survival-Buch steht.

Sein Rucksack war vollgepackt. Er enthielt Waschzeug und Ersatzkleider; Pullover, Wollmütze, Handschuhe, wasserdichter Poncho; Erste-Hilfe-Ausrüstung und Klopapier; Topfset, Kocher, Wasserflasche, Teller, Becher, Besteck; Tee, Kaffee, Zucker, Trockenmilch, Bouillonwürfel, Sardinen, Salami, Hartkekse, Dörrobst, Müesliriegel; Schlafsack, Zelt, Isoliermatte, Rettungsfolie, Biwaksack; Seil, Karabinerhaken; Fernglas, Taschenlampe, Wasserfilter, Wassersack; Tierführer, Pflanzenführer, Pilzatlas und Survival-Lexikon.

In seiner linken Hosentasche steckte seine Survival-Notausrüstung. Eine wasserdichte Blechschachtel mit Draht, Sicherheitsnadeln, Angelschnur, Angelhaken, Bleigewichten; Signalspiegel, Knopfkompaß, Teekerze, Nadeln, Zwirn, Knöpfen; Brennglas, Taschensäge, Heftpflaster, Antibiotika, Wasserentkeimungstabletten, Skalpellklinge, Bleistift, Salz, Plastiksack, Kaliumpermanganat.

In der rechten Hosentasche war Pius Otts Jagdmesser. Mit der Gravur *Never hesitate.*

Für jemanden, der sich auf einer zweitägigen Waldwanderung befand, mochte diese Ausrüstung übertrieben sein. Aber Blank war kein Wanderer. Er wollte lernen, im Wald zu leben.

An der Stelle, wo er den Wanderweg verlassen wollte, legte er eine Rast ein. Die Böschung war dicht bewachsen. Er erkannte Waldschwingel, Hasenlattich und Weißwurz. Er nahm drei bedächtige Schlucke aus der Wasserflasche. Über ihm hämmerte ein Specht. Im blauen Himmel zerfloß ein Kondensstreifen.

Nach zehn Minuten zog er den Rucksack wieder an und stieg die Böschung hinauf. Er kam nur langsam vorwärts. Der gleichmäßige Teppich der Krautschicht war tückisch. Er verbarg Steine, Löcher, Spalten und Äste. Immer wieder mußte er Jungwuchs und undurchdringliche Hecken umgehen. Er drehte den Kompaß, bis die Nordnadel auf einer Umgehungsmarke lag, und zählte die Schritte, die er in dieser Richtung ging. Wenn der Weg frei war, ging er in der ursprünglichen Richtung weiter bis ans Ende des Hindernisses. Dann drehte er den Kompaß, bis die Nordnadel auf der anderen Umgehungsmarke lag, und ging die gleiche Anzahl Schritte zurück. Nichts überließ er dem Zufall.

Nach einer Stunde stieß er auf einen kleinen Bach. Er folgte ihm, so gut es ging. Dreimal verschwand er zwischen Felsbrocken oder im undurchdringlichen Buschwerk. Dreimal umging Blank die Hindernisse und fand den Bach wieder. Beim vierten Mal war er verschwunden.

Er ging zurück zur Stelle, wo der Bach zwischen den Felstrümmern verschwunden war, und umging diese von der anderen Seite. Fast sechshundert mühsame, unsichere Schritte kam er vom Weg ab, bis der Felssturz an einer farnbewachsenen Mulde endete. Er überquerte sie und ging oberhalb der Felsbrocken in die Richtung, wo er den Bach vermutete. Nach dreihundert Schritten stieß er auf das nächste Hindernis: ein Dickicht aus Jungtannen, die im Nordwesten an eine senkrechte Felswand grenzten und im Südosten an die Felstrümmer. Dahinter mußte der Bach liegen.

Blank legte den Rucksack ab, versteckte ihn im Farn zwischen zwei Felsbrocken und kroch durch die Jungtannen. An mehreren Stellen mußte er mit dem Messer die untersten Äste kappen.

Er schätzte, daß er etwa fünfzig Meter gerobbt war, als er das Gurgeln hörte. Nach weiteren zehn Metern sah er den Bach. Er entsprang unter einem gewaltigen Felsbrocken am Rande einer Lichtung von nicht einmal vierzig Quadratmetern. Sie war mit einer dicken Schicht aus Moos, Farn und Heidelbeerkraut gepolstert und von Blockschutt und jungen oder verkrüppelten Fichten umschlossen. Die Sonne konnte, wenn überhaupt, nur im Hochsommer für ein paar Stunden den Grund der Lichtung erreichen. Aber jetzt schien sie auf das kleine Plateau des Felsbrockens, fünf Meter über ihm.

Blank robbte zurück und holte den Rucksack.

Lange vor der Dämmerung hatte Urs Blank sein Lager errichtet. Sein kleines, graues Tunnelzelt stand auf der flachsten Stelle der Lichtung. Waschbeutel und Handtuch hingen an den Ästen einer Fichte neben der Quelle. Mit dem wasserdichten Poncho hatte er sich auf einem bemoosten Stein eine trockene Sitzgelegenheit geschaffen. Daneben hatte er aus ein paar Steinen einen Windschutz für seinen Kocher gebaut. Ein paar Meter außerhalb der Lichtung, zwischen den Felstrümmern, gab es eine Stelle, die sich als Latrine eignete. Er hatte sie mit einem Sitz aus geschälten Fichtenstämmchen und einem Vorrat Walderde versehen.

Blank legte sich das Kletterseil um die Brust und begann, den mit Bärlappgirlanden behangenen Felsbrocken zu erklettern. Er hatte ein paar Tritte und Griffe gelernt, aber noch nie in der Praxis angewandt. Zweimal konnte er weder vorwärts noch zurück und mußte seine ganze Konzentration aufbieten, um nicht in Panik zu geraten. Als er oben ankam, machte er das Seil für den Abstieg und künftige Aufstiege fest.

Der Fels war gerade hoch genug, daß ein Mann von Blanks Größe über die Wipfel hinausblicken konnte.

Er schaute ins Tal vor ihm und auf die verstreuten Dörfer. Er genoß das Gefühl, der einzige Mensch zu sein, der wußte, wo Urs Blank sich befand.

Zwei Nächte wollte er im Wald verbringen. Aber als ihn am zweiten Morgen Regen weckte, beschloß er, eine dritte Nacht anzuhängen. Bei Sonnenschein überleben war keine Kunst.

Er hatte sich einen kleinen Vorrat Brennholz angelegt, den er mit dem Poncho vor Regen schützte. Jetzt baute er aus ein paar Stecken und Schnüren und dem Poncho einen Unterstand beim Felsen, machte Feuer und kochte Kaffee.

Der Regen fiel auf die Tannen und Fichten, tropfte von den schweren Ästen, floß an den Stämmen herunter, entlang den Algenspuren vieler früherer Regen. Die Krautdecke der Lichtung saugte sich voll wie ein Schwamm. Das Moos, die Farne, das Heidelbeerkraut, die unter Blanks Besuch gelitten hatten, begannen sich aufzurichten.

Blank hörte auf das monotone Rauschen und starrte in die smaragdgrüne, zerfließende Wildnis. Nichts war wirklich, nur er selbst.

12

An einem schwülen Tag Ende Juni erhielt Rolf Blaser die Mitteilung, daß sich Lucille Martha Roth bei der Stadtpolizei gemeldet habe. Ob er immer noch an einer Befragung interessiert sei, wollte der Beamte wissen, der anrief.

»Immer noch«, antwortete Blaser.

»Können Sie die nicht selbst vernehmen? Wir brauchen hier jeden Mann, der nicht in den Ferien ist.«

Blaser hatte nichts dagegen. Jeder Vorwand, aus seinem stickigen Büro herauszukommen, war ihm recht. Er rief Lucille an und stellte es ihr frei, ihn in ihrer Wohnung zu empfangen oder auf der Hauptwache zu treffen. Ohne zu zögern entschied sie sich für die Wache. Sie wollte keine Polizei im Haus.

Man hatte Blaser einen Schreibtisch in einem Großraumbüro überlassen. Dort wartete er auf die Zeugin, die bereits zehn Minuten überfällig war. Das war kein gutes Zeichen. Zeugen kamen pünktlich oder gar nicht.

Aber gerade als er seine Reiseschreibmaschine zuklappte – mit den Computern, die sie hier benützten, kannte er sich nicht aus –, kam sie. Wenn man von ihren Augen absah, glich sie einer Inderin. Ihre Figur, ihre Haare, ihr Teint, ihre Kleidung. Aber von ihren Augen abzusehen war nicht leicht. Blaser, der in seinem Polizistenleben schon Abertausende von Beschreibungen abgegeben hatte, wußte nicht, wie er die Farbe nennen würde. Wasserblau? Weißblau? Himmelblau? Am ehesten: unbeschreiblich blau.

»Entschuldigen Sie mein Zeitgefühl, ich bin erst seit ein paar Tagen aus Indonesien zurück«, sagte sie zur Begrüßung. Blaser bot ihr einen Stuhl an und nahm ihre Daten auf. Dann kam er zur Sache.

»Sie waren Anfang Mai bei Joe Gasser in Begleitung eines Mannes mit einem schwarzen Jaguar.«

Ihr Zögern war kurz. »Wer sagt das?«

Blaser lächelte und nahm die Brille ab. »Befragungen laufen nicht so, Frau Roth.«

Lucille lächelte jetzt auch. Es kam nicht oft vor, daß sie jemand Frau Roth nannte.

»Ich habe eine Aussage, daß Sie in Begleitung eines Mannes mit einem schwarzen Jaguar bei Joe Gasser waren, und muß wissen, wer dieser Mann war.«

»Weshalb müssen Sie das wissen?«

»Wie gesagt, das hier ist eine Befragung. Ich stelle die Fragen, Sie geben die Antworten.«

Lucille schwieg.

Sie gefiel Blaser. Er wollte sie nicht unnötig in Schwierigkeiten bringen. Deshalb sagte er: »Es geht nicht um Drogen. Von mir aus können Sie Pilzchen essen, bis Ihnen schlecht wird. Ich untersuche die Brandsache.«

»Und wegen der Brandsache müssen Sie wissen, wer der Mann mit dem Jaguar war?«

Blaser nickte. »Kurz vor Ausbruch des Brandes wurde beim Fichtenhof ein schwarzer Jaguar gesehen.«

Sie runzelte die Stirn. »Das war bestimmt ein anderer.«

»Das nehme ich auch an. Aber ich muß es genau wissen.«

Als Lucille ihm den Namen sagte, war auch er überzeugt, daß es sich um einen anderen Jaguar handeln mußte.

Trotzdem interessierte es ihn, was ein prominenter Wirtschaftsanwalt in mittleren Jahren mit einem jungen Mädchen bei einem alten Drogenhippie verloren hatte.

Urs Blank hatte sich den ganzen Monat kaum in der Kanzlei blicken lassen. Er verbrachte die meiste Zeit in den Wäldern. Er probierte verschiedene Arten von Lagern aus: komfortable, wie in seiner zweiten Nacht, improvisierte aus Blattwerk und einer einzigen Blache, natürliche in Höhlen und Felsspalten. Manchmal kroch er an einer Stelle, die ihm gefiel, einfach in seinen Schlafsack, den er mit einem wasserdichten Biwaksack vor Tau und Regen schützte.

Als Notproviant nahm er nur ein paar Schokoriegel und Biskuits mit. Er besaß den Ehrgeiz, sich vom Wald zu ernähren. Er aß Pilze, Kohldisteln, Engelwurz und die Beeren, die gerade reif waren: Walderdbeeren, Himbeeren, Heidelbeeren. Einmal hatte er beim Versuch, eine Forelle zu angeln, einen Weißfisch gefangen, den er vor lauter Gräten kaum essen konnte.

Otts Wechsel zu Geiger, von Berg, Minder & Blank war nur teilweise befriedigend. Die Leute, die man ihm zugeteilt hatte, arbeiteten zwar gut, und er hatte dank seinen besonderen Beziehungen zu Geiger sogar eine Beteiligung an einem sehr vielversprechenden Börsengeschäft erreicht. Aber was Blank anging, kam er nicht weiter.

Er hatte zwar keinen bestimmten Plan gehabt, als er seine sämtlichen Mandate dort plazierte, er hatte nur gewußt, daß er Blank dafür bestrafen würde, daß er sich in ihm getäuscht hatte. Und er war sicher gewesen, daß er Blank von innen mehr schaden konnte als von außen.

Aber jetzt, wo er drinnen war, war Blank draußen. Er schien jegliches Interesse an seiner Arbeit verloren zu haben. Noch kein einziges Mal war er ihm begegnet, wenn er zu seinen regelmäßigen Besprechungen in der Kanzlei erschien. Wenn Ott sich bei den anderen Partnern nach ihm erkundigte, wich man aus.

Blank entzog sich. Wie ein Wild, das merkt, daß die Jagd auf es eröffnet ist.

Auch Alfred Wenger machte sich Gedanken über Urs Blank. Noch selten hatte er erlebt, daß sich die Persönlichkeit von jemandem in so kurzer Zeit so radikal veränderte. Aus dem charmanten, ausgeglichenen und amüsanten Weltmann war ein ruppiger, launischer und wortkarger Eigenbrötler geworden.

Früher konnte man sich mit Blank über alles unterhalten. Er war nicht nur ein guter Erzähler, er war ein fast noch besserer Zuhörer. Jetzt gab es für ihn nur noch zwei Themen: Urs Blank und der Wald. Was langsam ein und dasselbe wurde.

Bei ihren wöchentlichen Sitzungen in der Praxis ging das ja noch an. Es war nichts Ungewöhnliches, daß für Psychiatriepatienten die Welt nur aus ihnen selbst bestand. Aber bei ihren Mittagessen im Goldenen hätte Wenger gerne ab und zu das Thema gewechselt.

Er hatte weder in der Literatur noch bei Kollegen Beispiele von Fällen gefunden, in denen sich Patienten nach einem einzigen Erlebnis mit Psilocybin so nachhaltig veränderten, daß sie – er konnte es immer noch nicht ganz ausschließen – eine Gefahr für ihre Umwelt darstellten. Blank versicherte zwar, daß seine selbsterfundene Waldtherapie Wunder wirke. Aber Wenger stieß bei ihm immer wieder auf Anzeichen einer Rücksichtslosigkeit, die er früher nie an ihm beobachtet hatte.

Auch die Eleganz, früher eine von Blanks hervorstechenden Eigenschaften, hatte einer Nachlässigkeit Platz gemacht, die überhaupt nicht zum Bild paßte, das Wenger von seinem alten Freund besaß. Er hatte beinahe acht Kilo abgenommen und trug Hosenträger, die seine zu weit gewordenen Hemdkragen mal nach links, mal nach rechts zerrten. Niemand hätte mehr erraten, daß seine Anzüge maßgeschneidert waren.

An diesem Mittwoch kam er zu spät, wie so oft in letzter Zeit. Aber wenigstens schien er bei guter Laune.

»Lucille ist zurück«, verkündete er. »Ich habe sie am Stand getroffen.«

»Wie geht es ihr?«

»So, wie sie aussieht, gut. Sehr gut sogar.«

»Gesprochen hast du nicht mit ihr?«

»Nur ein paar Worte. Sie hatte Kunden. Aber ich werde sie heute abend besuchen.«

Wenger wunderte sich. Bei seinem letzten Gespräch mit Lucille, kurz vor ihrer Abreise, hatte sie nicht geklungen, als würde sie als erstes nach ihrer Heimkehr Blank einladen.

Lucille hatte Urs Blank nicht eingeladen. Sein Besuch sollte eine Überraschung sein. Er hatte heute früh auf dem Rückweg von seinem bisher längsten Waldaufenthalt – vier Tage und fünf Nächte – unter einer Rotbuche eine Gruppe Sommersteinpilze entdeckt. Mit acht frischen Steinpilzen, frischen Pappardelle vom Feinkostgeschäft, Zwiebeln und Knoblauch wollte er sich bei ihr Zutritt verschaffen. Und wenn sie das nicht überzeugen würde, hatte er noch ein Körbchen selbstgepflückter Heidelbeeren dabei.

So klingelte er am frühen Abend an Lucilles und Pats Wohnungstür. Niemand öffnete. Aber es war jemand zu Hause. Er hörte Musik.

Er drückte wieder auf die Klingel. Die Musik verstummte. Niemand kam zur Tür. Er klopfte. »Lucille, ich bin's, Urs. Ich weiß, daß du da bist«, rief er.

Jetzt hörte er Schritte. Der Schlüssel wurde im Schloß umgedreht, die Tür öffnete sich einen Spalt, Lucilles Gesicht erschien.

»Was ist?« Es klang nicht freundlich.

»Überraschung.« Er lüftete das weiße Tuch von seinem Korb und hielt ihn so, daß sie die Pilze sehen konnte.

»Ich habe jetzt keine Lust auf Pilze«, sagte sie. Sie machte keine Anstalten, ihn hereinzulassen.

Erst jetzt bemerkte er, daß sie ihren chinesischen Schlafrock trug. »Bist du im Bett?« Lucille nickte.

»Das bringt dich wieder auf die Beine: frische Steinpilze, frische Pappardelle, frische Heidelbeeren…«

Plötzlich merkte Blank, was los war. »Du bist nicht allein«, stellte er fest. Er stieß die Tür auf und stürmte an Lucille vorbei in ihr Zimmer.

Auf der Matratze am Boden lag Arshad. Blank setzte ihm das Knie auf die Brust und begann ihm die Kehle zuzudrücken.

Hinter ihm schrie Lucille etwas, das er nicht verstand. Sie riß ihn an den Haaren und schlug auf ihn ein. Auch Arshad schlug um sich. Blank ließ seine Kehle nicht los.

Da traf ihn ein Schlag auf den Schädel. Für einen Moment war er benommen. Er griff an den Kopf, spürte etwas Warmes, nahm die Hand runter, sah, daß es Blut war.

Arshad war aufgestanden und nackt in die Küche geflüchtet. Blank stand auf. Er war etwas unsicher auf den Beinen. Lucille stellte sich ihm in den Weg. Sie hatte drohend eine Bratpfanne erhoben. Er stieß sie beiseite und taumelte in die Küche. Arshad war in Pats Zimmer. Blank hörte durch die Tür, wie er hustete und um Luft rang. Er drückte auf die Türklinke. Es war abgeschlossen.

Lucille schrie immer noch. Erst jetzt verstand er, was sie sagte. Etwas von einem schwarzen Jaguar.

»Was?«

»Du warst der Mann mit dem schwarzen Jaguar. Du hast Joes Haus angezündet. Die Polizei sucht dich.«

Blank ging einen Schritt auf Lucille zu. Sie schrie: »Die Polizei hat mich verhört. Sie suchen einen Mann mit einem schwarzen Jaguar, der bei Joe war, bevor er starb. Ich habe ihnen deinen Namen gegeben.«

Es klingelte an der Wohnungstür. »Alles in Ordnung?« rief eine Stimme.

»Nein. Rufen Sie die Polizei!« schrie Lucille.

Blank öffnete die Tür. Ein erschrockener Mann im Unterhemd stand im Treppenhaus. »Alles in Ordnung«, sagte

Blank, drängte sich an ihm vorbei und ging die Treppe hinunter.

»Der blutet am Kopf«, stammelte der Mann.

Lucille ging zum Treppengeländer und schrie Blank hinterher: »Und Troll hast du auch umgebracht, du Mörder!«

Der einzige Arzt, der Lucille in der Aufregung einfiel, war Alfred Wenger. Er kam sofort. Arshad hatte einen gequetschten Kehlkopf und Atembeschwerden, die ihn in Panik versetzten und dadurch zu Erstickungsanfällen wurden. Wenger injizierte ihm ein Beruhigungsmittel. Dann fuhr er sie zum Krankenhaus.

»Was sagen Sie, wenn man Sie fragt, wie das passiert ist?«

»Ich erzähle, was passiert ist«, keuchte Arshad.

»Was sonst?« erkundigte sich Lucille angriffslustig.

»Willst du Urs anzeigen?«

»Natürlich. Er ist gefährlich. Die Polizei sucht ihn.«

»Die Polizei?«

»Sein Wagen wurde beim Fichtenhof gesehen, kurz bevor er abbrannte.«

Wenger bremste und hielt am Straßenrand. »Was sagst du da?« Lucille erzählte ihm, wie sie von Blaser verhört worden war.

»Verstehst du jetzt, weshalb man ihn anzeigen muß?«

Wenger startete den Motor seines Volvos. »Wartet bitte bis morgen. Ich fahre nachher zu ihm und mache ihm klar, daß er sich der Polizei stellen muß. Wenn er sich weigert, zeigt ihr ihn morgen früh an.«

Lucille und Arshad wechselten einen Blick. »Und was erzählen wir im Spital?«

»Die Wahrheit. Daß ihn jemand gewürgt hat, daß ihr aber noch wartet mit der Anzeige.«

Wenger fuhr weiter.

Im Hotel Stadtwald war er nicht. Der Nachtportier berichtete, daß Dr. Blank kurz hier gewesen sei und in Wanderausrüstung das Hotel verlassen habe. Das sei vor etwa zwei Stunden gewesen. Er habe ihm nachgerufen: »Ruft der Wald wieder, Herr Doktor?« Ein geflügeltes Wort zwischen ihnen beiden. Er selbst sei auch Naturfreund.

Es war jetzt kurz nach zehn. Wenger fuhr zu Evelyne Vogt. Schließlich hatte sich Blank schon einmal bei ihr versteckt. Erst beim dritten Klingeln kam sie an die Tür. Sie trug etwas Ausgeschnittenes und war stärker geschminkt als sonst. Es stand ihr gut.

»Darf ich kurz hereinkommen?«

Evelyne lächelte. »Lieber nicht.«

»Weshalb?«

»Dreimal darfst du raten.«

»Urs?«

»Gott sei Dank nein.«

Wenger wollte ihr erzählen, was passiert war. Aber dann überlegte er es sich anders. Der Zeitpunkt war schlecht gewählt.

Rolf Blaser rief schon zum dritten Mal bei Geiger, von Berg, Minder & Blank an. Das erste Mal hatte man ihm erklärt, Dr. Blank sei bis Mittwoch abwesend. Am Mittwoch hieß es, er sei nur kurz im Büro gewesen, er solle es bitte morgen wieder versuchen.

Und heute, am Donnerstag, wollte ihn dieselbe Sekretärin auf Freitag vertrösten.

»Nein, so geht das nicht. Es handelt sich um eine wichtige polizeiliche Angelegenheit. Sie geben mir jetzt die Nummer, unter der ich ihn erreichen kann«, befahl er.

»Wenn ich die kennen würde«, seufzte Petra Decarli. Es klang so echt, daß Blaser nicht weiter insistierte.

Er verbrachte den Rest des Vormittags in seinem Büro und erledigte einen Teil des Papierkrams, den er vor sich hergeschoben hatte. Kurz vor Mittag rief ihn die Zeugin Roth an. Man hatte ihr seine Nummer bei der Stadtpolizei gegeben. Die Geschichte, die sie ihm erzählte, klang nach einer etwas ausgearteten Eifersuchtsszene.

»Wenn Sie Anzeige erstatten wollen, ist die Stadtpolizei zuständig.«

»Ich dachte, *Sie* suchen ihn?«

»In der Brandsache.«

»Der Mann, für den Sie in der Brandsache zuständig sind, ist in meine Wohnung eingedrungen und hat versucht, meinen Freund umzubringen. Als ich ihm gesagt habe, daß man seinen Wagen vor dem Brand bei Joe Gasser gesehen hat, ist er abgehauen. Seither ist er verschwunden. Ich dachte, das interessiert Sie.«

»Woher wissen Sie, daß er verschwunden ist?«

»Von seinem Psychiater.« Lucille gab ihm die Nummer von Alfred Wenger.

Wenger klang sehr professionell. Er ließ sich Blasers Nummer geben und rief zurück. Eine Vorsichtsmaßnahme, die zum Repertoire des Psychiaters im Umgang mit Polizisten gehörte. Er bestätigte den Vorfall, spielte ihn aber herunter. Es sei auch richtig, daß Dr. Blank seit gestern abend verschwunden sei. Aber daran sei nichts Ungewöhnliches. Er besitze die Angewohnheit, mehrere Tage und Nächte im Freien zu verbringen. Dr. Blank brauche das als Ausgleich. Er sei ein großer Naturfreund.

»Und Pilzfreund?«

»Er kennt sich aus in Fauna *und* Flora des Waldes, wenn Sie das meinen. Was soll ich ihm sagen, wenn er sich meldet? Wird nach ihm gefahndet?«

»Von uns noch nicht. Und solange die beiden jungen Leute keine Anzeige bei der Stadtpolizei machen, auch nicht von den Kollegen. Aber Sie können ihm den guten Rat geben, sich bei mir zu melden.«

Als er auflegte, begann es zu donnern. Kurz darauf prasselte ein Gewitterregen auf das Blechvordach unter dem Fenstersims. Blaser mußte das Bürofenster schließen.

In den folgenden drei Tagen fegten orkanartige Stürme über das Land. Die schlimmsten seit zweiundsechzig Jahren, vermeldeten die Statistiker. In den Voralpen unterspülten unscheinbare Bäche uralte Brücken und brachten sie zum Einsturz. Schlammlawinen schnitten Dörfer von der Außenwelt ab und legten Bahnlinien und Straßen lahm.

Kein Wetter, um im Wald zu übernachten.

Alfred Wenger wartete vergeblich auf ein Lebenszeichen von Urs Blank. Am vierten Tag, einem Montag, rief er in der Kanzlei an. Auch dort sagte man ihm, daß man keine Ahnung habe, wo er sich befinde. Blanks Sekretärin klang etwas angespannt. Als ob sie die Frage langsam satt hätte.

Am gleichen Tag telefonierte Wenger mit Evelyne. Sie sprach aus, was er schon lange dachte: Vielleicht ist etwas passiert.

Die Stürme hatten sich endlich gelegt. Der Himmel war zwar immer noch mit Wolken überzogen, aber sie trieben nicht mehr wie herrenlose Zeppeline über das Ferienhaus, sondern hingen schlapp und grau über den Hügeln.

Franz und Leni Hofer wären auch bei schlechterem Wetter mit den Kindern spazierengegangen. Die letzten drei Tage waren die Hölle gewesen. Zuerst hatten sie das Unwetter noch als Naturereignis genossen. Aber als es die ganze Nacht anhielt und am nächsten Morgen noch stärker wurde, zeigte die Familie erste Verschleißerscheinungen. Die Tage zuvor, bei strahlendem Sommerwetter, war es ihnen allen noch einigermaßen gelungen, sich ihre Enttäuschung über die Ferienwohnung nicht anmerken zu lassen und die Entscheidung, statt ans Meer in die Berge zu fahren, nicht in Frage zu stellen. Aber die Harmonie war fragil. Sie überstand die Enge der Ferienwohnung nicht.

So war es denn eine Wohltat, daß man hinauskonnte, ohne befürchten zu müssen, von Ziegeln, Geranientöpfen oder umstürzenden Bäumen erschlagen zu werden. Vater, Mutter und die drei Kinder gingen auf dem verschlammten Feldweg, der zum See führte. Jedes Familienmitglied möglichst außer Sprechweite der anderen.

Kati, die mittlere Tochter, ging am weitesten voraus. Als ob sie vorhätte, der Familie definitiv den Rücken zu kehren. Leni Hofer sah, wie sie den Weg verließ und im Gebüsch verschwand. Wenn sie sich versteckt, gehe ich einfach weiter, nahm sich Leni vor. Aber nach kurzer Zeit trat Kati wieder auf die Straße und winkte die anderen heran. Niemand beschleunigte seinen Schritt. Kati verschwand wieder im Gebüsch.

Die Stelle, wo sie die Straße verlassen hatte, war die Einfahrt zu einem Parkplatz. Er war etwas verdeckt von einer Haselhecke und bot Platz für etwa zehn Autos, eine Ruhebank, zwei Papierkörbe und eine Tafel mit Abbildungen der geschützten Pflanzen der Gegend. Das Bächlein, das zwischen Waldrand und Parkplatz hindurchfloß, war zu einem braunen Bach angeschwollen und hatte zu beiden Seiten einige Meter Boden weggespült. Zwei Tannen waren umgestürzt. Sie lagen auf dem Dach eines schwarzen Range Rovers, dessen Heck bis zu den Fenstern im Bachbett stand.

Der Wagen war als Geschäftswagen eines Anwaltsbüros registriert. »In diesem Drecksgeschäft brauchst du einen geländegängigen Wagen«, witzelte der Dorfpolizist mit seinem Kollegen. Ein Anruf hatte ergeben, daß Dr. Urs Blank, der den Range Rover normalerweise fuhr, seit fast einer Woche verschwunden war. Er sei nur deshalb nicht als vermißt gemeldet worden, weil er öfter längere Ausflüge in die Wälder mache und dann jeweils nicht erreichbar sei. Er sei ein geübter Waldgänger und gut ausgerüstet.

»So gut ausgerüstet kann der nicht sein«, sagte der Dorfpolizist zu den Kantonspolizisten, die den inzwischen an Land gezogenen Wagen untersuchten. Sie hatten einen Rucksack gefunden, der Lebensmittel, Campingausrüstung, Kleider, einen Schlafsack und ein Zelt enthielt.

Das Geröll, das der Bach mitführte, hatte eine der hinteren Scheiben eingedrückt. Das Innere des Wagens war mit Schlamm, Kies und Ästen gefüllt. Im Handschuhfach fanden die Polizisten einen aufgeweichten Paß, einen Schlüsselbund und eine Brieftasche. Sie enthielt über dreitausend Franken, eine Sammlung Kreditkarten und einen Führerschein. Daneben lag ein aufgequollener Briefumschlag. Er enthielt ein Blatt, das aussah wie ein Stück Batik. Es war ein Brief, dessen Tinte zerflossen war. Nur der gedruckte, leicht erhabene Briefkopf war zu lesen: Dr. Urs Blank, Rechtsanwalt, *Attorney at Law*.

»Abschiedsbrief«, vermutete der Dorfpolizist. Es wäre nicht der erste, den er hier fand. Der Gründelsee war zwar nicht sehr groß, aber über vierhundert Meter tief. Da war schon mancher reingegangen, der nie mehr gefunden worden war.

Alfred Wenger war von Blanks Sekretärin informiert worden und deshalb auf die Frage des Polizisten vorbereitet, der sich vor ein paar Tagen nach dem Anwalt erkundigt hatte.

»Ist es denkbar, daß Urs Blank Selbstmord begangen hat?«

Wenn man ihm diese Frage vor ein paar Monaten gestellt hätte, wäre ihm die Antwort leichtgefallen. Urs war kein Selbstmörder. Aber jetzt war er sich nicht mehr so sicher. Nach all dem, was er von Blank wußte, und besonders nach allem, dessen er ihn inzwischen verdächtigte, konnte er sich vorstellen, daß ihm der Selbstmord als einziger Ausweg erschien.

Wenn Wenger ganz ehrlich war: ihm auch. »Ja, das ist

durchaus denkbar. Dr. Blank war in den letzten Monaten bei mir in Behandlung.«

»Darf ich fragen, weshalb?« erkundigte sich Blaser ohne große Hoffnung.

»Dr. Blank ist ein Patient von mir. Ich kann Ihnen keine Auskunft geben. Aber soviel kann ich sagen: Es würde mich leider nicht überraschen, wenn er sich etwas angetan hätte.«

»Was mich am meisten beschäftigt: Es macht mir fast nichts aus. Ich versuche traurig zu sein, aber da ist nichts.«

Evelyne Vogt saß mit Ruth Zopp im Saftladen, einem Lokal, wo es nur frische Säfte aus biologischen Gemüsen und ein biologisches Salatbüffet gab. Die Leute standen Schlange für einen kleinen Tisch, den sie nach einer halben Stunde wieder räumen mußten.

»Ihr hattet euch ja auch schon sehr auseinandergelebt.«

Evelyne nahm einen Schluck von ihrem Sellerie-Apfelsaft. »Er hat sich sehr verändert. Er ist mir fremd geworden. Ganz ehrlich gesagt: Er hat mir angst gemacht.«

Ruth Zopp hatte einen Randensaft vor sich stehen. Wahrscheinlich, weil sein Rot genau zu dem ihrer Lippen und Nägel paßte. »Du bist erleichtert, stimmt's?« Sie besaß ein Talent, Dinge auszusprechen, die besser ungesagt blieben.

»Natürlich nicht«, entrüstete sich Evelyne.

»Noch einen Wunsch?« erkundigte sich der Kellner in der Gärtnerschürze. Das Tischchen wurde gebraucht. Ruth Zopp bestellte die Rechnung. Der Kellner hatte sie wie zufällig schon dabei.

»Was geschieht jetzt mit all seinen Sachen?«

»Sein Vater lebt noch.«

»Und sein Geld?«

Evelyne hob die Schultern.

»Und du?«

»Mein Anwalt sagt, wenn es wenigstens einen Beweis dafür gäbe, daß er die Vertragsentwürfe zur Kenntnis genommen hat. Aber er hat ja nie reagiert.«

»Die Freundin sitzt immer am kürzeren Hebel«, seufzte Ruth Zopp wie eine, die es wissen mußte.

»Glaubst du, ich bin schuld?« fragte Lucille ihre Freundin Pat.

Sie saßen am Küchentisch. Vor zwei Stunden hatte sie von Alfred Wenger erfahren, daß man damit rechnen müsse, daß Blank sich das Leben genommen hatte. Wenger hatte sie gebeten, unter diesen Umständen die Details ihrer Pilzerlebnisse für sich zu behalten.

»Du spinnst. Wie konntest du ahnen, daß er wegen ein paar Pilzchen durchdreht.«

»Ohne mich würde er noch leben.«

»Und weiterhin Katzen und Menschen killen.«

»Das ist nicht bewiesen.«

»Durch das am letzten Mittwoch schon.«

»Da hat er niemanden gekillt.«

»Weil du ihm eine Pfanne über den Schädel gehauen hast.«

Lucille war nicht überzeugt. »Ich habe trotzdem ein schlechtes Gewissen.«

»Besser als Angst.«

Der kleine Trupp brach die Suche schon am zweiten Tag ergebnislos ab. Vielleicht hätte man intensiver und länger gesucht, wenn nicht jeder Mann für die Behebung der Sturmschäden gebraucht worden wäre.

Man verzichtete auch darauf, Taucher anzufordern. Ob der Gründelsee seine Leichen behielt oder herausgab, hatte noch stets in seiner eigenen Macht gelegen.

Als dann auch noch das Untersuchungsergebnis des wissenschaftlichen Dienstes eintraf, bekam man endgültig die Gewißheit, richtig gehandelt zu haben. Es besagte nämlich, daß es sich um einen Brief in der Handschrift des Vermißten handelte. Außer seiner Unterschrift hatte man an einigen Stellen aufgrund des Federabdruckes und verbleibender Farbpigmente Wörter entziffern können. Vor allem die Wörter »weiterleben« und »ausweglos« und »dieser Welt« sowie die Formulierung »Verzeiht mir!« vor der Unterschrift ließen keinen Zweifel daran, daß es sich um einen Abschiedsbrief handelte.

Es erschien eine kleine Meldung in mehreren Zeitungen. Der bekannte Wirtschaftsanwalt Dr. Urs Blank werde unter Umständen vermißt, die auf Selbstmord schließen ließen.

Zwei Tage später doppelte eines der nationalen Wirtschaftsblätter mit einem kleinen schäbigen Artikel nach. Er unterstellte, daß der Freitod eines führenden Fusionsexperten erhebliche Nervosität in dessen geschäftlichem Umfeld ausgelöst habe. Besonders zu einem Zeitpunkt, wo die Gerüchte über eine bevorstehende Fusion der CONFED mit BRITISH LIFE, SECURITÉ DU NORD und HANSA ALLGEMEINE sich immer mehr verdichteten.

Ein Gerücht, das erst mit diesem Artikel in die Welt gesetzt wurde. Er war unterschrieben mit -dro, dem Kürzel für Pedro Müller.

13

Gegen halb sechs begannen sich Konturen abzuzeichnen. Ein Stamm, ein Wurzelstock, ein paar Farnwedel. Eine helle Stelle in einer unförmigen Masse. Eine bloßgelegte Erdschicht in der Böschung. Eine freigelegte Wurzel. Eine dunkle Stelle.

Es wurde Tag. Bäume, Sträucher, Kräuter, Büsche, ein Erdabbruch in der Böschung traten ans Licht. Und Schnüre. Ein Netz. Die dunkle Stelle dahinter blieb dunkel.

Jetzt, mitten in der dunklen Stelle, etwas Helles. Es bewegte sich. Es blieb stehen. Bewegte sich. Blieb stehen. Kam ans Licht. Ein Kaninchen.

Es richtete sich auf. Seine Löffel berührten das Netz. Blitzschnell wandte es sich zum Eingang des Baus. Aber das Netz war schon zu. Es wurde hochgehoben. Das Kaninchen zappelte darin und pfiff durchdringend.

Eine Hand packte es an den Hinterläufen, ein Knüppel traf es im Genick.

Der Mann nahm das tote Kaninchen aus dem Netz, rollte das Netz zusammen und steckte es in eine der vielen Taschen seiner Army-Hose. Er begann, mit seiner Beute die Böschung hinaufzusteigen.

Nach etwa fünfhundert Metern, weit genug vom Bau, blieb er stehen. Er massierte die Bauchdecke des Kaninchens, bis die Harnblase leer war. So konnte das Wildbret keinen Uringeschmack annehmen. Er klappte sein Jagdmesser auf und führte einen Schnitt durch die Bauchdecke, vom Brustbein bis zum Schloß. Er entnahm zuerst Magen, Darm und Geschlechtsorgane. Er entfernte vorsichtig die Gallenblase von der Leber und die Drüsen beiderseits des Weidlochs. Er scharrte mit dem Absatz seines schweren Lederstiefels eine Vertiefung in den lockeren Waldboden und vergrub darin die ungenießbaren Organe. Er verschränkte die Läufe des Kaninchens, band sie mit einer Schnur zusammen und machte diese an seinem Gürtel fest.

Am Moos eines morschen Baumstrunks wischte er das blutige Jagdmesser ab. Die Inschrift auf der Klinge wurde lesbar: *Never hesitate.*

Am Rande eines Felssturzes überquerte Blank eine Mulde. Vorsichtig, um keine Spur aus zertretenen Farnen zu hinterlassen. Zu seiner Linken erhob sich eine Felswand aus Granit. Vor ihm versperrte ein Dickicht aus Jungtannen den Weg. Als er es erreichte, zog er eines der Tännchen aus der Erde. Sein Stamm war zugespitzt wie bei einem Christbaum. Blank ging gebückt in das Dickicht hinein und steckte das Tännchen hinter sich wieder in die Erde. An mehreren Stellen mußte er Äste und Büsche aus dem Weg räumen, mit denen er das Dickicht noch undurchdringlicher gemacht hatte. Ein etwas mühsamer Einstieg in sein Versteck. Aber die Tarnung hatte ihm ermöglicht, die unteren Äste der Tannen zu entfernen. So mußte er wenigstens nicht mehr auf dem Bauch durch das Dickicht robben.

Er betrat die kleine Lichtung mit dem gewaltigen Felsbrocken, an dessen Fuß ein kleiner Bach entsprang. Es war die gleiche Stelle, an der er einst seine ersten drei Nächte im Wald verbracht hatte.

Er hängte das Kaninchen an den Hinterläufen am Ast einer Fichte auf, löste den Balg mit dem Messer von den Pfoten und zog das Fell über die Ohren. Er wusch das Tier sorgfältig im Bach und zerlegte es in Rücken, Brust, Leber, Herz und Keulen. Die Stücke deckte er mit Farnwedeln zu. Kopf, Balg, Pfoten und Lunge legte er in eine kleine Grube, die einen Stein als Deckel besaß. Sein Abfallzwischenlager.

Mit dürrem Reisig entfachte er ein Feuer. Er legte Holz auf, das so trocken war, daß kaum Rauch entstand. Auf einem Grill aus Stacheldraht briet er die Stücke über der Glut. Herz und Leber aß er gleich zum Frühstück. Die anderen Stücke kamen auf einen Rost aus geschälten Zweigen, der in einem Sack aus Tüll an einer Fichte hing.

Seit bald einem Monat lebte Urs Blank jetzt im Wald. Dabei war er am zweiten Tag nahe daran gewesen aufzugeben.

Er war kurz vor Mitternacht auf dem Parkplatz angekommen und hatte ein wenig geschlafen. Er kannte den Gründelsee von früher und hatte auf der Karte gesehen, daß er von dort aus in zwei oder drei Tagen den wilden Tannen-Fichtenwald erreichen konnte, wo die kleine Lichtung lag. Es gab einen Weg dorthin, der zum großen Teil durch Wälder und kaum besiedeltes Gebiet führte.

Bei der ersten Dämmerung war er aufgebrochen. Sein Rucksack enthielt alles, was er nach der Erfahrung der letzten Monate brauchte. Einen anderen Rucksack mit einem

Querschnitt durch seine Sammlung von Ausrüstungsgegenständen und Survival-Schnickschnack, die er sich in den letzten Monaten hatte aufschwatzen lassen, ließ er im Wagen zurück.

Kurz vor Mittag brach ein Unwetter los. Blank setzte sich unter eine große Fichte, deckte sich und seinen Rucksack mit einer Blache zu und wartete, bis es vorüber war. Als die Abstände zwischen Donner und Blitz immer kürzer wurden und der Himmel über den Wipfeln ständig unter Strom zu stehen schien, setzte er sich auf seine Isolationsmatte und breitete die Überlebensfolie als Faradaykäfig über sich aus. Als dann aber der Sturm loslegte, wurde die Regel, daß man bei Gewittern im Wald sicherer ist als im Freien, außer Kraft gesetzt. Von allen Seiten krachten Äste, Zweige und halbe Baumkronen herunter. Blank stand auf und preßte sich, so eng es ging, an den Stamm seiner Fichte. So verbrachte er fast zwei Stunden.

Das Gewitter zog vorüber, aber der Sturm hielt an. Und mit ihm der sintflutartige Regen. Blank machte sich auf die Suche nach einem Unterschlupf.

Alles, was er vor Einbruch der Dunkelheit fand, waren zwei Felsen, die so standen, daß ihr Zwischenraum etwas Schutz vor dem Wind bot. Aber der Platz war zu schmal und zu uneben für sein kleines Zelt. Er mußte die Nacht halb sitzend in seinem Biwaksack verbringen. Schlaf fand er nur in Abständen von zehn Minuten.

Lange vor Tagesanbruch fiel ihm ein Gurgeln und Plätschern auf, das er vorher nicht gehört hatte. Unter ihm im Felsspalt war ein Rinnsal entstanden und zu einem kleinen Bach angeschwollen. Sein Rucksack stand bereits im Wasser. Blank brachte sich und seine Sachen unter einer Tanne in Sicherheit und wartete fröstelnd, bis es hell wurde.

Bei Tagesanbruch aß er eine Dose Sardinen, die eigentlich als Notration vorgesehen war. An Feuer war nicht zu denken. Der Wald war durchtränkt vom Regen, den der Wind in unberechenbaren Böen in alle Richtungen trieb.

Blank brach auf. Das Gehen im aufgeweichten Boden zwang ihn immer öfter zu Pausen, während denen er im Schutze des Ponchos die Karte studierte. Bald mußte er sich eingestehen, daß er die Orientierung verloren hatte. Er war schon lange nicht mehr an einem Punkt vorbeigekommen, den er auf der Karte hatte wiederfinden können. Und an Stellen, wo sich der Wald auftat, versperrten die tiefhängenden Wolken die Sicht auf Geländepunkte, mit deren Hilfe er seinen Standort hätte bestimmen können.

Es blieb ihm nichts übrig, als in der Richtung weiterzugehen, die ihm der Kompaß wies. Er war müde von der schlaflosen Nacht, er fror, vom Druck des Schulterriemens seines Rucksacks schlief sein rechter Arm ein, die Nässe war durch seine teuren, garantiert wasserdichten Stiefel gedrungen.

Er war bereit, das Abenteuer abzubrechen. Aber dazu hätte er wissen müssen, wo er war.

So ging er im Dauerregen weiter. In seinem Poncho, den er über sich und den Rucksack geworfen hatte, sah er aus wie ein buckliger Waldschrat.

Irgendwann hörte der Wald auf. Der Nebel war hier so dicht, daß er nur ein paar Meter weit sehen konnte. Die Wiese, auf der er ging, war frisch gemäht.

Nach etwa hundert Metern traf er auf einen Feldweg. Er

blieb stehen, schaute auf den Kompaß und folgte dem Weg in westlicher Richtung. Auf einmal stand er vor einem Heuschober.

Blank ging um das Gebäude herum. Auf der Rückseite führte eine Rampe zu einer Tür. Sie war nicht verschlossen. Er trat ein. Der Duft von Heu empfing ihn.

Er zog trockene Sachen an und breitete die nassen auf dem Heu aus. Er aß ein paar Cracker und einen Müesliriegel und trank Wasser aus seiner Feldflasche. Danach schlüpfte er in den Schlafsack. Wenn ihn hier jemand fand, würde er aufgeben. Wenn nicht, würde man weitersehen.

Der Regen trommelte auf die Ziegel. Es roch nach den Sommerferien vor fünfunddreißig Jahren, als noch alles vor ihm lag.

Blank hatte seinen Abgang nicht von langer Hand geplant. Aber er hatte oft in den Tagen und Nächten im Wald überlegt, wie er es anstellen würde, wenn er alles hinter sich lassen und ganz in den Wald ziehen wollte. Deshalb war alles, was er tat, zwar spontan, aber genau durchdacht. Der Gründelsee, der im Ruf stand, seine Ertrunkenen zu behalten; die Survival-Ausrüstung, die er zurückgelassen hatte; die Papiere, das Geld und die Kreditkarten, ohne die er nicht weit kommen würde. Und der Abschiedsbrief mit seinem lückenhaften Geständnis und seiner Bitte um Vergebung.

Falls es noch einen Beweis brauchte, daß er tot und nicht einfach untergetaucht war, gab es da noch sein Konto: Wer würde untertauchen und über drei Millionen Franken auf der Bank liegenlassen?

Er hatte sich allerdings auch ein Hintertürchen offengelassen: Neben etwas über dreitausend Franken in kleinen Noten hatte er die Kreditkarte behalten, die über sein Konto in Irland abgerechnet wurde. Es hatten sich dort Honorare von etwas über hunderttausend Franken angesammelt, von denen die Steuer nichts wußte und über die keine Korrespondenz geführt wurde. Auch seinen Zweitschlüssel zur Kanzlei hatte er mitgenommen. Es war ihm nicht klar, weshalb.

Am Morgen des dritten Tages nach seinem Verschwinden wurde Blank vom Motor eines Kleintraktors geweckt. Er kroch aus dem Schlafsack, raffte seine Sachen zusammen und versteckte sie und sich selbst im Heu. Der Motor verstummte. Er hörte Stimmen. Zwei Männer unterhielten sich im bedächtigen Dialekt der Gegend. Sie kamen näher. Die Tür knarrte. Licht drang durch das Heu vor Blanks Gesicht. Er hielt den Atem an.

»Ich sehe nichts, und du?«

»Nichts.«

»Sind eben noch Ziegel von früher.«

Die Tür knarrte, es wurde wieder dunkler. Kurz darauf sprang der Traktor an und entfernte sich. Als er nicht mehr zu hören war, fiel Blank die Stille auf. Es hatte aufgehört zu regnen.

Erst jetzt fiel ihm ein, daß er hatte aufgeben wollen, falls man ihn hier fand.

Zwei Tage später hatte er die kleine Lichtung wiedergefunden und begonnen, sich häuslich einzurichten. Er baute sich einen festen Unterstand mit einem Giebeldach aus einer dicken Schicht Fichtenzweigen. Er konstruierte einen kleinen Tisch aus den Stämmchen junger Tannen. Er baute eine Felsspalte zu einer kühlen Vorratskammer aus. Er erleichterte den Aufstieg zur Plattform auf dem Felsen. Er tarnte den Zugang durch das Dickicht.

Wenn er nicht mit Arbeiten am Lager beschäftigt war, erkundete er die Umgebung. Er entdeckte einen Weg auf die Felsterrasse, die in einer senkrechten Wand etwa achtzig Meter zu seiner kleinen Lichtung abfiel. Er stieß auf einen Bach, der sich an einer Stelle zu einem Bassin staute, groß genug für ein Bad. Und er fand die Böschung, wo die Kaninchen hausten.

Blank hatte immer gewußt, daß er jagen mußte, wenn er sich auf Dauer vom Wald ernähren wollte. Jagdpraxis war eines der vielen Fächer seiner Privatstudien über den Wald gewesen. Aber als er sein erstes Kaninchen erwischte, hatte er sich doch gewundert, wie wenig es ihm ausmachte, das Tier zu töten und auszunehmen. Er hatte nie Blut sehen können und aß jahrelang kein Fleisch, nachdem er als Kind auf einem Bauernhof Zeuge einer Hausschlachtung geworden war. Jetzt nahm er Kaninchen aus, als entferne er die Batterien aus einem Kofferradio.

Er registrierte diese Gefühlskälte mit Interesse und schrieb sie dem Bläuling zu. Hier im Wald konnte sie sich nicht gegen seine Mitmenschen richten und ihn Dinge tun lassen, die er nachher mit Anfällen von Gewissensbissen bezahlen mußte.

In den ersten Nächten, wenn ihn das Tosen des Windes in den Wipfeln oder das Krachen eines Sommergewitters nicht schlafen ließ, hatten ihn noch Augen angestarrt: die

Augen von Troll auf seinem Schoß, die Augen von Dr. Fluri in der Waldruhe, die vom Maschinenbauzeichner im Coupé, die vom Junkie beim Fitneßparcours, die Augen von Joe Gasser in der Bauernküche.

Aber die Bilder verblaßten. Mit jedem Tag, den er im Wald verbrachte, wuchs in ihm wieder die Gewißheit, daß nichts zählte außer ihm selbst.

14

In der Wirtschaftsmetropole, eine knappe Autostunde vom Wald, in dem Urs Blank wohnte, nahmen die Dinge ihren Lauf.

Die Fusion der CONFED mit BRITISH LIFE, SECURITÉ DU NORD und HANSA ALLGEMEINE war trotz des Informationslecks über die Bühne gegangen. Einem energischen Dementi aller Beteiligten waren zwei Wochen Funkstille gefolgt, die mit einer aus dem großen Saal des Imperial nach London, Düsseldorf und Paris übertragenen Pressekonferenz beendet wurde. Die Entstehung des weltweit größten Versicherungskonzerns beherrschte drei Tage lang die Schlagzeilen. Danach wurden sie von Spekulationen über massive Insidergeschäfte abgelöst.

An den Hauptbörsen aller vier beteiligten Länder waren fast gleichzeitig mit der Veröffentlichung des Fusionsgerüchts im großen Stil Aktien der Fusionskandidaten gekauft worden. Es gab Stimmen, die hinter der Informationspanne eine gezielte Indiskretion vermuteten, mit der sich allenfalls später auffällige Aktienbewegungen rechtfertigen ließen.

Christoph Gerber hatte sich als rechte Hand von Dr. Geiger bei der Fusion hervorragend bewährt. Anton Huwyler begann bereits Druck zu machen, man solle doch ihn an

Stelle von Blank in den Briefkopf aufnehmen. Etwas, das Geiger, von Berg und Minder vorderhand nicht zu tun beabsichtigten. Nicht nur aus Gründen der Pietät.

Lucille hatte sich von Arshad getrennt. Er hatte seinen gequetschten Kehlkopf und ihr schlechtes Gewissen schamlos ausgenützt. Drei Wochen war er ihr auf der Tasche gelegen und auf die Nerven gegangen. Dann hatte sie ihn vor die Tür gesetzt. Und wo sie schon dabei war, hatte sie sich auch gleich der Sandelholzräucherstäbchen entledigt. Sie erinnerten sie an Urs Blank.

Evelyne Vogt versuchte sich in ihrem seltsamen Status zurechtzufinden: als Witwe von einem, der vielleicht noch lebte und mit dem sie nicht mehr richtig zusammen, von dem sie aber auch noch nicht richtig getrennt gewesen war. Der Anwalt, der sie bei der Trennung von Blank hätte vertreten sollen, half ihr jetzt über dessen Verlust hinweg.

Alfred Wenger beschäftigte manchmal die Frage, ob er alles getan hatte, um Urs Blank zu helfen. Vielleicht, sagte er sich, wäre er konsequenter gewesen, wenn es sich bei Urs nur um einen Patienten und nicht auch noch um einen Freund gehandelt hätte. Er nahm weiterhin jeden Mittwoch im Goldenen sein Mittagessen ein. Zwischen ihm und Herrn Foppa bestand ein stilles Einvernehmen, das zweite Gedeck nicht abzuräumen.

Rolf Blaser behielt die Akte Joe Gasser offen, bis Blank offiziell für tot erklärt wurde. Eine reine Formsache. Für ihn war der Fall erledigt.

Pius Ott brauchte ein paar Tage, bis er sich mit dem Gedanken abgefunden hatte, daß Blank ihm durch die Lappen gegangen war.

Urs Blank verbrachte seine Tage damit, seinen Kalorienbedarf zu decken. Er versuchte nach Möglichkeit seinen Vorrat an gefriergetrockneten und dehydrierten Gerichten zu schonen und vom Wald zu leben. Jetzt, im September, gab dieser viel her. Er sammelte Hasel- und Buchennüsse für seinen Fett- und Proteinhaushalt. Er verarbeitete Felsenbirnen, Berberitzen und Hundsrosen zu vitaminreichen Kompotten. Er verbrachte Stunden damit, Sirup aus Feldahornblättern zu kochen.

Und er sammelte Pilze. Am Anfang nahm er alles, was er anhand seines Pilzatlasses als eßbar identifizieren konnte. Aber als er nach und nach die Ziegenlippe, den orangeroten Graustieltäubling, den Mönchskopf, den Reifpilz, das Kuhmaul, den filzigen Gelbfuß und den Pfifferling entdeckte, wurde er wählerisch. Es kam vor, daß er ein Grüppchen Perlpilze stehenließ, weil ihm sein Gefühl sagte, daß er in der Nähe auf Trompetenpfifferlinge stoßen würde.

Er briet sich Fichtenreizker in Kaninchenfett oder grillte halbierte Steinpilze über der Glut, bis sie außen trocken und innen cremig waren. Was er nicht essen konnte, trocknete er an der Sonne oder, wenn die sich rar machte, auf einem Stein nahe beim Feuer.

Was er sonst noch an Mineralstoffen und Vitaminen brauchte, holte er sich auf Feldern und Lichtungen. Er verließ dann am späten Nachmittag sein Basislager mit leichtem Gepäck. In der Nähe eines Waldrandes richtete er sich für die Nacht ein. Beim ersten Morgengrauen fühlte er sich sicher genug, den Wald zu verlassen. Er machte sich auf die Suche nach Wiesenklee, Gänseblümchen, Schafgarbe und Löwenzahn für seine mit Feldthymian und Hirtentäschelkraut gewürzten Salate. Die Zeit des Alpenmilchlattichs – seines Lieblingssalates – war leider vorbei. Dafür gab es jetzt die Wurzeln des Wiesenbocksbart, die wie Schwarzwurzeln schmeckten. Auch die Wurzeln der Wegwarte – wenn er die Bitterstoffe abkochte – und die des Löwenzahns schmeckten gut in seinem Gemüseeintopf aus Leimkraut und Brennesseln. Manchmal wagte er sich in die Nähe von Ställen, die verlassen schienen. Dort wuchs der Gute Heinrich, der wilde Ahne des Spinats.

Blank hätte wohl auch mit weniger Aufwand überleben können. Aber die Betriebsamkeit, die er an den Tag legte, half ihm, sich von sich selbst abzulenken. Solange es ihm gelang, sein ganzes Denken und Handeln auf seinen Körper auszurichten, schaffte er es, seinen Geist aus dem Spiel zu lassen. Er arbeitete mechanisch bis zum Umfallen für sein Überleben, damit die Zeit, die er vor dem Einschlafen mit dem Verscheuchen von Gedanken zubringen mußte, möglichst kurz war.

Als er während einer seiner Vitaminexkursionen mit dem Kaninchennetz voller Grünzeug über die noch taunasse Wiese zum Wald zurückging, fiel ihm ein Grüppchen Pilze auf. Sie wuchsen auf den Überresten eines Kuhfladens, keine zehn Zentimeter hoch, mit kleinen braunen Hüten, die wie Mützchen aussahen, mit einem winzigen Zipfel an der Spitze. Als er einen berührte, fühlte er sich klebrig an.

Die Pilzchen kamen Blank bekannt vor. Als er sie später im Lager mit dem Pilzatlas bestimmte, stellten sie sich als *psilocybe semilanceata* heraus.

Die Spitzkegeligen Kahlköpfe, die in Joe Gassers Tipi vor langer Zeit für soviel Heiterkeit gesorgt hatten.

Blank legte sie zum Trocknen auf einen warmen Stein beim Feuer und schaute zu, wie sie langsam gelb wurden.

So abwechslungsreich Blanks Speisezettel war, er besaß ein paar Mankos, die sich im zweiten Monat seines Waldlebens immer stärker bemerkbar machten: Fett, Mehl und Zucker.

Beim Fett behalf er sich mit Nüssen und dem Fett seiner Jagdbeute, hauptsächlich Kaninchen und gelegentlich ein Rehkitz. Seinen Zuckerbedarf konnte er halbwegs mit Waldfrüchten, den Stengeln von wildem Braunwurz und dem Sirup der Ahornblätter decken. Aber was er jeden Tag mehr vermißte, war Brot. Und neuerdings auch Salz.

Zu seiner Grundausrüstung hatte ein gefüllter Salzstreuer und eine Kilopackung Kochsalz gehört. Es war ihm immer klar gewesen, daß dies der Schwachpunkt seines Überlebensplans war und er früher oder später für Nachschub sorgen mußte. Um diesen Zeitpunkt möglichst lange hinauszuzögern, war er damit sehr haushälterisch umgegangen. Aber jetzt blieben ihm nur noch ein paar Gramm, die er seinem Körper in homöopathischen Dosen zuführte. Er entschloß sich, nach Rimmeln hinunterzugehen.

Er kannte Rimmeln von seinem ersten Besuch in diesem Wald. Ein kleines, steiles Dorf, zu unspektakulär für den Tourismus und zu tief gelegen für die Bergbauernförderung. Er hatte seinen Wagen auf dem Parkplatz vor dem längst nicht mehr benützten kleinen Schulhaus abgestellt.

Er erinnerte sich vage an eine Molkerei, die bestimmt auch Dinge des täglichen Bedarfs verkaufte.

Er brach früh am Morgen auf. Das Dorf wäre zwar in gut zwei Stunden zu erreichen, aber er plante einen Umweg. Er ging durch das unwegsame Gebiet, das er inzwischen gut kannte, bis er den Wanderweg erreichte. Er folgte diesem bis zur Abzweigung nach Rimmeln. Aber anstatt abzubiegen, ging er weiter geradeaus. Der Weg überquerte ein kleines, bewaldetes Tal. Dort verließ er ihn, folgte dem Bachbett gut zwei Kilometer, bis er auf die Landstraße stieß, die von Rothausen nach Rimmeln hinaufführte. Im Schutze eines Gebüschs wartete er bis neun – einer Zeit, zu der ein Wanderer, der den ersten Zug nach Rothausen genommen hatte, bequem in Rimmeln ankommen konnte.

Es war ein Tag zum Heuen. Das Dorf lag wie ausgestorben da. Vor der Molkerei stand ein altes Militärmotorrad. In einem Zimmer, dessen offenes Fenster über der Ladentür lag, lief ein Radio. Das Ende eines Wetterberichts, der Anfang eines Männerchors.

Urs Blank öffnete die Tür. Über ihm klingelte ein Glockenspiel. Es roch nach Milch und Käse. Hinter dem Verkaufstresen lagen Brote in verschiedenen Größen. Von der Decke hingen Werbedisplays. Sie drehten sich im Wind, den Blank hereingelassen hatte. Niemand kam.

Blank wartete. Er öffnete und schloß die Tür, um das Glockenspiel noch einmal in Aufruhr zu bringen. Niemand kam.

»Hallo!« wollte er rufen. Aber er brachte nur ein Krächzen zustande. Er hatte seine Stimme über zwei Monate nicht gebraucht.

Er räusperte sich. Jetzt hörte er im Hintergrund die Spülung einer Toilette, dann Schritte. Eine schwere ältere Frau in einer weißen Schürze erschien hinter der Theke. »Was darf's sein?« fragte sie vorwurfsvoll.

Blank kaufte drei Kilo Salz, zwei Kilo Pflanzenfett, drei Kilo Halbweißmehl, vier Kilo Zucker, drei Tafeln Schokolade, zwei Paar Landjäger, fünf Seifen, Zahnpasta, Streichhölzer, Schnur und Batterien für seine längst erloschene Taschenlampe.

»Hoffentlich haben Sie es nicht weit«, bemerkte die Frau, als sie Blank zusah, wie er seine Einkäufe im Rucksack verstaute, der danach vierzehn Kilo mehr wog.

»Nein, ich habe den Wagen vorne in Burren«, antwortete Blank. Das gehörte zu seinem Täuschungsmanöver: Den Weg nach Burren, dem etwas kleineren Dorf im nächsten Tal, nehmen, sich an einer geeigneten Stelle in die Büsche schlagen und durch den Wald zum Wanderweg zurücksteigen.

»Ach, in Burren«, wunderte sich die Frau. »Dort hätte es auch eine Molkerei gegeben.«

Blank verließ den Laden. Als das Klingeln des Glockenspiels hinter ihm verstummte, sagte eine Stimme: »Grüß Gott.« Auch vorwurfsvoll.

Neben dem Motorrad stand ein etwa fünfzigjähriger Mann. Er trug einen speckigen Jägerhut und rauchte eine Brissago. Blank erwiderte den Gruß und ging weiter.

Weiter oben beim alten Schulhaus, wo die Straße nach Burren abzweigte, wandte er sich um. Der Mann schaute ihm immer noch nach. Blank beschlich das Gefühl, einen Fehler gemacht zu haben.

Eines Nachts wurde Blank von einem gespenstischen Lärm geweckt. Wie das Brüllen eines in einer Röhre gefangenen Bären. Bald klagend, bald drohend, bald wütend, bald resignierend.

Blank hatte sich an die unheimlichen Nachtgeräusche des Waldes gewöhnt. Das triste Bellen des Fuchses, das ärgerliche Schnalzen des Eichhörnchens, das bekümmerte Pfeifen der Haselmaus, das bange Rufen des Waldkauzes brachten ihn nicht mehr um den Schlaf. Aber diese Laute aus einer anderen Welt und Zeit beunruhigten ihn. Er kroch aus dem Schlafsack, zog sich an und kletterte dem Seil entlang zu seiner Aussichtsplattform hinauf.

Es war eine kühle, sternenklare Septembernacht. Im Osten stand der abnehmende Mond über den stillen Wäldern der gegenüberliegenden Talseite. Es mußte kurz nach Mitternacht sein. Seine kleine Lichtung kam ihm vor wie der einzige sichere Ort auf der Welt. Das unheimliche Röhren machte ihm angst.

Röhren. Das war es. Ein brünftiger Rothirsch, der die Welt herausforderte, es mit ihm aufzunehmen.

Blank blieb auf seinem Ausguck stehen und lauschte dem Knören, Trenzen und Orgeln, bis ihn der kühle Nachtwind zurück in den Schlafsack trieb.

Am nächsten Morgen, als Blank beim Frühstück saß – Pfannkuchen, Ahornsirup und Tee aus Wasserminze –, hallten Schüsse durch den Wald. Nicht das ferne Knallen, das jeweils an Sonntagen vom Schießstand im Tal unten heraufklang, oder das vereinzelte Krachen der Flinte eines Fuchsjägers. Diesmal waren es laute, peitschende, klar umrissene Detonationen, ganz in der Nähe. Die Jagd hatte begonnen.

Blank hatte gehofft, dieser steile Wald mit seiner schwer zu durchdringenden Strauchschicht und seinem zerklüfteten Blockschutt würde die Jäger abhalten. Aber es war ihm auch nicht entgangen, wieviel Wild die Ruhe, die ihm das unzugängliche Terrain verschaffte, ausnutzte.

Die Schüsse so nahe bewiesen ihm, daß auch die Jäger davon wußten.

Von den Jägern hatte er nicht viel zu befürchten, sein Versteck war gut getarnt. Aber die Hunde, die nach den ersten Schüssen zu kläffen begannen, machten ihm Sorgen. Der Wind blies in ihre Richtung.

Er löschte die Glut mit Erde und bereitete sich auf eine lange Wartezeit vor. Aber schon bald entfernte sich das Gebell. Eine Stunde später waren die Vogelstimmen wieder das lauteste Geräusch im Wald.

Blank verbrachte den Rest des Tages damit, Pemmikan herzustellen. Er zerrieb getrocknetes Rehkitz- und Kaninchenfleisch, knetete es mit Fett zu einer festen Masse, fügte getrocknete Heidelbeeren dazu und würzte mit Salz und wildem Thymian. Er teilte sie in kleine Portionen auf und rollte diese zu Würstchen, die er in der Nähe des Feuers trocknete. Haltbare Überlebensnahrung für Wochen.

Fast jeden Tag hörte er jetzt Schüsse und Hunde, manchmal in großer Distanz, dann wiederum ganz in der Nähe. Die Jäger waren unberechenbar. Nie konnte er sich ganz darauf verlassen, daß sie ihn in Ruhe ließen. Sie schränkten seine Bewegungsfreiheit ein. Sie bestimmten seinen Tagesablauf.

Sie nötigten ihn, sich zu Zeiten versteckt zu halten, in denen er normalerweise Pilze oder Waldfrüchte gesucht hätte. Sie zwangen ihn, mit toten Kaninchen falsche Fährten zu legen, um die Hunde von seinem Versteck fernzuhalten.

Die Jäger zwangen ihn, sich mit der anderen Wirklichkeit zu beschäftigen. Sie drangen in das Universum ein, das nur aus ihm bestand, und waren eine Gefahr für die dünne Hülle, die die Welt und ihn selbst vor ihm schützte. Vor allem dafür haßte er sie jeden Tag mehr.

Dann erwischte er einen von ihnen.

Er hatte schon in der Morgendämmerung weit unten einen Schuß gehört und danach das sich überschlagende Kläffen eines Schweißhundes auf der Fährte. Als er sicher war, daß der Hund in seine Richtung kam, verließ er sein Versteck. Er ertrug die Vorstellung nicht, einen weiteren Tag auf seinen vierzig Quadratmetern Lichtung absitzen zu müssen.

Blank kletterte die steile Flanke des Waldes hinauf. Er kam schnell voran. Er kannte den Weg. Und die letzten Monate hatten ihm zu einer guten Kondition verholfen.

Bald war das Hundegebell nur noch ein fernes Echo. In einer Stunde würde er den Kamm erreichen. Dort gab es eine Windlichtung, an deren Rand er einen Steinpilzplatz wußte. Bei seinem letzten Besuch dort hatte er drei größere Pilze mitgenommen und den Nachwuchs für später stehenlassen.

Wenige Meter vor dem Pilzplatz sah er ihn. Ein dicklicher Mann. Er trug eine grüne Kommandohose, eine passende Windjacke mit vielen Taschen, einen Rucksack und einen Jägerhut mit kleinen Federn im Hutband. Über der rechten Schulter hatte er eine Bockbüchse hängen. Ein braunweißer Laufhund begleitete ihn.

Blank legte sich flach auf den Boden, wie immer, wenn er im Wald auf Menschen traf. Er sah dem Jäger nach, bis er hinter der Kuppe verschwand, stand auf und ging zu seinem Pilzplatz.

Dort, wo die Steinpilze wuchsen, war die Erde frisch aufgewühlt. Es fehlten nicht nur die Exemplare, die inzwischen groß genug sein mußten. Auch der ganze Nachwuchs, die Embryonen, deren braune Hüte der Humus noch verdeckt hatte, waren mit einem Stock ausgebuddelt. Alles, was Blank fand, war ein Stück eines älteren Hutes, das von einer Schnecke angefressen war. Der Frevler hatte es abgebrochen. Die Bruchstelle war noch frisch.

Blank marschierte los. Er rannte nicht, er ging mit großen Schritten, aufrecht und entschlossen, wie ein Mann, der jemanden zur Rede stellen will.

Nach kurzer Zeit sah er den Jäger. Er hatte die Lichtung beinahe überquert und ging gemächlich auf die Fichten zu, die den Felsabbruch auf der nördlichen Kammseite säumten. Blank hatte ihn bald eingeholt.

Der Hund bemerkte Blank zuerst. Er ging ein paar Schritte geduckt auf ihn zu und bellte. Blank kümmerte sich nicht um ihn. Der Jäger drehte sich um, sah Blank und rief: »Bella!« Die Hündin hörte auf zu bellen.

Blank ging geradewegs auf den Mann zu. »Geben Sie die Pilze her.«

Der Mann mochte etwas über vierzig sein. Er schaute ihn verständnislos an.

Blank streckte die Hand aus. »Rucksack.«

Die Hündin fing wieder an zu bellen. »Down!« befahl Blank. Sofort legte sie sich nieder.

»Steinpilze sind nicht geschützt«, protestierte der Jäger, als er den Rucksack übergab.

Blank öffnete ihn und roch die frischen Steinpilze. Sie waren in ein Taschentuch gebunden, das er jetzt herausnahm und auf den Boden legte. »Jagdschein«, befahl Blank.

Der Jäger fingerte einen Ausweis aus seiner Jacke und streckte ihn Blank entgegen. Er war brandneu. Ausgestellt auf Dr. jur. Lorenzo Brunner.

Blank gab dem eingeschüchterten Kollegen Ausweis und Rucksack zurück.

»Danke«, sagte der. »Und jetzt?«

»Mitkommen.«

Der Mann stolperte beflissen neben Blank durch die verwachsenen Fichten. Bella tänzelte um sie herum. »Falls ich da etwas übersehen haben sollte mit den Steinpilzen, tut mir das leid. Ich dachte wirklich...«

Sie hatten die Felskante erreicht. Blank blieb stehen. Ein Tal tat sich unter ihnen auf. Es war zersiedelt von Dörfern. Um deren Kern waren Neubausiedlungen entstanden, dem Stil der alten Bauernhäuser nachempfunden.

»Sehen Sie«, sagte Blank.

»Was?«

Blank gab Lorenzo Brunner einen kräftigen Stoß in den Rucksack. Der stieß einen erstaunten Schrei aus und stürzte in die Stille.

Tief unten hörte Blank das Bersten von Holz und das Krachen von Geröllbrocken, die der schwere Mann bei seinem Aufprall mitgerissen hatte.

Bella stand schwanzwedelnd am Abgrund, schaute hinunter, blickte zu Blank hoch, bellte und schaute wieder hinunter.

»Down!« befahl Blank. Die Hündin gehorchte. Er ging zurück an die Stelle, wo er den Jäger gestellt hatte, bückte sich und hob das Taschentuch mit den Pilzen auf.

Als Blank zum Lager zurückkam, verkroch er sich in sein Zelt und wartete auf die Schuldgefühle.

Sie kamen wie immer in drei Wellen. Die erste war die Weigerung zu akzeptieren, was er getan hatte. Er versuchte sich einzureden, daß es einfach nicht passiert war. Aber immer, wenn er schon fast die Realität aus seinem Bewußtsein verdrängt hatte, holte sie ihn wieder ein. Wie ein böser Traum, der keiner war.

Die zweite Welle war die Auseinandersetzung mit seiner Tat. Immer wieder quälte er sich mit den Details. Die Jägerkleidung, die aussah, als trage Dr. jur. Lorenzo Brunner sie zum ersten Mal; sein Eifer, alles richtig zu machen; die Treuherzigkeit, mit der er ihm bis zum Abgrund gefolgt war; das Erstaunen in seinem Schrei; Bella, die wohl immer noch an der Felskante wartete.

Die dritte Welle war die lähmende Depression. Er wußte, daß es kein Mittel dagegen gab, außer sich ihr ganz zu ergeben und zu hoffen, daß allmählich die Einsicht wieder überhandnahm, daß nichts zählte außer ihm.

In diesem Stadium lag Blank in seinem Schlafsack, weder wach noch schlafend, und zwang sich, ab und zu etwas Wasser zu trinken und einen Bissen Pemmikan zu essen, um einigermaßen bei Kräften zu bleiben.

Er wußte nicht, wie lange er so dagelegen hatte, als er neben sich ein Rascheln hörte. Er öffnete die Augen und sah eine Haselmaus, die an einem Rest Pemmikan knabberte. Blank hob die Hand und schlug neben sich auf den Boden. Die Maus hatte die Bewegung gesehen und war losgerannt, direkt unter Blanks Hand.

Blank nahm ihren Schwanz zwischen Daumen und Zeigefinger und warf sie aus dem Zelt. So kraftlos war sein Wurf, daß der kleine Kadaver keine zwei Meter vor dem Zelteingang landete.

Als Blank das nächste Mal die Augen öffnete, war es Nacht. Er starrte auf das Zeltdach dicht über ihm.

Langsam begannen sich die Nähte dunkel abzuzeichnen. Er schloß die Augen wieder.

Er wurde von Hundegebell geweckt. Vielleicht suchte man nach Lorenzo Brunner. Falls sie dabei auf ihn stoßen sollten, hatte er Pech gehabt. Oder Glück.

Als es nicht mehr zu vermeiden war, kroch er aus dem Zelt und suchte die Latrine auf. Als er sich wieder in den Schlafsack quälte, sah er die tote Maus vor dem Zelt.

Er schloß die Augen und lauschte dem Hundegebell. Es kam näher.

Ein Zirpen ganz in der Nähe drang in seinen Halbschlaf. Blank stützte sich auf den Ellbogen und schaute hinaus. Das Geräusch kam von der toten Haselmaus. Zwei schwarze Käfer hatten sie entdeckt. Der größere war etwa zwei Zentimeter lang. Beide hatten orangegelbe Streifen auf den Deckflügeln. Totengräber.

Die beiden Käfer scharrten in der Erde unter der Maus. Hoch oben knatterte der Rotor eines Helikopters.

Bis es wieder dunkel wurde, starrte Blank auf die stille tote Maus und ihre emsigen Totengräber. Dann schloß er die Augen und stellte sich vor, er sei es, den die schwarzgelben Käfer verscharrten. So schlief er ein.

Am Morgen war die Maus im weichen Waldboden schon halb versunken. Blank trank etwas Wasser, aß ein Stück Pemmikan und setzte seine Meditation fort.

Er war die Maus. Unter sich spürte er das Krabbeln der Käfer und die Kühle der Erde.

Langsam sank er ein. Durch die duftende Schicht trockener Fichtennadeln. Durch die modrige Schicht der von Pilzfäden durchzogenen Streudecke. Durch die erdige Schicht aus schwarzem Humus. Immer tiefer, bis er auf Felsen stieß.

Über ihm schloß sich die Erde wieder. Er wurde Teil des Waldes.

Am Nachmittag erwachte Blank. Er richtete sich auf und merkte, daß es ihm besserging. Er war zwar etwas benommen, aber das Blei in den Gliedern war weg.

Lorenzo Brunner kam ihm in den Sinn. Blanks Herz setzte einen Schlag aus, aber er spürte, daß das Schlimmste überstanden war. Jeden Tag würde es besser gehen. Bald würden ihn die Schuldgefühle in Ruhe lassen.

Und irgendwann würde es wieder passieren. Irgend jemand würde ihm im Weg stehen. Irgend jemand würde ihn aufstöbern in seinem Versteck vor sich selbst. Wenn ihn nicht vorher der Winter ins Tal trieb wie ein hungriges Tier.

Der Wald konnte ihn nicht wieder zu dem machen, der er früher war. Er konnte ihm nur helfen, den, der er geworden war, zu ertragen. Wenn er wieder der Blank von früher werden wollte, mußte er sich selbst helfen.

Er stand auf. Die Stelle, wo die Haselmaus gelegen hatte, war leer. Die Stille fiel ihm auf. Kein Helikopter, kein Hundegebell.

15

Ende September war keine Saison für eine Jugendherberge mitten in der Stadt. Im Wintergarten der Villa aus der Jahrhundertwende spielten zwei finnische Teilnehmer eines Elektroingenieur-Seminars der Technischen Hochschule eine Partie Tischtennis. Das Tick-Tock der Bälle störte eine einsame kanadische Rucksacktouristin, die im Gemeinschaftsraum Briefe schreiben wollte. Die Herbergseltern hatten sich hinter die Tür verzogen, auf der »Privat« stand. Sie erwarteten für heute keine Gäste mehr.

Doch kurz vor drei klingelte es. Sami, der Herbergsvater, öffnete einem Mann in mittleren Jahren. Er sah aus wie viele der Backpacker, die den Sommer über kamen: schlank, halblanges Haar, mit grauen Fäden durchzogener Bart, gut eingetragene Sportkleidung, Rucksack. Und wie die meisten Neuankömmlinge konnte er eine Dusche brauchen.

»Haben Sie auch Einzelzimmer?« fragte er.

»Wenn es dich nicht stört, daß fünf leere Betten drin stehen«, grinste Sami.

Der Mann trug sich ein als Werner Meier. Bei Landsleuten bestand Sami nicht auf einem Paß. Er ließ sich die neunzehn Franken für die Übernachtung bezahlen, gab ihm den Zimmerschlüssel, den Hausschlüssel und ein Exemplar der Herbergsordnung. »Mir ist egal, wann du nachts nach Hause kommst, solange du keinen Radau machst.«

Kurze Zeit später hörte er Werner Meier aus dem Haus gehen. Gegen Abend kam er mit Einkaufstüten eines billigen Warenhauses zurück.

Als Meier später in neuen Halbschuhen, Hosen, Hemd, Krawatte und Blazer die Herberge verließ, waren die Herbergseltern längst im Bett.

Die Kanzlei war von der Jugendherberge zu Fuß in einer knappen Viertelstunde zu erreichen. Es war ein Uhr, das letzte Tram im Depot, die meisten Lokale geschlossen, ein paar Taxis noch unterwegs.

Beim Eingang stand auf einem diskreten Messingschild immer noch »Geiger, von Berg, Minder & Blank«. Die drei Stockwerke, in denen die Büros lagen, waren dunkel.

Als Blank die Tür aufschloß, fuhr ein Taxi vorbei. Er ließ sich nicht stören. Ein Geschäftsmann, der mitten in der Nacht ins Büro ging, war in dieser Stadt nicht verdächtig. Selbst wenn er etwas lange Haare und einen Bart trug.

An der Tür seines Büros stand »Dr. Christoph Gerber«. Er schloß sie auf und hinter sich wieder zu. Der Raum war noch genauso eingerichtet wie früher. Nur an der Wand hingen englische Jagdszenen. Einen kurzen Moment beschäftigte Blank die Frage, was wohl mit seinem David Hockney geschehen war.

Er setzte sich an den Schreibtisch und stellte erleichtert fest, daß auch der Computer noch der gleiche war, den er benutzt hatte.

Die Computer von Geiger, von Berg, Minder & Blank waren mit dem Sprengstoff vieler Geschäftsgeheimnisse angesehener Unternehmen geladen. Deswegen war der Zugang zu den Geräten mit einem persönlichen Paßwort geschützt. Es wechselte in unregelmäßigen, zufälligen Abständen.

Blank war es zu umständlich gewesen, sich immer wieder neue Codes zu merken. Er hatte sich von einem Techniker der Computerfirma einen *hot key* installieren lassen. Damit konnte er mit Hilfe einer nur ihm bekannten Tastenkombination, die er beim Einschalten des Geräts drükken mußte, die Paßwortabfrage umgehen. Die Kombination lautete »kotz« und stammte aus einer Zeit, als er noch nicht alle seine Gedanken sofort in die Tat umsetzte.

Er hielt die vier Buchstaben niedergedrückt und startete das Gerät. Das Laufwerk surrte, und der Bildschirm wurde hell. Wenn jemand seinen Trick bemerkt hatte, würde der Computer gleich die Frage »Paßwort?« stellen.

Eine Schrift erschien am Bildschirm. »Hallo Urs.«

Blank nahm einen Zettel aus der Brusttasche seines neuen Hemdes. Es war die Notiz aus Joe Gassers Ringblöckchen. Er legte sie neben die Tastatur.

> *»Bläuling«*
> *Hut: 7–9 mm, zyanblau, schleimig glänzend, spitz gebuckelt, gerieft.*
> *Lamellen: safrangelb, am Stiel frei.*
> *Stiel: hutfarben, 2–3 cm, schlank, gebrechlich.*
> *Fleisch: lamellenfarben, Geruch leicht unangenehm.*
> *Sporen: Sporenpulver rosa.*
> *Vorkommen: Rubliholz?*

Blank hatte sich nie besonders für Computer interessiert. Sie hatten zu funktionieren und ihm die Arbeit zu erleichtern. Er hatte sich nicht mehr Kenntnisse angeeignet, als dazu unbedingt nötig waren. Als die Kanzlei sich an das Internet anschloß, hatte er ein wenig damit herumexperimentiert und schnell das Interesse verloren. Möglich, daß das Internet ein gutes Recherchierinstrument war, aber zum Recherchieren hatte er seine Leute. Deswegen war er auch erst jetzt auf die Idee gekommen, im Internet nach dem Bläuling zu suchen.

Blank brauchte eine Weile, bis er im Netz war und sich erinnerte, wie man nach einer bestimmten Sache suchte. Aber als er dann eine Suchmaschine mit dem Begriff »Psilocybin« fütterte, war er sofort in der internationalen Welt der psychedelischen Pilze. Hunderte von Sites und Links und Files und Chatrooms über *Shrooms* und alles, was auch nur im entferntesten damit zusammenhing. Blank erinnerte sich, daß das einer der Gründe gewesen war, weshalb er das Interesse am World Wide Web verloren hatte: Das Überangebot an Informationen.

Er löschte das Licht im Büro. Die Fenster gingen auf die Straße. Aber das fahle Leuchten des Bildschirms würde man von dort aus nicht sehen.

Nach zwei Stunden hatte er die Informationsflut auf die Websites reduziert, die ihm interessant erschienen. Vor allem Kataloge mit detaillierten Beschreibungen psychoaktiver Pilze.

Blank arbeitete sich systematisch durch die Informationen. Am Bildschirm entstanden Listen chemischer Zusammensetzungen, wissenschaftliche Zeichnungen und künstlerische Porträts immer wieder gleicher Pilze. Einige davon sahen aus, als seien sie unter ihrer eigenen Wirkung entstanden.

Die interessantesten Seiten speicherte er. Er wollte sie später ausdrucken.

Da hörte er Schritte im Gang.

Früher, als sein Name noch nicht auf dem Briefkopf stand, hatte er oft ganze Nächte im Büro verbracht. Es gab keinen Grund anzunehmen, daß Christoph Gerber weniger ehrgeizig war als er damals.

Blank stand auf, ging zur Tür, nahm sein Jagdmesser aus der Tasche, klappte es auf und wartete.

Das Geräusch der Schritte kam näher. Vor der Tür hörte es auf. Die Türklinke wurde heruntergedrückt. Blank hielt den Atem an.

Die Klinke wurde losgelassen, die Schritte entfernten sich, eine benachbarte Türklinke wurde gedrückt, die Schritte entfernten sich weiter.

Es war nicht Gerber. Es war der Nachtwächter, der seine Runde machte.

Blank klappte das Messer wieder zu.

Gegen vier Uhr morgens konnte Blank damit beginnen, die gut zweihundert gespeicherten Seiten auszudrucken. Während der Drucker gemächlich Seite um Seite ausspuckte, stöberte Blank ziellos in Gerbers Computerdateien herum. Eine trug den Namen »Ex Blank«. Sie enthielt zu seiner Überraschung alle seine Ordner, die nicht mit Klienten zu tun hatten. Seine private Korrespondenz, seine sehr rudimentäre Buchhaltung, sein Steuerdossier, seine Kontoübersicht, seine Privatagenda. Offenbar war er für Geiger, von Berg, Minder & Blank elektronisch noch nicht gestorben.

Einer der Ordner erweckte seine Neugier. Er hieß »Diesundas«. Blank konnte sich nicht erinnern, je einem Ordner den kindischen Namen »Diesundas« gegeben zu haben. Er öffnete ihn.

Der Ordner enthielt Korrespondenz und Verträge, die die Gründung einer Gesellschaft namens EXTERNAG und deren Mehrheitsbeteiligung an zwei internationalen Finanzgesellschaften regelten. Die eine hieß BONOTRUST, die andere UNIFONDA. Bemerkenswert daran waren die Gesellschafter der EXTERNAG. Es handelte sich um die Herren Geiger, von Berg, Minder, Huwyler, Ott und – in bescheidenem Umfang, aber immerhin – Gerber.

Was immer dahintersteckte, es interessierte Blank nicht. Er schaltete den Computer aus, ging zum Drucker, packte den Stoß Seiten in einen festen Umschlag, versicherte sich, daß er alles so zurückließ, wie er es angetroffen hatte, und beendete seinen letzten Besuch bei Geiger, von Berg, Minder & Blank.

Auf dem Rückweg in die Jugendherberge hörte er das erste Tram. Er kam sich vor wie ein Besucher von einem anderen Planeten.

In einem Fenster der Jugendherberge brannte Licht. Er schloß die schwere Haustür auf und betrat das dunkle Vestibül. Die Tür mit der Aufschrift »Privat« öffnete sich einen Spalt. Der Kopf der Herbergsmutter wurde sichtbar. Blank nickte ihr zu, sie nickte zurück und schloß die Tür wieder.

Als er das Bad in seinem Stockwerk betrat, saß die Kanadierin auf der Toilette und las. Sie schaute auf und schüttelte vorwurfsvoll den Kopf. Blank entschuldigte sich und schloß die Tür. Er hatte das Schild übersehen, das dort hing. Ein Männchen, das mit zwei roten Balken durchgestrichen war. Darunter stand in drei Sprachen »Ich muß draußen bleiben«.

Blank duschte im oberen Stock und ging in sein Zimmer. Er riß beide Fenster weit auf und legte sich in das Bett, das ihnen am nächsten lag. Er fiel in einen unruhigen Schlaf und träumte vom Wald.

Als er aufwachte, war es hell. Seine Uhr zeigte Viertel nach zehn. »Frühstück bis neun« hatte auf der Herbergsordnung gestanden.

In einem Lebensmittelgeschäft in der Nähe kaufte er Brot, Käse, Mineralwasser und eine Tafel Schokolade. Damit zog er sich auf sein Zimmer zurück und begann die zweihundert Seiten zu studieren.

Ein Teil der Dokumente bestand aus *trip reports,* Berichten von amerikanischen College-Studenten über ihre Erfahrungen mit psychoaktiven Pilzen. Sie glichen sich in Ton und Inhalt, handelten von Farbvisionen und plötzlichen Einsichten. Es war von Metamorphosen die Rede und von Begegnungen mit Engeln und Teufeln. Die meisten erinnerten Blank auf die eine oder andere Weise an seine eigenen Erfahrungen. Jemand beschrieb sogar die Erkenntnis, daß alles, was er bisher geglaubt hatte, falsch und nichts wichtig war. Und jemand hatte die Überzeugung gewonnen, Gott zu sein.

Aber Blank stieß auf kein einziges Beispiel von jemandem, für den diese Erkenntnisse so tief und unumstößlich waren, daß sie von ihm Besitz ergriffen und ihn danach handeln ließen.

Kurz vor Mittag betrat die Herbergsmutter das Zimmer. »Bleibst du noch eine Nacht?« erkundigte sie sich. Als Blank nickte, bat sie ihn, herunterzukommen und die zweite Übernachtung zu bezahlen.

Am Nachmittag hatte er zwei Drittel des Materials durchgeackert, ohne auf etwas gestoßen zu sein, das ihm weiterhalf. Er stellte sich ans Fenster und starrte in die beiden mächtigen Weißtannen, die hinter der Villa standen. Ein blecherner Gartentisch rostete in ihrem Schatten. Er atmete tief durch und machte sich an die letzten vierzig Seiten.

In einer langatmigen Abhandlung über die chemische Zusammensetzung von psilocybinhaltigen Pilzen fand er einen Hinweis auf MAOHS. Es handelte sich dabei um Stoffe, die zweierlei bewirkten: Erstens setzten sie die Enzyme außer Gefecht, die die Aminosäuren – und damit die meisten Drogen im Körper – abbauen. Und zweitens verstärkten sie die Wirkung von Psilocybin im Hirn.

Der Autor warnte davor, zur Verstärkung der Wirkung von Pilzen MAOHS zu verwenden. Nicht nur, weil sie zusammen mit gewissen Nahrungsmitteln gefährliche Kreislaufkrisen hervorrufen könnten, auch weil ihr Zusammenwirken mit Psilocybin nicht erforscht sei. Trotzdem nannte er die bekanntesten MAOHS: Harmine und Harmaline, die in *peganum harmala* vorkämen.

Blank erinnerte sich, irgendwo auf den Begriff Harmala-Samen gestoßen zu sein. Er fand ihn in einer Liste häufig gestellter Fragen zum Thema psychoaktive Pilze.

Frage: »Gibt es eine Alternative zu Harmala-Samen?«

Die Antwort bestand aus der üblichen Warnung vor der Kombination von Tryptaminen mit MAOHS. Dann folgte eine Aufzählung einiger Pflanzensamen, die MAOHS enthielten. Unter anderem die Samen der Ayahuasca und der Passionsfrucht und – allerdings nach schwer zu überprüfenden Berichten – ein mitteleuropäischer Pilz, *conocybe caesia,* ein äußerst seltenes Mitglied der Familie der Samthäubchen.

Urs Blank ging die restlichen Seiten durch. Aber er fand nichts Bemerkenswertes mehr.

Er faltete die wichtigsten Blätter zusammen. Die anderen packte er in eine seiner leeren Einkaufstüten und warf sie auf dem Weg zur Quartierkneipe in einen Abfallcontainer.

Im verrauchten, lärmigen Lokal bestellte Blank eine Bratwurst mit Kartoffelpüree und Zwiebelsoße, etwas, von dem er im Wald manchmal geträumt hatte. Aber er brachte kaum einen Bissen herunter.

»War es nicht recht?« fragte die Serviertochter, als sie den halbvollen Teller abräumte.

»Doch«, antwortete Blank, »nur zuviel.«

Als er in sein Zimmer kam, lagen auf allen Betten Gepäckstücke. »Eine Lehrlingsgruppe aus Dresden«, erklärte der Herbergsvater. »Total gut drauf.«

Blank packte seinen Rucksack und zog sich um. Seine neue Garderobe stopfte er in eine Einkaufstasche. Auf dem Weg zur Tramhaltestelle warf er sie in den gleichen Abfallcontainer. Dann nahm er das Tram zum Stadtwald.

Am nächsten Morgen saß er im ersten Regionalzug Richtung Rothausen. Er hatte die Nacht in seinem Biwaksack verbracht, nicht weit von der Waldruhe, wo vor einer Ewigkeit das Ende der ELEGANTSA und ihres Chefs besiegelt wurde. Er hatte geschlafen wie ein Kind.

Am Anfang war der Zug gut besetzt. Aber als er die Vororte hinter sich gelassen hatte, war Blank alleine im Abteil. Er blätterte in einer Tageszeitung, die ein Passagier auf dem Sitz hatte liegen lassen.

Im Wirtschaftsteil stieß er auf einen Bericht über das Ende der »Insideraffäre CONFED-Fusion«. Er war eine halbe Seite lang und hielt fest, daß keiner der an der Fusion beteiligten Parteien eine Verbindung zu den Finanzgesellschaften nachgewiesen werden konnte, welche mit Aktienkäufen im großen Stil Kursgewinne von knapp vierhundert Millionen Dollar gemacht hatten.

Die Namen der Finanzgesellschaften ließen um Blanks bärtige Mundwinkel ein kurzes Lächeln entstehen. Sie hießen BONOTRUST und UNIFONDA.

Ein paar Seiten weiter, bei den Todesanzeigen, bedankten sich Maria Brunner-Frei und Verena, Max und Enzo für die vielen Zeichen der Anteilnahme beim tragischen Hinscheiden ihres lieben Mannes und Papis Dr. Lorenzo Brunner-Frei.

Er fuhr an Rothausen vorbei. Erst an der nächsten Station stieg er aus und ging auf einem großen Umweg in seine grüne Lichtung zurück.

16

Fritz Fenner war in Rimmeln aufgewachsen. Seine Mutter hatte mit fünfzehn in der Stadt eine Lehre in einem Schreibwarengeschäft begonnen und war mit sechzehn schwanger geworden. Über den Vater hatte sie sich ausgeschwiegen. Kaum war Fritz auf der Welt, ging sie zurück in die Stadt. Das Kind ließ sie bei ihrer Mutter Anna.

Anna Fenner lebte von ihrer kleinen Witwenrente und einer Spezereiwarenhandlung mit dem Allernötigsten an Grundnahrungsmitteln und Haushaltsartikeln. Sie hatte einen Kropf, unter dem Fritz mehr litt als sie selbst. Als sie starb, hinterließ sie ihm das Haus mit dem Laden und achtzigtausend Franken, die sie auf wundersame Weise zusammengespart hatte.

Inzwischen war Fritz etwas über Fünfzig und ein Sonderling, wie es in jedem Dorf einen gibt. Er arbeitete als Hilfsarbeiter auf den Baustellen der Umgebung und fuhr jeden Wochentag mit seinem Militärmotorrad zur Post nach Rothausen, um sein Postfach zu kontrollieren. Er sammelte Kronkorken von Bierflaschen und korrespondierte mit Gleichgesinnten auf der ganzen Welt. Die Wochenenden verbrachte er im Wald.

Schon als Kind war der Wald der einzige Ort gewesen, wo er sich vor dem Gespött der Dorfkinder sicher fühlte.

Er kannte ihn wie seine Hosentasche und hatte ganze Tage in Verstecken verbracht, von denen bis heute niemand wußte außer ihm.

Vor ein paar Tagen hatte er gemerkt, daß jemand eines davon entdeckt hatte.

Anfang September war ein Wanderer mit einem Rucksack ins Dorf gekommen und hatte in der Molkerei eingekauft. Als er gegangen war, hatte Ida gesagt: »Komisch, kauft einen ganzen Notvorrat und schleppt ihn nach Burren.«

Fenner war mit dem Motorrad nach Burren gefahren und hatte den Mann auf der ganzen Strecke nirgends gesehen. Er mußte im Wald verschwunden sein.

Was wollte einer mit einem ganzen Notvorrat im Wald? Vielleicht ein Verbrecher? Vielleicht ein entlaufener Sträfling? Der Mann war ihm von Anfang an verdächtig vorgekommen.

Fenner stellte sich vor, wie die Leute im Dorf staunen würden, wenn er im Wald einen entlaufenen Sträfling fangen würde. Er überlegte sich, wo er sich verstecken würde, wenn er ein entlaufener Sträfling wäre, und begann auf seinen Streifzügen im Wald seine alten Verstecke zu kontrollieren.

Vor drei Tagen hatte er es gefunden. Die Lichtung über dem Schotterbruch. Der Sträfling hatte den Eingang durch das Dickicht mit Jungtannen und Gebüsch getarnt. Er hatte sich gemütlich eingerichtet. Zelt, Tisch, Bank, Unterstand, Feuerstelle, Latrine, Vorratskammern. Auch Salz, Fett, Mehl und Zucker, wie es die Molkerei in Rimmeln verkaufte, fand er. Der Sträfling selbst war ausgeflogen.

Fritz ließ alles so zurück, wie er es angetroffen hatte. Eine Weile würde er sein Geheimnis für sich allein genießen. Zu einem Zeitpunkt, den nur er bestimmte, würde er zur Polizei gehen.

Urs Blank fragte sich, ob der Umweg, den er gewählt hatte, nicht etwas übertrieben war. Es hatte die ganze Zeit geregnet, und er war keiner Menschenseele begegnet. Seit drei Stunden befand er sich im Wald, seit einer Stunde hatte er den Wanderweg verlassen. Bis zu seinem Versteck war es schätzungsweise noch eine halbe Stunde. Schon zweimal war er auf einem bemoosten Stein ausgerutscht, der sich unter dem Farn verbarg. Er hatte es eilig. Er wollte wissen, ob seine Lichtung unentdeckt geblieben war. Und er konnte es kaum erwarten, das Samthäubchen im Pilzatlas nachzuschlagen.

Die Jungtannendichtung wurde sichtbar. Er nahm das Fernglas und versicherte sich, daß die kleine Tanne vor dem Eingang noch steckte. Kurz darauf hatte er sie erreicht und zog sie heraus. Er duckte sich ins Dickicht und steckte sie wieder in die Erde. Auch die Äste und Büsche, mit denen er den Durchgang tarnte, waren noch an Ort und Stelle. Dem Lagerplatz sah er an, daß er mit dem Kopf nicht ganz bei der Sache gewesen war, als er ihn verließ. Er war etwas unordentlicher als sonst. Aber nichts schien verändert.

Blank machte Feuer und setzte einen Topf mit Wasser auf. Bei einer Tasse Instantkaffee, einem Luxus, den er sich im Lebensmittelgeschäft bei der Jugendherberge geleistet hatte, studierte er den Pilzatlas.

Der deutsche Name des *conocybe caesia* hieß Safrangelbes Samthäubchen. Es stimmte in Größe, Form und Beschreibung mit Joe Gassers Notizen überein. Blank war das Pilzchen im Atlas schon oft wegen seines leuchtenden Gelbs aufgefallen, aber er hatte sich nie näher dafür interessiert. Es war weder blau noch eßbar.

Aber diesmal las er den Text genau durch. Bei »Vorkommen« stand: »Unter Eiben, erscheint von August bis Anfang November nach Regenfällen, sehr selten.«

Bei »Bemerkungen« stand: »Die lateinische Bezeichnung *conocybe caesia* bezieht sich sowohl auf das Vorkommen des Pilzes (*caesius* = sehr selten) als auch auf das Phänomen, daß sich das Gelb des Samthäubchens kurz nach dem Pflücken blau (*caesius* = blaugrau) zu verfärben beginnt.«

Urs Blank studierte das Safrangelbe Samthäubchen. Mit blau verfärbtem Hut und Stiel paßte es genau auf Joe Gassers Beschreibung des Bläulings. Er unterstrich »unter Eiben« mit der roten Mine seines Vierfarben-Kugelschreibers. Er hoffte, daß es in der Nacht zu regnen aufhören würde. Er kannte ein paar Stellen, wo es Eiben gab.

Christoph Gerber kam am späten Nachmittag ins Büro zurück. Er hatte im Auftrag von Pius Ott mit einem Sportbekleidungsunternehmen in Paris Sondierungsgespräche geführt. Gerber schaute seine Post durch und schaltete den Computer ein. Er wollte seine Protokollnotizen in eine präsentable Form bringen. Pius Ott erwartete ihn zur Berichterstattung bei einem kleinen Imbiß bei sich zu Hause.

Er gab sein Paßwort ein und öffnete die Liste der zuletzt benützten Dokumente. Der schnellste Weg, um in das Pariser Dossier von Ott zu kommen.

Keines der zehn aufgelisteten Dokumente stammte aus dem Dossier. Dabei war sich Gerber sicher, daß es die letzten waren, an denen er vor seiner Abreise gearbeitet hatte.

Das allein hätte schon genügt, um ihn zu beunruhigen. Aber in Panik geriet er, als ihm bewußt wurde, welches die zuletzt geöffneten Dokumente waren. Sie stammten alle aus dem »Diesundas«-Dossier und betrafen die EXTERNAG, die BONOTRUST und die UNIFONDA. Jemand hatte den Code geknackt und die Dokumente geöffnet, die die Beteiligungsverhältnisse der EXTERNAG und deren Verbindung zu BONOTRUST und UNIFONDA belegten. Jemand, der sich in Computern auskannte und genau wußte, was er suchte.

Gerber öffnete die Liste der zuletzt geöffneten Programme und gab es auf, nach einer harmlosen Erklärung zu suchen. Das letzte Programm, das benützt wurde, war der Drucker. Der Eindringling hat die Dokumente ausgedruckt.

Jetzt sah er, daß sich auch der Internet-Browser unter den kürzlich benützten Programmen befand. Das war möglich, denn er hatte ihn vor Paris wie jeden Tag benutzt. Aber ein Suchlauf nach allen nach seiner Abreise benutzten Dateien und Programmen beseitigte jegliche Zweifel, daß jemand in seiner Abwesenheit nicht nur in seinem heikelsten Dossier gestöbert, sondern auch den Drucker und das Internet benützt hatte. In der Nacht von vorgestern auf gestern waren zwischen 01:40 und 03:20 320 *cache files* entstanden. Gerber öffnete einige davon. Sie führten ihn alle zu Internetseiten, die mit Drogen zu tun hatten. Die meisten mit psychedelischen Pilzen.

Einen Moment spürte Gerber etwas wie Erleichterung.

Ein Drogensüchtiger war eingebrochen und hatte mit dem Internet gespielt. Er rief Petra Decarli an und bat sie, einen Moment zu ihm zu kommen. Gerber hatte von Blank nicht nur das Büro geerbt.

»Ist eingebrochen worden, als ich nicht hier war, Petra?«

»Eingebrochen?«

»Jemand war an meinem Computer und hat mit dem Internet herumgespielt. Ein paar hundert Webseiten zum Thema Drogen besucht.«

»Bist du sicher?«

»Ganz sicher. Vorgestern, zwischen zwei und vier Uhr nachts.«

»Es wurde aber nicht eingebrochen.«

»Dann war es jemand, der einen Schlüssel hatte.«

»Zu deinem Büro?«

»Vielleicht habe ich vergessen abzuschließen.«

Petra schüttelte den Kopf. »Ich hatte abgeschlossen.«

Sie schauten sich an und hatten beide denselben Gedanken. »Aber das Paßwort? Er kann es nicht kennen, und er versteht nichts von Computern.« Ein weiteres Indiz, dachte er, daß es Blank war. Jemand, der mehr von Computern verstand, hätte nicht so viele Spuren hinterlassen.

Petra Decarli setzte sich in einen Besucherstuhl. »Er besaß einen *hot key*.«

»Was sagst du da?«

»Urs hatte eine Tastenkombination, mit der er das Paßwort umgehen konnte.«

»Und das sagst du mir erst jetzt?«

»Bis jetzt war er tot.«

»Wie lautet die Kombination?«

»Ich weiß nicht. Ich weiß nur, daß er ein paar Tasten niederdrückte, während er aufstartete. Ich weiß nicht welche.«

Gerber war bleich geworden. Blank war nicht tot. Und er wußte von der EXTERNAG.

»Soll ich die Polizei anrufen?« fragte Petra leise.

Gerber überlegte. »Laß mich zuerst mit den Chefs sprechen.«

Die Sonne war untergegangen, aber die Hügel zeichneten sich noch deutlich vor dem taubengrauen Abendhimmel ab. Die Autos auf der Straße, die am See entlangführte, hatten die Scheinwerfer eingeschaltet. Von den Häusern am anderen Ufer blinkten schon ein paar Lichter herauf.

Pius Ott saß mit Christoph Gerber in der Sitzgruppe beim Westkamin, in der er im Frühling mit Urs Blank gesessen hatte. Der Hausdiener hatte einen Servierwagen mit verschiedenen *antipasti* gebracht. Dazu gab es einen *vino da tavola* in einer Designerflasche, den Gerber nicht kannte. Das hatte nicht viel zu bedeuten. Es war noch nicht lange her, daß er es sich leisten konnte, sich für Weine zu interessieren.

Gerber hatte für Ott das karge Protokoll seiner Sondierungsgespräche in Paris mündlich etwas ausgeschmückt. Nach seiner Beurteilung hatte der Gesprächspartner Interesse signalisiert. Pius Ott nahm es zur Kenntnis und schien zufrieden. Aber seine ungeteilte Aufmerksamkeit erhielt Gerber erst, als er ihm von dem geheimnisvollen Besucher erzählte. Die Tatsache, daß dieser die EXTERNAG-Unterlagen hatte, schien ihn weniger zu beschäftigen als die These, daß es sich um Urs Blank handeln könnte.

Er formulierte detaillierte Fragen, die ein erstaunliches Wissen über Computer erkennen ließen. Als Gerber auf die besuchten Webseiten zu sprechen kam, stellte Ott den Teller beiseite, den er die ganze Zeit auf den Knien balanciert hatte, ohne davon gegessen zu haben.

»Drogen?«

»Halluzinogene Pilze, vor allem.«

»Können Sie mir die Liste geben?«

»Es sind über zweihundert Websites«, wandte Gerber ein.

»Können Sie sie mir geben?«

Gerber nickte. Er hatte gelernt, Ott nicht zu widersprechen.

»Wer weiß davon?«

»Nur meine Sekretärin und ich. Aber morgen werde ich meine Vorgesetzten informieren müssen.«

»Dabei würde ich es dann bewenden lassen.«

»Das hatte ich vor.«

»Ich nehme an, das ist auch im Sinn Ihrer Vorgesetzten.«

»Davon gehe ich aus.«

Als Gerber gegangen war, wanderte Ott unruhig vor seiner Trophäenwand auf und ab. Bei einem Löwenschädel blieb er stehen. Die Mähne war stumpf und zerzaust, das halbe Ohr fehlte, und eine Narbe lief diagonal über den Nasenrücken. Auf dem kleinen Messingschild darunter stand: »Oula, 15.1.85, *man-eater.«*

Es war keine besonders schöne Trophäe. Aber es war seine wertvollste. Er war zufällig dazu gekommen. Während einer Jagdsafari in Simbabwe waren sie an einem Dorf vorbeigekommen, in welchem ein Löwe bereits den dritten

Bewohner getötet hatte. Sie befanden sich in einem Schutzgebiet, aber hier handelte es sich um einen *man-eater*.

Drei Nächte und vier Tage jagte er mit seinem *guide* den Löwen. Es war seine aufregendste Jagd gewesen. Er hatte es mit einem Gegner zu tun, der ihm selbst gefährlich werden konnte.

Seither hatte er nie mehr einen solchen Gegner gehabt.

Am nächsten Tag stürzte Fritz Fenner mit seinem Motorrad. Es war kein schlimmer Sturz, aber ein peinlicher. Benziker trieb seine Kühe durchs Dorf und hielt den Verkehr auf. Der Verkehr bestand aus Fenner auf seinem Motorrad und dem Toyota der Schwester von Widmer mit ihren zwei bald erwachsenen Töchtern, die aus der Stadt zu Besuch kamen. Vor der Molkerei schwatzten ein paar Bauern, die ihre Milch gebracht hatten. Weiter oben, auf der anderen Seite der Kuhherde, warteten Widmers vor dem Haus auf ihren Besuch.

Sobald die Straße frei war, gab Fenner Gas und überholte den Toyota. In den frischen Kuhfladen drehte das Rad durch. Das Motorrad rutschte unter ihm weg, und Fenner landete vor dem Toyota im Kuhdreck. Die Bauern vor der Molkerei, Widmers Schwester und die Töchter, Benziker und seine Frau, die Familie Widmer, alle hatten es gesehen. Und die, die es nicht gesehen hatten, lachten mit.

Fenner rappelte sich hoch, richtete das Motorrad auf und versuchte es anzukicken. Fünf Versuche brauchte er, bis der Motor ansprang. Als er endlich losbrauste, hörte er sie klatschen.

Ihr werdet euch noch wundern, dachte er.

Die Stelle, an der nach Blanks Erinnerung Eiben wuchsen, lag ziemlich hoch an einem schattigen, steilen Hang. Der Weg dahin war beschwerlich und nicht ungefährlich. Es war weniger die Absturzgefahr als die Gefahr, gesehen zu werden, die ihm Sorgen machte. Er mußte zwei Weiden überqueren, die nicht zu umgehen waren und auf denen um diese Jahreszeit wieder Rinder weideten. Wo Vieh war, waren Menschen und Hunde nicht weit.

Die erste Weide war kein Problem. Er beobachtete, wie der Hirte mit einem Kleintraktor talwärts fuhr. Aber die zweite machte ihm zu schaffen.

Die Bauernfamilie hatte Besuch aus der Stadt, eine Frau mit ihren zwei jungen Töchtern. Obwohl der Himmel bedeckt war und die Wiese noch feucht vom Regen, hatte man sich den Tag für ein Picknick ausgesucht und schien zum Durchhalten entschlossen, komme, was da wolle.

Blank blieb keine andere Wahl, als zu warten. Sobald die Luft rein war, wollte er die Weide überqueren und den letzten Teil des Aufstiegs zu den Eiben hinter sich bringen.

Er beobachtete, wie die Erwachsenen immer lauter und die Jugend immer gelangweilter wurden. Aber die Erwachsenen hielten durch bis kurz vor fünf. Dann machten sie sich zu Fuß auf den Heimweg. Blank konnte sie noch hören, als er die Eiben schon beinahe erreicht hatte.

Er fand kein Samthäubchen. Aber wenigstens einen Felsvorsprung, auf dem er sich ein einigermaßen bequemes Biwak einrichten konnte.

Meistens streckten Pilze erst am zweiten Tag nach dem Regen ihre Köpfe aus dem Boden. Vielleicht hatte er morgen mehr Glück.

Von der Weide klangen Kuhglocken herauf. Es dunkelte schnell. Über ihm im Gehölz imitierte ein Eichelhäher andere Vogelstimmen. Ein kühler Wind kam auf. Blank kroch in seinen Schlafsack und schloß den Reißverschluß seines Biwaksacks. Er aß Pumpernickel und Salami, Mitbringsel aus der Stadt, die einmal der Mittelpunkt seiner Welt gewesen war.

Am nächsten Morgen suchte er die Umgebung der Eiben sorgfältig ab. Es waren über Nacht keine Samthäubchen gewachsen. Im Licht des frischen Herbstmorgens schrieb er es seiner wiederaufkeimenden Selbstüberschätzung zu, daß er im Ernst hatte annehmen können, er würde auf Anhieb einen fast ausgestorbenen Pilz finden.

Auf der Weide, wo die Familien gepicknickt hatten, war kein Mensch zu sehen. Er überquerte sie unter den neugierigen Blicken der Rinder. Aber als er sich der zweiten näherte, hörte er Stimmen.

Vom Waldrand aus sah er einen Traktor mit einem Viehanhänger. Zwei Männer versuchten, ein Rind aufzuladen. Es sträubte sich und rutschte auf der glitschigen Rampe. Die Männer schoben und zerrten und fluchten. Blank setzte sich und wartete. Keine zwanzig Meter vor ihm am Waldrand stand eine mächtige Fichte. In ihrem Schatten wuchs kein Gras. Der Boden war bedeckt von getrocknetem Kuhmist. Die Rinder hatten dort Schutz vor Sonne und Regen gesucht. Ein guter Platz für Düngerlinge und Mistpilze.

Mit dem Fernglas suchte Blank die Stelle ab. Am Rand des Unterstandes, dort, wo die Erde in die Grasnarbe überging, sah er eine Versammlung kleiner Pilzhütchen.

Die beiden Männer hatten das Rind endlich im Anhänger. Sie klappten die Rampe hoch und stiegen auf den Traktor. Sobald sie außer Sichtweite waren, ging Blank zu den Pilzen.

Keine Samthäubchen, aber immerhin Spitzkegelige Kahlköpfe, dreißig Stück. Blank pflückte alle. Er würde sie brauchen, sobald er einen Bläuling gefunden hatte.

Er überquerte die Weide rasch und verschwand im Schutz des Waldes.

Er erreichte die farnbewachsene Mulde von Nordwesten her. Sobald er von weitem das Tannendickicht erkennen konnte, setzte er das Fernglas an. Das Tännchen stand an der richtigen Stelle.

Blank steckte das Fernglas zurück in die Hülle, die er am Gürtel trug. Vorsichtig setzte er Schritt vor Schritt auf den zerklüfteten, farnüberwachsenen letzten Metern bis zur Dichtung. Ein Geruch, der nicht hierher gehörte, ließ ihn stehenbleiben.

Drei Monate im Wald hatten Blanks Sinne geschärft. Der Wind war günstig. Er hatte ihm die Witterung einer Brissago zugetragen.

Langsam wandte er sich um und ging Schritt um Schritt den Weg zurück, den er gekommen war.

Er hatte den Rand der Mulde schon beinahe erreicht, als eine Stimme »He!« rief.

Blank ging weiter.

»Halt!«

Noch ein paar Meter bis zur Stelle, wo ihn eine Gruppe moosüberzogener Felsblöcke den Blicken entzog.

Eine andere Stimme rief: »Stehenbleiben, Polizei!« Fast gleichzeitig begann ein Hund zu bellen.

Blank ging jetzt rascher. Nach den Felsblöcken begann er auf allen vieren den Hang hinaufzuklettern.

Er kam gut voran. Die Rufe wurden leiser. Aber das Bellen des Hundes schien näher zu kommen.

Auf einem kleinen Absatz legte Blank den Rucksack ab. Mit seiner Taschensäge, einem aufgerollten, gezahnten Stück Drahtseil mit zwei Griffen, sägte er einen Ast von einer Fichte, entfernte das Laub und spitzte ihn mit dem Jagdmesser zu. Mit dieser Lanze stellte er sich an den Rand des Absatzes.

Der Hund kam in Sichtweite. Es war ein deutscher Schäfer. Als er Blank sah, überschlug sich sein Bellen. Er hetzte mit hochgezogenen Lefzen die letzten steilen Meter zum Absatz hinauf. Blank erwartete ihn mit seinem Speer.

Als die Schnauze des Schäferhundes beinahe Blanks Schuhspitze erreicht hatte, stieß er mit aller Kraft zu.

Er hatte erwartet, daß das Bellen in ein Winseln übergehen würde. Aber es hörte augenblicklich auf. Der Speer war unter dem Brustbein eingedrungen und mußte das Herz getroffen haben.

Das Tier rutschte mitsamt dem Speer ein paar Meter den Hang hinunter und verschwand im Streifenfarn, der aus einer Felsspalte wuchs. Blank wartete, bis er wieder zu Atem gekommen war, zog den Rucksack an und setzte den Aufstieg fort.

Weit unten hörte er es pfeifen und »Pascha« rufen.

Ein Zelt, eine Blache, Topfset, Kocher, Teller, Becher, Hose, Unterwäsche, Hemd, Wollmütze, Handschuhe, Seil, Karabinerhaken, Tierführer, Pflanzenführer, Survival-Lexikon, Pilzatlas, verschiedene Vorräte, darunter getrocknete Fleischstücke, Pilze, Salz, Pflanzenfett, Mehl, Zucker, eine Tafel Schokolade, ein Landjäger, vier Seifen, sowie verschiedene selbstgefertigte Gefäße und Gebrauchsgegenstände stellte die Kantonspolizei sicher.

Fritz Fenner half den Beamten, die Fundgegenstände bis nach Rimmeln zu tragen, wo sie ihre Fahrzeuge abgestellt hatten. Der Gefreite Welti, der Hundeführer, blieb zurück. Er wollte warten, bis Pascha zurückkam.

Ida von der Molkerei Rimmeln identifizierte Salz, Pflanzenfett, Mehl, Zucker, Streichhölzer, Batterien und Seifen als bei ihr gekauft und gab eine Beschreibung des Wanderers ab, die mit der von Fenner übereinstimmte.

Unterdessen versammelten sich vor dem Laden ein paar Dorfbewohner. Fritz Fenner erzählte ihnen immer wieder, wie er das Versteck entdeckt und die Polizei informiert habe. Er habe gleich gewußt, daß der Mann ein Verbrecher sei.

Als die Polizisten aus der Molkerei kamen, fragte Benziger: »Warum ist er euch entwischt?«

Der älteste der Polizisten zeigte auf Fritz Fenner. »Weil der da ums Verrecken seine stinkige Brissago rauchen mußte.«

Blank hatte seinen Rhythmus gefunden. Er ging wie ein Automat, immer Richtung Nordosten, meistens bergauf. Er hatte das Gebiet seiner Karte im Maßstab 1:25 000 längst verlassen und mußte sich mit der Landeskarte 1 : 500 000 behelfen. Er wollte den Hügelzug, an dessen Flanke er die letzten Monate verbracht hatte, so rasch wie möglich verlassen. Dazu mußte er ihn überqueren. Laut Karte war er etwa vierzehnhundert Meter hoch. Es gab eine selten befahrene Paßstraße. Sobald er sie gefunden hatte, wollte er ihr im Schutz des Waldes folgen.

Jede Stunde machte er kurz halt. Er trank einen Schluck Wasser. Mittags aß er ein wenig Schwarzbrot und Salami. Neben etwas Salz, Fett, Zucker, Pemmikan und einer Dose Sardinen war es der einzige Proviant, den er nicht im Lager zurückgelassen hatte.

Am Nachmittag begegnete er den ersten Föhren. Immer öfter wurde der Wald durch große Lichtungen unterbrochen, die er auf beschwerlichen Umwegen umgehen mußte.

Es fing schon an zu dämmern, als er einen Motor hörte. Kurze Zeit später lichtete sich der Wald. Blank hatte einen Felsgrat erreicht. Unter ihm lag die Paßstraße. Er faltete die Karte auf. Die Stelle, in der er das Rubliholz vermutete, lag eine gute Autostunde von hier. Mit etwas Glück konnte er sie in drei Tagen erreichen.

Er baute eine Feuerstelle, die die Flammen verbarg, und entfachte ein kleines Feuer. Auf den warmen Steinen legte er die Spitzkegeligen Kahlköpfe, die er am Morgen unter der Wetterfichte gefunden hatte, zum Trocknen aus. Er richtete sich für die Nacht ein und wünschte, er hätte Wollmütze und Handschuhe dabei.

Die Kantonspolizei nahm die Sache nicht sehr wichtig. Es war niemand ausgebrochen, es wurde niemand gesucht, der Mann hatte nichts verbrochen, und im Wald übernachten war nicht verboten.

Der einzige, der die Sache nicht auf die leichte Schulter nahm, war der Polizeigefreite Welti, der Hundeführer, den man von der Stadtpolizei angefordert hatte. Er wartete, bis es dunkel wurde, auf Pascha und ging am nächsten Tag mit zwei Kollegen und ihren Schäferhunden zu dem versteckten Lager zurück. Die Hunde nahmen dort, wo das Zelt gestanden hatte, Witterung auf und fanden rasch die Fährte des Mannes. Keine Stunde später entdeckten sie den Felsspalt, in dem Pascha lag.

»Dich krieg ich, du Schwein«, murmelte Welti, als sie den Kadaver mit Erde, Farn und Fichtenästen zudeckten. Die Kollegen klopften ihm auf die Schultern. Welti hatte Tränen in den Augen.

Der Polizeigefreite Welti war es, der dafür sorgte, daß am Kochgeschirr und an den Büchern Fingerabdrücke gesichert wurden.

Er war es auch, der im Pilzatlas die handschriftliche Randbemerkung »Pius Otts Scherzpilz!« fand.

Pius Ott war den ganzen Tag mit einer seiner Dachsbracken auf Pirsch gewesen. Er war schon seit ein paar Wochen hinter einem Dreistangenbock her, der gut in seine Sammlung abnormer Trophäen gepaßt hätte.

Er hatte sich bereits damit abgefunden, auch diesmal mit leeren Händen nach Hause zu kommen, und war schon auf dem Rückweg, als er ihn am Rand einer kleinen Lichtung sah. Der Wind war gut, der Bock hatte ihn nicht bemerkt. Er äste ruhig. Ganz deutlich waren seine drei Stangen auszumachen.

Ott entsicherte seine Repetierbüchse und schlug an. Das Büchsenlicht war schwach, aber die Entfernung betrug nur etwa hundert Meter, und seine modernen Teilmantelpatronen entwickelten einen Gasdruck von gut dreitausend bar. Er war ein sicherer Schütze. Blattschüsse auf über zweihundert Meter Distanz waren bei ihm keine Seltenheit.

Er sah den Bock im Zielfernrohr, suchte das Blatt, faßte den Druckpunkt und schoß.

Der Bock brach wie vom Blitz getroffen zusammen. Ott stieß einen leisen Fluch aus. So reagierte Wild, das gekrellt war. Er mußte damit rechnen, daß er den Bock nur ganz oben an einem Dornfortsatz der Wirbelsäule getroffen und betäubt hatte. »Fuß«, befahl er seiner Bracke und ging langsam auf den Anschuß zu.

Er hatte kaum die halbe Distanz zurückgelegt, als der Rehbock aufsprang. Ott war auf einen Fangschuß vorbereitet, aber das Tier war zu nahe an der Deckung. Bevor er zum Schuß kam, war es im Unterholz verschwunden. Diesmal stieß Ott einen lauten Fluch aus.

Am Anschuß kniete er nieder und untersuchte den Boden. Er fand ein Haarbüschel mit etwas Haut. Aus der Farbe der Haare zu schließen, stammten sie vom Rücken. Tatsächlich: ein Krellschuß. Wie ein Anfänger.

Ott brach einen Zweig von einer Tanne und markierte den Anschuß mit einem Bruchzeichen. Es war zu spät für eine Nachsuche. Er würde am nächsten Tag in der Frühe zurückkommen.

In seinem Dodge Adventure Pickup auf der Fahrt nach Hause hörte er die Nachrichten ab, die ihm seine Sekretärin auf die Combox gesprochen hatte. Die einzige, die sein Interesse weckte, betraf einen Stadtpolizisten namens Welti, der um einen Rückruf bat. Ott stellte die Nummer ein.

Es ging um eine handschriftliche Notiz mit seinem Namen. In einem Pilzatlas, der unter seltsamen Umständen gefunden worden war. Der Polizist bat ihn, sie sich anzuschauen. Vielleicht konnte er die Handschrift identifizieren.

»Eilt das, Herr Welti?« fragte Ott.

»Bei uns eilt alles.«

»Dann muß es jetzt gleich sein. Morgen bin ich den ganzen Tag ausgebucht.«

Gegen neunzehn Uhr traf Ott in voller Jagdkleidung bei der Hauptwache der Stadtpolizei ein. Er wurde in einen Warteraum voller Leute geführt und nach zwei Minuten von Welti abgeholt. »Prima Verkleidung«, sagte einer der Wartenden, als die beiden draußen waren. Ein paar lachten.

Welti führte Ott in einen Verhörraum und zeigte ihm die Notiz. »Pius Otts Scherzpilz!«

»Kennen Sie die Handschrift?«

Ott schüttelte den Kopf.

»Wissen Sie, was es bedeutet?«

»Keine Ahnung. Wo haben Sie das her?«

Während Welti die Umstände des Fundes schilderte, blätterte Ott beiläufig im Atlas. Es gab mehrere Stellen mit Unterstreichungen und Notizen. Alle in der sachlichen Akademikerschrift von jemandem, der viel Übung darin besaß, sich Wissen aus Büchern anzueignen. Keine war so wütend hingesudelt wie »Pius Otts Scherzpilz!«

»Haben Sie ihn gesehen?« fragte Ott, während er weiter-
blätterte.

»Ich nicht, aber ein Kollege. Schlank, mittelgroß, mittel-
langes dunkles Haar, graumelierter Bart.«

Ott stieß auf eine Seite, auf der etwas mit rotem Kugelschreiber unterstrichen war. Es war das erste Mal, daß roter
Kugelschreiber vorkam. Die Unterstreichung war mehrfach
und so stark, daß der Abdruck der drei Striche auf der nächsten Seite zu sehen war. Der Pilz hieß Safrangelbes Samthäubchen, *conocybe caesia*. Die so aufgeregt unterstrichene
Stelle lautete »unter Eiben«. Ott merkte sich den Namen
und blätterte weiter.

»Und was hat der Mann ausgefressen, außer im Wald zu
kampieren?« erkundigte sich Ott.

»Wir wissen es nicht. Aber einer, der Hunde aufspießt,
hat kein reines Gewissen.«

»Ihr Hund?«

Welti nickte. »Pascha.«

Ott versprach sich zu melden, falls ihm etwas einfiel.

Kurz nach Tagesanbruch war Ott auf dem Anschuß. Es war
ein grauer Morgen. Es sah nach Regen aus. Er schnallte die
Dachsbracke an den langen Schweißriemen, ließ sie Witterung aufnehmen und befahl: »Such verwundet!«

Mit tiefer Nase begann die Bracke die Spur auszuarbei-
ten. Normalerweise liebte Ott die Nachsuche. Er verkör-
perte dann die Unausweichlichkeit des Schicksals. Es gab
kein Entkommen vor ihm. Nur die Wahl zwischen schon
gestorben sein oder noch getötet werden.

Aber diesmal war er nicht bei der Sache. Der Gedanke an

Urs Blank, der ihn fast die ganze Nacht wachgehalten hatte, ließ ihn auch jetzt nicht los.

Blank versteckte sich also im Wald. Er war so überlebenstüchtig, daß er jagen und Fleisch konservieren und Pilze trocknen konnte. Er besaß die Instinkte und die Kondition, Polizisten zu entkommen, und die Kaltblütigkeit, Polizeihunde abzustechen.

In irgendeinem dieser Wälder lebte ein Mann, der offiziell als tot galt. Und er, Pius Ott, war der einzige, der das wußte.

Die Dachsbracke zog am Riemen. Ott beschleunigte sein Tempo. Schließlich blieb sie stehen und verbellte etwas. Er ging auf die Stelle zu.

Der Dreistangenbock versuchte sich von seinem Wundbett aufzurichten. Aber die Hinterläufe gehorchten ihm nicht.

Pius Ott war kein Freund des Fangschusses im Wundbett. Er zog die persönlichere Methode vor. Er klappte das Jagdmesser auf, beugte sich zum Bock und stieß ihm die Klinge seitlich zwischen die Rippen auf die Lungen.

Er wartete, bis der Bock verendet war. Dann legte er ihn auf den Rücken und machte sich an die rote Arbeit.

Kurz darauf war die Luftröhre freigelegt und über dem Kehlkopf durchgetrennt, der Schlund verknotet, Hodensack und Penis abgeschärft, der Bock aufgebrochen und versorgt.

Er brach einen kleinen Fichtenzweig, benetzte ihn mit ein wenig Blut vom Krellschuß und steckte ihn an den Hut. Einen größeren Bruch heftete er dem Hund ans Halsband, als Dank für die erfolgreiche Nachsuche. Einen dritten

Bruch steckte er dem Dreistangenbock als letzten Bissen in den Äser.

Pius Ott war ein weidgerechter Jäger.

Die Buchhandlung Harder war ein kleines Geschäft, spezialisiert auf Natur und Garten. Sie lag in einem Altstadthaus im Zentrum. Der turmähnliche Erker an seiner Fassade lieferte das Motiv zum Firmensignet, das der Gefreite Welti im Buchdeckel des Pilzatlas gefunden hatte.

Mit diesem unter dem Arm betrat er jetzt den Laden.

Diese Art von Ermittlungen gehörte eigentlich nicht zur Arbeit eines Hundeführers. Er hatte weder die Erfahrung noch, wenn er ehrlich war, die Legitimation dazu. Er hatte sich erhofft, das Gespräch mit Pius Ott würde weitere Nachforschungen nach der Identität des Waldmenschen erübrigen. Pech gehabt. Zwar war er nicht sicher, ob Ott die Wahrheit gesagt hatte. Aber er hatte nicht nachhaken können. Er hatte froh sein müssen, daß Ott ihm überhaupt Auskunft gab. Der Mann war Multimillionär.

Zum Glück war Harder keine politische Buchhandlung. Die Spezialisierung auf Natur und Garten ließ ihn auf ein entspanntes Verhältnis zur Obrigkeit hoffen.

Der ältere Herr, der ihn empfing, schien diese Hoffnung zu bestätigen. Er warf einen flüchtigen Blick auf Weltis Ausweis und führte ihn in einen winzigen Raum hinter der Kasse. Ein Tisch und zwei Stühle, auf denen sich Bücher stapelten. Eine Kaffeemaschine, in der ein Rest Kaffee einen Geruch nach Verbranntem verbreitete.

Der ältere Herr stellte sich als Meinrad Harder junior vor. Welti zeigte ihm den Pilzatlas und das Signet der Buchhandlung Harder. »Können Sie feststellen, wem Sie das verkauft haben?«

Harder junior runzelte die Stirn. »Warten Sie einen Moment.« Er ging hinaus und kam kurz darauf mit dem gleichen Atlas zurück. Er entnahm ihm eine Karte, auf der fein säuberlich und mit Datumsstempel die Ausgänge des Werks verzeichnet waren. »Der Atlas wurde dieses Jahr elfmal verkauft. Nur falls er auf Rechnung ging oder mit Kreditkarte bezahlt wurde, kann ich feststellen, von wem.«

»Können Sie das prüfen?«

»Eilt es?«

Welti nickte.

»Dann versuche ich es noch diese Woche zu tun.«

Das war zwar nicht gerade, was sich Welti unter einer speditiven Bearbeitung seines Anliegens vorgestellt hatte. Aber er bedankte sich, gab Harder junior seine Telefonnummer und verabschiedete sich.

Unter den glasigen Blicken seiner Trophäen saß Pius Ott vor dem Bildschirm eines PCs und surfte im World Wide Web. Er gab den Suchbegriff *»conocybe caesia«* ein, den Namen des Pilzes, den Blank so heftig unterstrichen hatte.

Die Suchmaschine lieferte ihm eine Liste von zwölf Links. Er verglich sie mit der Liste der Sites, die der nächtliche Eindringling an Christoph Gerbers Computer besucht hatte. Eine stimmte überein.

Ott klickte sie an. Nach einer Weile hatte der PC eine Liste häufig gestellter Fragen zum Thema psychoaktive Pilze geladen. Der *conocybe caesia* wurde in der Antwort auf die

Frage erwähnt: »Gibt es eine Alternative zu Harmala-Samen?« Soviel Ott aus der Antwort schließen konnte, enthielt der Pilz MAOHS.

Er tippte den Suchbegriff MAOH ein. Eine lange Liste erschien auf dem Bildschirm. Ott begriff rasch, daß es sich um einen Wirkstoff handelte, der unter anderem die Wirkung von Psilocybin verstärkte.

Blank war also auf der Suche nach einem Pilz, der die Wirkung psychoaktiver Pilze verstärkte. Hatte er ein Drogenproblem? War er deswegen im Eschengut gewesen?

Der Wald, durch den Blank ging, bot wenig Deckung. Er bestand aus in Reih und Glied gepflanzten Fichten, zwischen denen man genug Platz für schwere Holzerntemaschinen gelassen hatte. Alle paar hundert Meter traf er auf einen der Forstwege, die den Wald in kleine, gut zugängliche Portionen zerschnitten. Der Gesang der Vögel wurde übertönt von der Brandung der Autobahn.

Er hatte sich getäuscht, als er dachte, er könnte das Rubliholz in vier Tagen erreichen. Heute war der fünfte Tag, und er würde bestimmt noch einen weiteren benötigen.

Immer öfter auf seinem Weg in den Nordosten war er auf unbewaldete Flächen gestoßen, die ihm zu groß oder zu belebt waren, um sie bei Tageslicht zu überqueren. Er hatte sie entweder umgangen oder gewartet, bis es dunkel wurde.

Einmal war er in die Manöverübung einer Rekrutenschule geraten und mußte sich beinahe acht Stunden in einer flachen Mulde versteckt halten.

Und jetzt versuchte er schon seit einer Stunde, die Autobahn zu überqueren.

Die Nahrungssuche hatte ihn auch Zeit gekostet. Er mußte seine knappen Vorräte schonen und war gezwungen, in diesen übernutzten Wäldern Pilze zu finden. Auf einem frisch abgeernteten Rübenfeld hatte er Reste von Zuckerrüben gefunden, die er zu Brei kochte.

Immer häufiger ließ es sich nicht verhindern, daß er Menschen begegnete, Waldarbeitern, Spaziergängern, Bauern. Er grüßte sie wie ein Sonntagswanderer, und sein Haß auf sie wuchs mit jedem Mal.

Endlich sah er durch die Stämme eine Fußgängerüberführung. Als er sich der Rampe näherte, bemerkte er, daß ein älterer Mann darauf stand. Er lehnte am Geländer und starrte auf die Autos, die unter ihm durchbrausten.

Blank legte den Rucksack ab und setzte sich hinter einen Holzstoß.

Nach einer Viertelstunde stand der Mann immer noch am Geländer. Blank gab ihm noch zehn Minuten.

Eine weitere Viertelstunde später hatte sich der Mann noch immer nicht vom Fleck gerührt. Blank zog den Rucksack an und ging die Rampe hinauf.

Als Blank näher kam, sah er, daß der Alte etwas in der Hand hielt, auf das er jedes Mal drückte, wenn ein Auto vorbeirauschte. Der Mann zählte Autos.

Blank hatte ihn fast erreicht. Er starrte auf die Autobahn hinunter und bewegte, jedes Mal wenn er auf den Zähler drückte, seine Lippen.

Blank ging an ihm vorbei. Der Mann wandte den Blick nicht von der Autobahn.

Blank hätte ihn hinuntergestoßen, wenn er den Mund aufgemacht hätte.

17

Samstage im Oktober bedeuteten Hochsaison für den amtlichen Pilzkontrolleur. Theo Huber stand an seinem kleinen Stand am Rand des Gemüsemarktes und sortierte die Pilze, die ihm die Leute brachten. Die Guten blieben auf dem Tisch und die Ungenießbaren kamen in einen Abfallkübel. Für die Giftigen hatte er einen Eimer, der schwarz gestrichen und mit einem Totenkopf versehen war. Heute enthielt dieser bereits drei Satansröhrlinge, die jemand für Steinpilze gehalten hatte. Sie verursachten starke Magen- und Darmbeschwerden, aber tödlich waren sie nicht. Ganz im Gegensatz zu den sechs Nadelholzhäublingen, die genügt hätten, um eine ganze Familie auszulöschen.

»Leute«, sagte er immer wieder, »wer Stockschwämmchen nicht von Nadelholzhäublingen unterscheiden kann, sollte die Finger von ihnen lassen.«

Theo Huber hatte Freude an seiner Aufgabe. Er versuchte den Leuten etwas beizubringen über Pilze und den Umgang mit ihnen. »Ein Semmelstoppelpilz. Den jungen hier können Sie essen, aber dieser alte schmeckt bitter«, erklärte er. Oder: »Der Reifpilz, auch ›Zigeuner‹ genannt. Schmeckt sehr gut, ist aber stark mit Cadmium und seit Tschernobyl mit Cäsium belastet.« Oder: »Ein Grünling! Galt früher als eßbar, aber heute ist man sich nicht mehr so sicher. Lassen

Sie lieber die Finger davon.« Oder: »Lachsreizker. Braten, nicht dünsten. Ein wenig Butter, Salz, Pfeffer, fertig.« Oder: »Nicht erschrecken, der Kupferrote Gelbfuß wird beim Kochen violett. Schmeckt trotzdem ausgezeichnet.«

Einige der Pilzsammler, die zu ihm kamen, waren langjährige Stammkunden. Sie benützten die Kontrolle nur als Vorwand, um ein wenig mit ihm zu fachsimpeln. Er war einer der besten Pilzkenner im Land.

Gegen Mittag kamen kaum noch Kunden. Die meisten wußten, daß er um zwölf Uhr Schluß machte. Er hatte die Ausschußpilze schon in den Abfallcontainer gekippt, die Eimer am Brunnen ausgewaschen und Schirm und Markttisch zusammengeklappt. Gerade wollte er alles ins Amtshaus hinübertragen, als ihn ein hagerer, weißhaariger Mann ansprach.

»Wissen Sie, wo man das Safrangelbe Samthäubchen findet?«

»Das ist kein Speisepilz.«

»Ich interessiere mich für die chemische Zusammensetzung.«

»Sind Sie in der Forschung?« Es war nicht das erste Mal, daß sich jemand nach dem Safrangelben Samthäubchen erkundigte. Es enthielt Stoffe, für die sich die Wissenschaft interessierte. Und auch die wachsende Gemeinde von jugendlichen Drogenpilzliebhabern.

Der Mann sah eher aus, als gehörte er der ersten Kategorie an. »Man hat mir gesagt, wenn es einen gibt, der mir weiterhelfen kann, sind Sie es.«

Theo Huber war nicht eitel, aber er wußte ein Kompliment zu schätzen. »Der *conocybe caesia* ist praktisch ausgestorben. Und wissen Sie warum? Er lebt in Partnerschaft mit der Eibe, die wir auch langsam, aber sicher ausrotten.«

Der Wissenschaftler war interessiert, und so holte Huber etwas aus. Die Eibe sei wegen ihrer Elastizität für Bogen und Armbrüste sehr gesucht gewesen und schon im Mittelalter vielerorts ausgerottet worden. Und die, die überlebten, hätten dran glauben müssen, weil sie für Pferde giftig seien. Und den paar, die auch das überstanden hätten, werde vom überhöhten Wildbestand der Garaus gemacht.

Vor allem der letzte Punkt schien den Mann zu interessieren. Er half ihm, die Sachen im Abstellraum des Amtshauses zu verstauen, und lud ihn in der Alten Marktstube zu einem Kaffee ein. Theo Huber nahm ein Bier.

Eine Weile diskutierten sie über den Waldschädling Nummer eins, das Wild. Ein Thema, von dem der Wissenschaftler viel verstand. Beim zweiten Bier kamen sie wieder auf das Safrangelbe Samthäubchen zu sprechen. »Hut und Stiel beginnen sich gleich nach dem Pflücken blau zu verfärben«, dozierte der Pilzkontrolleur.

»Wissen Sie, wo es noch welche gibt?«

»Dort, wo es noch Eiben gibt.«

»Zum Beispiel?«

»Ich sage es nicht gerne. Aber unter Männern der Wissenschaft: Das letzte, das mir in die Finger kam, stammte aus dem Rubliholz. Aber das ist bestimmt vier Jahre her.«

Beim dritten Bier beschrieb ihm Theo Huber den Weg.

Meinrad Harder junior hatte Wort gehalten. Er hatte die Verkäufe des Pilzatlasses noch in derselben Woche überprüft. Für Buchhändler dauerte die Woche bis zum Samstagnachmittag. Falls sie für Polizisten nur bis zum Freitag dauerte, hatte der Gefreite Welti eben Pech gehabt.

Aber Welti hatte Dienst. Er meldete sich nach ein paar Minuten Wartemusik.

»Elfmal wurde bar bezahlt, aber von drei Kunden weiß ich, wer sie sind.«

Er diktierte Welti Namen und Adressen. Eine alte Stammkundin mit Monatsrechnung, ein Lehrer, der den Atlas über das Schulsekretariat bezogen hatte, ein Anwalt, der per Kreditkarte bezahlt hatte. »Er hat in dieser Zeit regelmäßig für hohe Beträge Bücher über Tier- und Pflanzenkunde gekauft. Aber er wird Ihnen nicht weiterhelfen können. Er ist im Juli im Gründelsee ertrunken.«

Rolf Blaser war ein guter Polizist, aber kein besonders ordnungsliebender. Sein Büro wirkte nur aufgeräumt, wenn die Aktenschränke geschlossen waren. Wenn er ihre Rollos hochschob, kam ein Chaos aus Akten, Altpapier, Müll und Asservaten zu Tage, in dem selbst er sich nur mit Mühe auskannte.

Vor einem dieser Rollschränke stand er jetzt und suchte nach der Akte »Gasser«.

Ein Kollege von der Stadtpolizei hatte ihn angerufen. Er hatte die alte Geschichte des Selbstmords des Verdächtigen Blank wieder aufgewärmt. Ein Pilzbuch aus dessen Besitz war im Versteck eines Mannes gefunden worden, der offenbar im Wald lebte. Der Mann war flüchtig. Der Kollege vermutete, es handle sich um Urs Blank. Er hatte in der Akte den Hinweis gefunden, daß Blaser den Mann zu einer Brandsache mit Todesfolge vernehmen wollte. Ein Umstand, der damals als mögliches Motiv für den Selbstmord in Frage gekommen war.

Der Gefreite Welti hatte vorgeschlagen, ihn im Büro aufzusuchen. Blaser hatte nichts dagegen. »Wann Sie wollen«, hatte er gesagt.

»In diesem Fall in einer Stunde«, hatte Welti geantwortet. Jetzt suchte Blaser die Akte.

Er fand sie kurz vor Weltis Eintreffen an einem Ort, wo er nicht gesucht hatte, weil er ganz sicher war, daß sie dort unmöglich sein konnte: Zwischen einer Zeitung, die er aus einem Grund aufbewahrt hatte, an den er sich nicht mehr erinnerte, und einer grauen Strickjacke, die er früher in den Übergangsmonaten im Büro trug, bevor die neue Heizung installiert wurde.

Der Polizeigefreite Welti war Mitte dreißig, ein hellhäutiger, kräftiger Mann mit roten Händen und nicht viel mehr Haaren als Blaser. Nicht unsympathisch. Er schilderte ihm die flüchtige Begegnung mit dem mutmaßlichen Blank und beschrieb das Lager in allen Details. Er erklärte, nicht ohne Stolz, wie er auf Blanks Namen gestoßen war. Blasers Frage, warum er sich für die Sache so engagiere, kam er mit der Schilderung von Paschas traurigem Ende zuvor.

Als Welti ihm den Pilzatlas mit der Inschrift zeigte, bemerkte Blaser: »Ja, mit Pilzen hatte es der.« Er erzählte ihm von Joe Gassers magischen Pilzzirkeln, an denen Blank teilgenommen hatte. Und davon, daß kurz vor dem Brand des Fichtenhofs vermutlich Blanks Jaguar dort gesehen worden war.

Sie aßen in der Sonne, dem besseren der beiden Landgasthöfe, die für die Bewirtung eines auswärtigen Besuchers in Frage kamen. Beim Kaffee zeigte Blaser auf Blanks Pilz-atlas. »Was ist mit Fingerabdrücken, Paul?« Blaser hatte Welti beim Dreier Beaujolais, den sie sich geteilt hatten, das Du angeboten.

»Jede Menge. Aber ob sie von Blank sind, weiß ich nicht. Er ist in keiner Kartei.«

»Warum fragst du nicht in seinem Büro, ob ein Team vor-beikommen darf?«

»Mit welcher Begründung?«

»Ob Blank noch lebt oder nicht, dürfte die auch inter-essieren.«

Blaser griff sich den Atlas und begann darin zu blättern. »Was waren das für Pilze, die man unter seinen Vorräten ge-funden hat?«

»Getrocknete.«

»Ich würde sie bestimmen lassen. Wäre interessant zu wissen, ob Drogenpilze darunter sind.«

»Verstehe.«

»Und wenn du schon dabei bist: Erkundige dich doch nach dem da.« Blaser zeigte auf das Safrangelbe Samthäub-chen, dessen Standort Blank mit rotem Kugelschreiber un-terstrichen hatte.

Welti machte sich eine Notiz. Blaser war Detektivwacht-meister und Welti Polizeigefreiter. Obwohl ihr Treffen in-formell war und sie verschiedenen Polizeikorps angehörten, funktionierte die Hierarchie.

In einem feuchten Tobel, keine zwanzig Kilometer vom Gasthof Sonne entfernt, lehnte der Mann, von dem Blaser und Welti sprachen, am Stamm einer umgestürzten Buche.

Sechs Tage waren es her, daß er mit knapper Not Pascha und den Polizisten entkommen war. Er war bestimmt über zweihundert Kilometer gewandert, geklettert, geirrt, gerannt und geschlichen, um eine Distanz von vielleicht hundert Kilometer Luftlinie zurückzulegen. Je näher er seinem Ziel kam, desto mehr strengte er sich an, von niemandem gesehen zu werden. Das letzte Stück hatte er in der Nacht zurückgelegt. Der Mond war fast voll, und der Herbstwind hatte die Wolkendecke immer wieder aufgerissen und etwas Helligkeit zwischen die sich schon lichtenden Buchenkronen gebracht.

Blank besaß nur eine sehr ungefähre Vorstellung davon, wo das Rubliholz lag. Aber im ersten Licht des Tages hatte er auf einem Wegweiser das Wort »Rublifluh« entziffert. In diese Richtung war er gegangen, bis zu einer schmalen Brücke aus rohen Stämmen. Dort hatte er den Weg verlassen und war dem Tobel gefolgt, aus dem der Bach kam. Er glaubte sich zu erinnern, daß Eiben an steilen Mergelhängen wuchsen.

Das Tobel wurde immer enger. Von beiden Seiten des Baches stieg es steil an. Blank kam nur mühsam voran an der Böschung, die keinen Halt bot und glitschig war vom bleichen Buchenlaub des letzten Herbstes.

Auf einmal sah er weit oben zwischen den Stämmen eine Gruppe Eiben. Fast schwarz hoben sie sich vom Hintergrund aus Buchenlaub ab, das sich schon gelbgrün zu verfärben begann. Blank lehnte sich an den Stamm einer umgestürzten Buche und sammelte seine Kräfte für den Aufstieg.

Er war außer Atem, als er eine halbe Stunde später die

Eiben erreichte. Jetzt spürte er, wie sehr ihn der lange Marsch und die karge Ernährung geschwächt hatten. Er trank etwas Wasser aus der Feldflasche und aß die Hälfte seines zweitletzten Pemmikans. Danach band er den Rucksack an einer Buche fest und begann systematisch das Laub- und Nadelstreu abzusuchen.

Die Eiben rochen nach seiner Kindheit. Im Garten eines Schulfreundes hatte, umgeben von Ligustersträuchern, ein Grüppchen gestanden. Ihre Nadeln waren grün wie die Einmachgläser im Keller und ihre giftigen schleimigen Beeren rot wie der Himbeersirup, mit dem sie an den Sommernachmittagen ihren Durst löschten. Im Halbdunkel der kühlen Höhle, die das niedrige Astwerk der Bäume bildete, hatten sie die ersten Mutmaßungen über die Anatomie des anderen Geschlechts angestellt.

Die Eiben, die sich an diesem steilen Hang unter die Buchen duckten, kamen ihm nicht weniger ernst und geheimnisvoll vor als damals. Sie wuchsen vereinzelt oder in kleinen Grüppchen zwischen Mehlbeeren, Bergahorn, Alpenheckenkirschen und Wolligem Schneeball.

Blank suchte sie ab bis zur Stelle, wo der Hangwald an eine Felswand anstieß. Dort kehrte er um und suchte die Eiben auf der anderen Seite des Tobels ab. Er stieß auf eine Stelle, an der das Felsband, das das Tobel gegen Süden abschloß, unterhöhlt war. Die Erosion hatte die Sandsteinschicht bis auf die Nagelfluh abgetragen. So war eine Höhle entstanden von etwa fünf Metern Breite und höchstens zwei Metern Tiefe. An ihrem westlichen Ende bildete ein Fels eine Terrasse von vielleicht fünf Quadratmetern. Das östliche Ende lag im Schutz einer Eibengruppe. Die ganze Öffnung war verhangen von den Wurzeln einer Gruppe krummer Fichten, die auf dem Felsband kümmerten.

Blank untersuchte die Höhle. Er fand Federn und Knochen, die wohl ein Fuchs vor langer Zeit zurückgelassen hatte. Menschliche Spuren fand er nicht.

Er machte sich auf den beschwerlichen Weg zur gegenüberliegenden Tobelseite, um seinen Rucksack zu holen. Bei jeder Eibe suchte er den Waldboden ab. Er fand kein Samthäubchen, aber eine ganze Gruppe Riesenschirmlinge, deren schmackhafte Hüte sich wie Schnitzel braten ließen. So hielt sich seine Enttäuschung in Grenzen.

Der Anwaltskanzlei Geiger, von Berg, Minder & Blank kam die Anfrage der Polizei sehr ungelegen. Aber man versprach, sie auf der Partnersitzung zu besprechen. Von Berg, dem der Anruf des Polizisten durchgegeben worden war, rief die Partner zum nächstmöglichen Termin zusammen. In Anbetracht der Brisanz der Situation erweiterte er den Teilnehmerkreis um die Komplizen Gerber und Ott.

»Die Polizei vermutet, daß Blank noch lebt und sich die ganze Zeit im Wald versteckt gehalten hat. Sie haben in seinem mutmaßlichen Versteck Fingerabdrücke gesichert und fragen uns, ob sie in seinem ehemaligen Büro nach Vergleichsabdrücken suchen dürfen.«

Nur Pius Otts Schrecken war gespielt.

»Ich kann mit Gubler sprechen«, schlug Geiger vor. Er kannte den Polizeikommandanten vom Militär.

Minder schüttelte den Kopf. »Wir können doch nichts dagegen haben, daß die Polizei herausfinden will, ob unser Partner noch lebt.«

»Und wenn sie ihn finden?« fragte Gerber aufgeregt. Er sah schon das Ende seiner Karriere, noch bevor sie begonnen hatte.

»Das wäre allerdings peinlich«, gab von Berg zu.

»Machen wir uns nichts vor«, sagte Geiger. »Wenn er sich die EXTERNAG-Unterlagen geholt hat, dann führt er auch etwas im Schild. Sie dürfen ihn unter keinen Umständen finden.«

»Man wird ihn nicht finden.« Bis jetzt hatte Ott nur zugehört.

»Was macht dich so sicher?« fragte Geiger.

»Mein Gefühl.«

»Ich hoffe, man kann sich auf dein Gefühl verlassen«, stöhnte Geiger.

»Normalerweise schon.«

Christoph Gerber wurde angewiesen, der Polizei sein Büro zugänglich zu machen.

Ein einziger Beamter kam am nächsten Tag vorbei. Ein bleicher, grobporiger Mann kurz vor der Pensionierung, der das Büro mit seiner Ausdünstung aus Schweiß und Magensäure füllte. Gerber floh in immer kürzeren Abständen ins Vorzimmer, um Petra Decarlis Parfum zu atmen.

Einmal, als er zurückkam, machte sich der Beamte am Drucker zu schaffen. »Nicht nötig, den haben wir erst nach Doktor Blanks Verschwinden angeschafft.«

Der Beamte löste die Abdrücke, die er schon sichtbar gemacht hatte, trotzdem ab. Bei zwei davon hätte er nämlich schwören können, die diagonale Daumennarbe schon einmal gesehen zu haben – beim Vergleichsabdruck.

Theo Huber lebte seit bald zwanzig Jahren allein in einem Reiheneinfamilienhaus. Seine Frau hatte ihn damals vor die Wahl gestellt: sie oder die Pilze, und er hatte sich für die Pilze entschieden.

An den Tagen, an denen er nicht auf dem Markt Dienst hatte oder für den Handel Pilze kontrollierte, arbeitete er an seinem Pilzführer. Das war ein Langzeitprojekt, er war im zwölften Jahr und noch nicht einmal bei der Hälfte. Er hatte schon früher Pilzführer herausgegeben, aber diesmal ritt ihn der Ehrgeiz, möglichst alle Fotos und Illustrationen selbst zu liefern. Deshalb verbrachte er um diese Jahreszeit die meiste freie Zeit im Wald. Wenn er nach Einbruch der Dunkelheit nach Hause kam, war er müde.

Er war nicht erfreut, einen Polizisten in seinem Vorgarten zu sehen. »Geht das nicht zu einer normalen Zeit?« erkundigte er sich.

Es mußte gereizt geklungen haben, denn der Polizist wurde sofort angriffslustig. »Wissen Sie, wie lange ich das schon versuche?«

Huber führte ihn in die Küche und kontrollierte die Pilze, die Welti gebracht hatte, im Licht der Lampe über dem Küchentisch. Sie waren getrocknet, aber das war kein Problem für ihn. »Filziger Gelbfuß, Perlpilz, Pfifferling, Steinpilz.« Bei der fünften Sorte wurde er stutzig. »Was haben wir denn da?« Er hielt einen Pilz gegen die Glühbirne und lächelte. »Ein Zwergenmützchen. *Psilocybe semilanceata* oder Spitzkegeliger Kahlkopf. Ein sehr beliebtes Drogenpilzchen.«

Der Polizeigefreite Welti machte den Fehler zu fragen: »Sind Sie sicher?« Das kostete ihn eine halbe Stunde, in der ihm der amtliche Pilzkontrolleur einen kleinen Einblick in sein breites Wissen gewährte.

Er verstummte erst, als es Welti gelang, die Frage nach dem Safrangelben Samthäubchen dazwischenzuwerfen. »Schon wieder«, bemerkte er nach einer kurzen Pause. »Je seltener, desto beliebter. Zuerst die Drogenszene, dann die Wissenschaft und jetzt die Polizei.«

»Die Wissenschaft?«

»Vor ein paar Tagen hat sich ein Forscher danach erkundigt.«

»Wie heißt er?«

»Hat er nicht gesagt.«

»Können Sie ihn beschreiben?«

Huber überlegte. »Etwa sechzig, eher klein, dünn, weißes kurzes Haar.«

Welti notierte sich die Beschreibung.

Alfred Wenger erinnerte sich sehr genau an den Anruf des Polizisten. Aber das brauchte der ja nicht zu wissen. »Es gab viele Anrufe der Behörden im Zusammenhang mit Doktor Blank«, entschuldigte er sich, als er ihn in sein Sprechzimmer führte. Es war sieben. Sie hatten sich auf sechs Uhr verabredet. Blaser hatte eine halbe Stunde warten müssen, bis der letzte Patient gegangen war.

»Wann hatten Sie das letzte Mal Kontakt mit ihm?«

»Ein paar Tage vor seinem Verschwinden. Weshalb fragen Sie?«

»Wir haben gewisse Anhaltspunkte, daß er noch lebt.«

Wengers Überraschung schien echt. »Was für Anhaltspunkte?«

Blaser klärte ihn auf, so weit er es für angemessen hielt. Dann öffnete er seine Mappe, die aussah, als wäre sie noch nie benützt worden, nahm den Pilzatlas heraus und zeigte ihm die Stelle.

Wenger nickte. »Pius Otts Scherzpilz. Das hat Urs geschrieben.« Er entschied, daß diese Anekdote nicht unter das Arztgeheimnis fiel, und erzählte, was es damit für eine Bewandtnis hatte.

»Und wie hat Blank darauf reagiert?« erkundigte sich Blaser, als Wenger geendet hatte.

»Er schlug ihm eins auf die Nase.«

»Kann ich verstehen«, sagte Blaser. Er suchte in der Mappe und brachte einen Plastikbeutel mit Pilzen zum Vorschein. Er reichte ihn Wenger. »Wir wissen, daß Dr. Blank mit Drogenpilzen experimentiert hat.«

Das hingegen, entschied Wenger, fiel unter das Arztgeheimnis. »Sie werden verstehen, daß ich mich dazu nicht äußern kann.«

Blaser genügte das als Äußerung. Er schlug den Pilzatlas beim zweiten Buchzeichen auf und reichte ihn Wenger. Der las die Beschreibung des Safrangelben Samthäubchens.

»Die Unterstreichungen mit rotem Kugelschreiber stammen auch von Doktor Blank. Enthält MAOH. Sagt Ihnen das etwas?«

Wenger nickte. »*Monoaminoxidase-Hemmer.* Sie verstärken die Wirkung bestimmter Halluzinogene.«

»Zum Beispiel solcher?« Blaser hielt den Plastikbeutel mit den getrockneten Pilzen in die Höhe.

»Gut möglich.«

Blaser verstaute die Pilze und den Pilzatlas in seiner Mappe.

Wenger war hinter seinem Schreibtisch sitzen geblieben. Urs Blank versteckte sich also irgendwo in den Wäldern und suchte nach einem seltenen Pilz, der als MAOH wirkte. Das bedeutete, daß er noch immer versuchte, die Wirkung seines Pilztrips rückgängig zu machen. Und folglich, daß er immer noch gefährlich war.

Er griff zum Telefon und wählte die Nummer von Evelyne Vogt. Beim fünften Läuten meldete sie sich.

Aber Wenger legte wieder auf. Die Nachricht von Blanks Überleben mußte für sie noch schlimmer sein als die von seinem Tod.

Der Polizeigefreite Welti kam mit seinem neuen Hund Rambo vom Training zurück. Rambo war ein noch etwas tolpatschiger junger Schäferhundrüde, der erst noch in den Namen hineinwachsen mußte, den ihm der Zwinger gegeben hatte. Falls Welti sich erhofft hatte, daß Rambo ihm helfen würde, Pascha zu vergessen, hatte er sich getäuscht. Das Gegenteil traf zu. Rambo war Pascha in allen Belangen unterlegen. Außer vielleicht als Spürhund. Auf diesem Gebiet zeigte er großes Talent.

In seinem Fach fand er einen Umschlag der internen Post. Er kam von den Fingerabdruck-Leuten und enthielt die Auswertung der Vergleiche. Die Aktennotiz hielt fest, daß einige der Abdrücke mit den auf dem Pilzatlas gesicherten übereinstimmten.

»Fall Pascha« hatte ein Witzbold die Notiz betitelt. Die

Schonfrist, die man einem Kollegen gewährte, dessen Hund in Ausübung seiner Pflicht gefallen war, schien abzulaufen. Welti fing an lästig zu werden mit seinem privaten Feldzug gegen den Waldmenschen.

Ihm war das egal. Er war jetzt sicher, daß der Mann tatsächlich Urs Blank war, der einen Selbstmord vorgetäuscht hatte und im Zusammenhang mit dem Tod von Joe Gasser von der Kantonspolizei des Nachbarkantons gesucht wurde. Das dürfte genügen, um aus dem Fall Pascha einen Fall Blank zu machen.

Im Bericht stand, daß die Fingerabdrücke auf dem Pilzatlas – wenn man von denen der Kollegen absah – alle von der Person stammten, von der im ehemaligen Büro von Dr. Blank zweiunddreißig Stück gefunden worden waren. Es folgte eine Auflistung der Fundorte: Tastatur, Tischblatt-Unterseite, mehrere Klarsichtmäppchen, mehrere CD-ROMs. Auf dem Drucker wurden vier Abdrücke gefunden. Jemand hatte diese Feststellung mit drei Ausrufezeichen versehen.

Welti rief Kempf an, den Kollegen, der den Bericht verfaßt hatte.

»Die Ausrufezeichen? Die sind mehr privat. Der Bursche in diesem Büro hatte behauptet, der Drucker sei erst nach dem Verschwinden deines Kunden angeschafft worden. Aber das habe ich mit bloßem Auge gesehen, daß das die gleichen Abdrücke sind. Nach über dreißig Jahren hast du das Auge.«

Welti bedankte sich. Je älter, desto rechthaberischer, dachte er.

Diesmal war Welti dran mit Bezahlen. Blaser hatte ihn bei der Hauptwache abgeholt, und sie waren in Weltis Wagen zu einem Lokal in einem Außenquartier gefahren. Als sie es betraten, schlug ihnen der Geruch von heißem Käse entgegen. »Ich hoffe, du magst Raclette.«

Blaser konnte nicht gut nein sagen. Man servierte hier nichts anderes.

Welti war ein passionierter Raclette-Esser. Er baute kunstvolle Arrangements aus Kartoffeln, geschmolzenem Käse, Salzgurken und Silberzwiebeln, würzte sie mit Pfeffer und Paprika und balancierte sie routiniert in den Mund.

Blaser erzählte unterdessen von seinem Besuch bei Wenger.

»Und weshalb spielt Ott den Ahnungslosen, wenn er die Notiz ›Pius Otts Scherzpilz‹ sieht?« mampfte Welti.

»Vielleicht ist ihm die Sache peinlich.«

»Hast du ihn schon einmal getroffen?«

Blaser schüttelte den Kopf.

»Dem ist nichts peinlich. Schmeckt es dir nicht?« Welti schaute auf Blasers Teller. Der geschmolzene Käse hatte sich abgekühlt und mit einem speckigen Glanz überzogen.

»Doch.«

»Dann iß. Es ist *à discrétion.*«

Blaser bastelte sich folgsam ein mundgerechtes Stück. »MAOH ist etwas, das die Wirkung der Drogenpilze erhöht. Weiß ich auch von Wenger.« Er schob den Happen in den Mund und kaute. Der Käse war bereits etwas gummig geworden.

Welti hatte einen weiteren Teller geleert. Er winkte dem Kellner. »Könnte das Mord sein, der Fall Gasser?«

»Das Opfer hatte einen Schädelbruch. Wir gingen davon aus, daß Gasser die Treppe hinunterstürzte und seine Zigarette oder sein Joint die Brandursache war.« Er spülte den zähen Käse mit etwas Tee runter. »Rein theoretisch könnte ihn aber auch jemand hinuntergestoßen und das Haus angezündet haben. Warum?«

»Die Fingerabdrücke am Buch und ein Mordverdacht könnten etwas Leben in die Fahndung bringen. Bei uns nennen sie die Sache intern schon ›Fall Pascha‹.«

Blaser hörte auf zu grinsen, als der Kellner mit zwei frischen Portionen kam. Welti hatte seinen Teller längst leer und erzählte von Kempf und dessen Rechthaberei mit den Abdrücken. Ein guter Vorwand für Blaser, seinen Kampf mit dem erkaltenden Käse aufzugeben. Er schob den Teller beiseite. »Vielleicht hatte der Mann recht. Aber Blank ist seither wieder im Büro gewesen.«

Weltis Stärke lag mehr in seinem Umgang mit Hunden als in seiner Kombinationsgabe. »Daran habe ich nicht gedacht«, gab er zu.

»Vielleicht haben wir doch einen Fall Blank«, murmelte Blaser.

Als sie das Lokal verließen, sagte Welti: »Wahrscheinlich hättest du lieber in etwas weniger Ländliches gehen wollen, wenn du schon einmal in der Stadt bist.«

»Das nächste Mal«, antwortete Blaser.

»Magst du Pilze?« fragte Welti.

Blaser schaute ihn von der Seite an, ob die Frage ernst gemeint war.

Der nächste Kontakt zwischen Geiger, von Berg, Minder & Blank und der OTT FINANCING war informell. Er bestand darin, daß sich Geiger und Ott in der Lobby des Imperial trafen. Die Krise hatte sich verschärft.

Am Vortag hatte ein Polizist bei Petra Decarli angerufen und ganz harmlos gefragt, wann der Drucker in Blanks ehemaligem Büro angeschafft worden war. Sie hatte sich nichts dabei gedacht, die Unterlagen herausgesucht und ihm die korrekte Antwort gegeben: Vor gut sechs Wochen.

Erst als der Polizist festhielt: »Also lange nach Doktor Blanks Verschwinden«, schaltete sie. Sie versuchte ihre Aussage zu korrigieren, aber der Polizist sagte: »Nein, nein, lassen Sie nur, das stimmt mit den Angaben von Doktor Gerber überein.«

»Scheiße«, stieß Pius Ott hervor. Lauter als beabsichtigt. Aber Geiger hatte die abgelegenste Ohrensessel-Gruppe ausgesucht, und das Gershwin-Potpurri des Pianisten schluckte den Ausruf wie ein hochfloriger Teppich.

»Heute vormittag tauchten zwei Beamte der Stadtpolizei auf. Sie fragten Gerber direkt, warum er nicht gesagt habe, daß Blank seit seinem Verschwinden im Büro war.«

»Was hat er geantwortet?«

»Falls das so sei, müsse er sich heimlich Zugang verschafft haben.«

Ott lehnte sich zurück und schaute zur Stuckdecke hinauf. Ein zweites Mal ging Blank ihm nicht durch die Lappen. »Jetzt fahnden sie natürlich nach ihm.«

»Es hat den Anschein.«

»Unter diesen Umständen wäre es besser, du würdest mit Gubler reden.«

»Das hatte ich vor.«

Leiser als nötig sagte Ott: »Ich brauche etwas Zeit.«

Geiger nickte. Er fragte nicht, wozu.

18

Die Sonne ließ die Buchenkronen in unpassendem Gelb auflodern. Nur da und dort wahrten ein paar Tannen immergrün die Würde des Waldes. Von allen Ästen schwirrte und zwitscherte es, alles freute sich über den geschenkten Spätsommertag mitten im Herbst. Nur Urs Blank hoffte auf Regen.

Er hatte in den letzten Tagen immer wieder systematisch die Umgebung der Eiben abgesucht und mitansehen müssen, wie die tiefstehende Sonne von der Seite in die steilen Hänge schien und den Boden austrocknete. Für die meisten Pilzarten war die Saison vorbei. Wenn es nicht bald regnete, würden auch die, die bis in den November hinein wuchsen, sich nicht mehr zeigen.

Blank hatte die Trockenheit genutzt und sich einen Holzvorrat angelegt. Im Schutz von Felsvorsprüngen und Einbuchtungen in der Nagelfluh hatte er getarnte Holzlager errichtet. Seine Höhle war bis zur Hälfte gefüllt mit sprödem Reisig und Fallholz in allen Größen. Seine Feuerstelle befand sich zuhinterst in der Höhle. Abends, bevor er sich schlafen legte, entfachte er ein Feuer aus trockenem Holz, dessen kaum sichtbarer Rauch an der Höhlendecke entlang zum Ausgang abzog. Die Wärme des Feuers reflektierte er mit der Überlebensfolie, die wie ein Vorhang vor dem Ausgang hing. So erwärmte sich die Höhle rasch und hielt die ganze Nacht über eine angenehme Temperatur.

Tagsüber hielt er eine Glut am Leben. Zur Sicherheit auch in einem Glutgefäß. Er hatte es sich aus Lehm gebrannt, von dem es am Bach unten reichlich gab. Darin, eingepackt in trockenem Moos, bewahrte er ein paar Glutstückchen auf. So hielten sie sich mehrere Tage.

Bis jetzt war es ihm auf seinen Erkundungsgängen nicht gelungen herauszufinden, wo er sich befand. Das Tobel ging im Nordosten in einen Tannen-Buchenwald über. Im Süden schloß es an einen Buchenwald, der sich rasch zu einem übersichtlichen Hallenwald öffnete. Kein Jungwuchs und keine Sträucher boten dort Deckung.

Wie es im Westen des Tobels aussah, wußte Blank. Von dort war er gekommen. Kleine Flächen von Misch- und Nutzwald, unterbrochen von Feldern und Höfen, zerschnitten von Forst- und Wanderwegen.

Falls einer dieser Wälder das Rubliholz war, dann am ehesten der Tannen-Buchenwald im Nordosten. Dort hatte er auch vereinzelte Eiben gefunden.

Blank saß auf der kleinen Plattform vor der Höhle. Er verschnürte das Ende eines Bündels junger Äste und drapierte sie rund um zwei Reifen aus biegsamen Ruten. Er band die Äste in gleichmäßigen Abständen fest. In ihre Zwischenräume flocht er grüne Fichtenzweige. So entstand ein länglicher Korb. An die Äste seines offenen Endes band er einen Trichter aus Zweigen, die sich an der engen Stelle kreuzten. Seine Handgriffe verrieten eine gewisse Übung. Es war bereits die vierte Reuse, die Blank herstellte.

Er trug sie zum Bach hinunter und legte sie an einer

engen Stelle aus. Er verengte sie zusätzlich mit Steinen, bis die Fischfalle der einzige Durchgang war.

Seine knappen Vorräte gingen zur Neige, und die Nahrungssuche war schwierig. Die Zeit der Wildfrüchte war vorbei, für Pilze war es zu trocken, und einen Kaninchenbau hatte er bisher nicht gefunden. Gleich am ersten Tag waren ihm zwei Forellen in die Reuse gegangen. Er hatte eine gebraten und gleich gegessen, die andere hatte er filetiert und neben der Glut getrocknet, für härtere Zeiten.

Die härteren Zeiten hatten sich bereits am übernächsten Tag eingestellt. Seine Reuse war leer geblieben. Er hatte eine zweite, eine dritte und jetzt sogar eine vierte gebaut.

Jetzt ging er die Böschung entlang bachaufwärts und kontrollierte die drei anderen. Als er die zweite aus dem Wasser hob, zappelte darin eine Forelle. Er klappte sein Jagdmesser auf und schob den Arm in die Öffnung. Als er den glitschigen, wild um sich schlagenden Fisch fest im Griff hatte, führte er das Messer durch die Maschen der Reuse und trennte ihm das Rückenmark durch.

Er führte mit der Messerspitze einen sauberen Schnitt vom After bis kurz hinter die Kiemen, nahm die Forelle aus und wusch sie im Bach. Die Eingeweide verscharrte er an der Böschung.

Die dritte Reuse war leer. Er kletterte zur Höhle zurück, filetierte den Fisch und zog die Filets auf einen dünnen Spieß auf. Kopf, Schwanz, Haut und Flossen legte er in einen Topf und füllte ihn mit Wasser aus dem Wassersack. Er legte Reisig auf die Glut, blies das Feuer an und stellte den Topf darauf. Er hoffte, daß die Haut genug Fett enthielt, um seiner Fischsuppe etwas Substanz zu verleihen. Sein

Speisefett war bis auf ein kleines Restchen aufgebraucht. Salz besaß er auch fast keines mehr.

Es wurde höchste Zeit, daß er seine Vorräte aufstockte.

Das Rubliholz lag in einem Revier, das ein örtlicher Textilfabrikant gepachtet hatte. Es war kein Problem für Pius Ott, dort als Jagdgast zugelassen zu werden. Die ELEGANTSA war einer der wichtigeren Kunden des Fabrikanten.

Seit ein paar Tagen fuhr Ott regelmäßig ins Revier und lief mit seinen beiden Bracken systematisch die Parzellen ab, die er sich auf der Karte eingezeichnet hatte. Er fischte im trüben. Die Vermutung, daß sich Blank in der Gegend befinden könnte, beruhte auf der Hoffnung, daß er tatsächlich auf der Suche nach dem Safrangelben Samthäubchen war und – wie er – herausgefunden hatte, daß es im Rubliholz vorkam oder vorgekommen war. Das war eine schwache Basis für seine zeit- und kräfteraubende Rastersuche in diesem oft steilen, unzugänglichen Wald. Aber es gab eine bessere Grundlage: seinen Instinkt. Der sagte ihm, daß Blank hierherkommen würde oder schon hier war. Auf seinen Jagdinstinkt hatte er sich stets verlassen können.

Er erreichte die östliche Grenze seiner heutigen Suchparzelle. Ein paar Meter weiter verzweigte sich ein Waldweg. Ott ging zum Wegweiser und verglich die Aufschriften mit seiner Karte. Eine lautete »Rublifluh«.

Ott faltete die Karte zusammen. Es hatte zu regnen begonnen.

Der Regen trommelte auf das Blechvordach vor dem Bürofenster. Welti saß auf dem unbequemen Besucherstuhl vor

Blasers Schreibtisch. Er war in Zivil. Sein Jackett war naß von den paar Metern vom Parkplatz zum Büro.

Auf dem Schreibtisch lag ein Farbfoto von Urs Blank. Die Bildbearbeitungsspezialistin der Stadtpolizei hatte ihm einen täuschend echten Bart und halblanges Haar verpaßt. Die Zeugen in Rimmeln und der Kollege von der Kantonspolizei, der Blank kurz gesehen hatte, hatten ihn sofort wiedererkannt.

»Und weshalb darf das Bild nicht veröffentlicht werden?« erkundigte sich Blaser.

»Die offizielle Begründung lautet ›Verhältnismäßigkeit‹. Die Medien seien nur in Fällen ab einer gewissen Prioritätsstufe einzusetzen, sonst nütze sich das Instrument ab.«

»Ach was, die Leute spielen doch gern Polizist.«

»Willst du den inoffiziellen Grund wissen?« Weltis weißes Gesicht war rot vor Wut. »Jemand hat oben interveniert. Jemand, der es nur ungern sähe, wenn nach dem Partner einer der vornehmeren Anwaltskanzleien der Stadt in den Zeitungen gefahndet würde. Unsere Chefs haben die Hunde zurückgepfiffen und den Fall zurückgestuft.«

»Was soll ich jetzt tun?« wollte Blaser wissen.

»Ihr sucht ihn wegen einer Mordsache. Du kannst die Medien einschalten.«

Blaser lachte. »Korporal Blaser Rolf aus Dellikon schaltet die internationalen Medien ein.«

Wenn es nicht so ausdauernd geregnet hätte, hätte er es dabei bewenden lassen. Aber das Wetter zwang ihn, im Büro auszuharren und sich Weltis Tirade auf die da oben anzuhören. So sagte er schließlich: »Also gut, laß mir das Bild da.«

Welti bedankte sich und fuhr zurück in die Stadt. Blaser machte sich auf den Weg nach Hause. Er hoffte, der Regen würde noch eine Weile andauern. Er saß gerne mit seiner Frau auf dem Sofa vor dem Fernseher, wenn es draußen regnete.

Ein Bündel Fichtenwurzeln, das sich vom Felsband in den Eingang krümmte, wirkte wie ein Abflußrohr, das den Regen nach innen leitete. Aber nachdem Blank sie mit der Taschensäge entfernt hatte, war die Höhle regentauglich.

Er legte Holz auf das Feuer und schaute zu, wie die Flammen in den Regenschnüren vor dem Eingang reflektierten. Wie Kerzen in den Silberfäden am Christbaum.

Es roch nach Rauch und Fisch und Moos und nassem Buchenlaub. Er lag im Trockenen, und ihm war warm. Draußen tropfte, sickerte, troff und rieselte der Regen auf die Eiben, mit denen nach Regenfällen manchmal ein safrangelbes Samthäubchen eine kurze Lebensgemeinschaft einging.

Als Blaser wieder ins Büro kam, hatte es aufgehört zu regnen, aber die Wolken hingen tief und schwer. Es konnte jederzeit wieder losgehen.

Auf seinem Schreibtisch lag immer noch Blanks Fahndungsfoto. Er rief den Polizeisprecher in der Kantonshauptstadt an und verabredete sich mit ihm. »Ich habe da eine Pressesache, Felix«, sagte er nur.

Der Polizeisprecher hatte Spaß an der Aufgabe. Ein gutes Bild und eine gute Geschichte. Es kam nicht allzuoft vor, daß er der Presse etwas zu bieten hatte.

Auf dem Rückweg fiel Blaser ein Dodge Adventure Pickup auf. Ein Wagen, den man nicht oft sah. Es gab nur ein paar auf amerikanische Geländefahrzeuge spezialisierte Importeure, die ihn auf Bestellung lieferten. Dieser hier war tannengrün metallisiert, hatte extrabreite Räder und getönte Scheiben.

Der Wagen überholte ihn mit überhöhter Geschwindigkeit und trotz einer durchgehenden Sicherheitslinie. Blaser, alter Polizist, der er war, notierte sich die Nummer auf dem magnetischen Notizblöckchen auf dem Armaturenbrett.

Nach der Kurve, auf der langen, übersichtlichen Geraden, war der Pickup verschwunden. Er mußte rechts in den Feldweg eingebogen sein, der zum Rubliholz führte.

Blaser riß den Zettel des Blocks ab und steckte ihn in die Brusttasche seines Hemdes. Es fing wieder an zu schütten. Er drosselte das Tempo und erhöhte die Frequenz des Scheibenwischers.

Als er auf dem Posten den Schirm in den Ständer stellte, rief ihn der Kollege, der Schalterdienst hatte. Soeben hatte der Polizeisprecher um einen Rückruf gebeten.

Blaser ging in sein Büro hinauf und rief zurück.

»Rolf, ich habe da ein Problem mit deiner Pressesache.«

»Was für ein Problem?«

»Der Chef ist dagegen, daß wir es rauslassen. Nach Rücksprache mit der Stadt.«

»Begründung?«

»Verhältnismäßigkeit.«

Blaser bedankte sich und legte auf.

Die schweren Regentropfen zerplatzten auf dem Blechdach. Blaser kam der Pickup wieder in den Sinn. Bestimmt ein Jäger. Was sonst konnte der bei diesem Wetter in der Gegend suchen? Er erinnerte sich an die Nummer in der Hemdtasche. Er rief den Kollegen im Schalterraum an und bat ihn, sie nachzusehen.

Kurz darauf rief dieser zurück. »Ist auf eine OTT FINAN-CING eingetragen.«

Blaser legte auf. Also Ott. Der weißhaarige Forscher, der sich beim Pilzkontrolleur nach dem Safrangelben Samthäubchen erkundigt hatte. Und wohl auch der Mann, der verhindern wollte, daß die Polizei Blank fand.

Blaser rief Welti an. »Hast du noch so ein Foto?«

Dr. Alfred Wenger war stolz darauf, noch nie in seinem Leben das Boulevardblatt gekauft zu haben. Aber als er an diesem Morgen wie immer am Kiosk vor der Praxis seine Tageszeitung holte, sprang er über seinen Schatten. Die Schlagzeile des Boulevardblattes, das unübersehbar auf der Verkaufsauslage lag, lautete: »Vorsicht, Waldmensch!« Das Bild zeigte Urs Blank mit langen Haaren und Bart. Bildlegende: »Versteckt sich im Wald: der totgeglaubte Staranwalt Dr. Urs Blank!«

Wenger kaufte ein Exemplar und las den Bericht im Sprechzimmer. Er enthielt die Geschichte von Blanks vorgetäuschtem Selbstmord. Dieser stand, wie jetzt zu vermuten sei, in Zusammenhang mit dem Verdacht, Blank habe etwas mit dem Tod von »Pilz-Joe Gasser« zu tun. Es folgten ein paar Stichworte zu Gasser und den Umständen seines Todes und eine rührende Schilderung vom grausamen Tod des treuen Polizeihundes Pascha. Blanks Schlüsselrolle bei mehreren Großfusionen wurde erwähnt und selbstverständlich auch die Kanzlei Geiger, von Berg, Minder & Blank. Sachdienliche Hinweise erbat man sich an die Adresse der Redaktion.

Wenger hatte Mühe, sich auf seinen ersten Patienten zu konzentrieren. Als er ihn hinausbegleitete, steckte ihm die Praxishilfe zwei dringende Telefonnotizen zu. Eine stammte von Evelyne, die andere von Lucille.

Er rief beide zurück. Evelyne konnte die Geschichte nicht glauben und ärgerte sich über die Boulevardpresse. Lucille glaubte die Geschichte und fürchtete um ihr Leben. Es gelang ihm bei beiden nicht, sie zu beruhigen.

Beim Mittagessen im Goldenen erwähnte Herr Foppa die Sache mit keinem Wort. Aber diesmal räumte er das zweite Gedeck ab.

Bei Geiger, von Berg, Minder & Blank dauerte die Krisensitzung der Partner bereits zwei Stunden. Dr. Geiger hatte sofort nach Erscheinen des Berichts mit Gubler telefoniert. Der redete sich auf eine gezielte Indiskretion der Kollegen der Kantonspolizei heraus. »Die Sache wird intern untersucht, da kannst du dich drauf verlassen«, versicherte der Polizeikommandant.

»Deine Untersuchung kannst du dir in den Arsch stecken«, beschied ihm Geiger. Seine Partner schauten sich erstaunt an. »An den Hut stecken« war Geiger normalerweise drastisch genug.

Dr. von Berg telefonierte lange mit dem Verleger, zu dessen Haus auch das Boulevardblatt gehörte. Ein gelegentlicher Golfpartner.

»Du weißt, ich würde allerhand für dich tun, aber auf einer Redaktion vorstellig werden und eine Geschichte stoppen – tut mir leid.« Er versprach, er werde versuchen, die Leute dahingehend zu beeinflussen, daß sie den Namen der Kanzlei aus dem Spiel ließen.

Dr. Minder ließ den prominentesten PR-Spezialisten des Landes aus einer Vorlesung der Handelshochschule herausholen und übertrug dessen Agentur das Mandat der Krisenkommunikation für Geiger, von Berg, Minder & Blank. Er nahm ihm das Versprechen ab, daß er die Sachbearbeitung persönlich übernehmen und gleich nach der Vorlesung vorbeikommen werde.

Als erste konkrete Maßnahme wurde die Entlassung von Petra Decarli beschlossen, die das Schlamassel mit dem Drucker angerichtet hatte. Bei Christoph Gerber ließ man es bei einer scharfen Rüge bewenden. Er wußte zuviel.

Nach der Sitzung versuchte Dr. Geiger vergeblich, Pius Ott unter dessen Geheimnummer zu erreichen. Er sei auf der Jagd, informierte ihn seine Sekretärin.

Blank lag im Farn am Waldrand. Er setzte das Fernglas hin und wieder ab, damit sich die Augen erholen konnten.

Seit über einer Stunde beobachtete er das Haus. Es war früh am Morgen. Der Bauer war nicht weit von hier am Gülle-Ausführen. Man konnte den Motor seines Traktors hören. Zweimal – in Abständen von etwa fünfzehn Minuten – war er schon zurückgekommen, um den Gülleanhänger zu füllen. Der Sennenhund, der ihn mit hängender Zunge begleitete, legte sich unterdessen auf seine Decke vor der Haustür. Wenn der Traktor wieder wegfuhr, folgte er ihm.

Vor zehn Minuten war die Bäuerin mit einem Haraß Äpfel herausgekommen und hatte ihn in einem Kombi verstaut, der vor der Tür stand. Das ließ Blank hoffen, daß sie vorhatte, wegzufahren.

Jetzt kamen zwei Kinder aus dem Haus, beide mit Schultaschen. Sie stiegen in den Kombi. Die Mutter folgte mit einem zweiten Haraß, lud ihn ein, stieg in den Wagen und fuhr los.

Fast im gleichen Moment kam der Traktor in Sicht. Er fuhr vor das Haus. Der Bauer schaltete den Motor ab und stieg ab. Er ging ins Haus. Es sah aus, als hätte er die Arbeit beendet.

Aber kurze Zeit später kam er kauend wieder heraus, fuhr den Traktor zum Güllerohr und schloß es an.

Zehn Minuten mußte Blank warten, bis der Tank voll war und der Traktor wieder davontuckerte. Als er außer Sicht war, stand Blank auf und ging auf das Haus zu. Der Bauer ließ ihm eine Viertelstunde Zeit, aber er wußte nicht, wie weit die Schule war und wann die Bäuerin zurückkam.

Die Haustür führte direkt in die Küche. Sie war warm und roch nach Kaffee und heißer Milch. Auf dem Küchentisch stand noch das Frühstücksgeschirr. Auf einem grünen Kachelofen lag eine getigerte Katze. Als sie Blank sah, stand sie auf, machte einen Buckel und fauchte. Dann sprang sie hinunter und verschwand in einer Tür. Blank schaute durch den Türspalt. Er sah eine Treppe, die in den oberen Stock führte.

Eine zweite Tür war geschlossen. In die obere Füllung waren Belüftungslöcher gebohrt. Er öffnete die Tür. Zwei Stufen führten hinab in einen fensterlosen Raum. Er machte Licht.

Eine große Tiefkühltruhe stand an der Wand. Zu ihren beiden Seiten waren Gestelle und Schränke, manche mit festen Türen, manche mit Fliegengittern. Blank hatte auf Anhieb den Vorratsraum gefunden.

Er durchsuchte einen Schrank nach dem anderen und nahm nur das Nötigste. Fett, Öl, Zucker, Mais, Mehl, eine Packung Waschpulver als Seifenersatz.

Er öffnete die Tür eines alten Nußbaumschrankes. Er hing voll Geräuchertem. Blank nahm sich eine Seite Speck und packte sie zu den anderen Dingen in den Rucksack.

In der Küche waren Schritte zu hören.

Es war zu spät, um das Licht zu löschen. Es blieb ihm gerade genug Zeit, sich und seinen Rucksack hinter dem größten Speiseschrank zu verstecken.

Er klappte das Messer auf und hielt den Atem an.

Emma Felder war es nicht gewohnt, tagsüber im Bett zu liegen. Auf einem Bauernhof gab es immer Arbeit. Aber ihre Schwiegertochter hatte darauf bestanden, daß sie im Bett blieb. »Ich habe dich lieber zwei Tage mit einer Erkältung im Bett als zwei Wochen mit einer Lungenentzündung im Spital«, hatte sie gesagt. Mit Lungenentzündung konnte man Emma erschrecken. Ihr Mann war vor vier Jahren an einer gestorben.

Sie blieb also im Bett und hörte auf die Geräusche. Auf den Traktor ihres Sohnes, auf die Kinder und die Schwiegertochter in der Küche, auf den Hund. Dabei mußte sie eingeschlafen sein.

Als sie erwachte, war es still geworden. Die Schwiegertochter mußte die Kinder in die Schule gebracht haben. Sie zog den Morgenrock an und ging in die Küche hinunter. Sie wollte sich einen Kaffee wärmen. Ohne Kaffee fühlte sie sich noch kränker.

Daß die Tür zur Speisekammer offenstand und Licht brannte, fiel ihr erst auf, als sie den Rauchgeruch bemerkte. Ihr Mann war, wie alle Bauern hier, feuerwehrpflichtig gewesen. Genauso hatte er gerochen, wenn er von einem Einsatz zurückkam. Sie mußte die Uniform jeweils tagelang auslüften, so gründlich hatte sich der Rauch im Stoff festgesetzt.

Sie ging die zwei Stufen in die Vorratskammer hinunter. Der Geruch wurde stärker. Aber es war niemand da. Sie ging ein paar Schritte. Beim großen Speiseschrank blieb sie stehen. Der Geruch war noch durchdringender geworden. »Hallo?« rief sie.

Jetzt sah sie, daß die Tür des Nußbaumschranks mit dem Geräucherten offenstand. Es mußte an ihrer Erkältung liegen, daß sie den Geruch von Geräuchertem mit dem Gestank von verrauchten Kleidern verwechselte.

Sie machte das Licht aus und schloß die Tür.

Blank stand im Dunkeln und lauschte. Aus der Küche drangen Geräusche. Er hatte die Frau gesehen, als sie die Tür zum Schrank schloß. Sie stand mit dem Rücken zu ihm. Er hatte sich die Stelle bereits ausgesucht, wo er das Messer hineinstoßen würde.

Es blieben ihm noch knapp zehn Minuten, bis der Traktor zurückkam. Fünf davon würde er warten. Dann würde er hinausgehen. Wenn sie noch in der Küche war, hatte sie eben Pech gehabt.

Der Kaffee war heiß. Emma Felder schenkte sich eine große Tasse voll und goß ein wenig Milch dazu. Sie setzte sich an den Küchentisch und blies in die Tasse.

Der Novemberwind, der an diesem Morgen durch den Türspalt drang und den Steinboden kühlte, rettete Emma Felder das Leben. Sie spürte, wie die Kälte an ihren Beinen hochstieg, und dachte daran, wie leicht man sich in ihrem Alter eine Lungenentzündung holte. Sie nahm ihre Tasse und trug sie hinauf in ihr Zimmer.

Blank hatte noch nicht die halbe Strecke zum Waldrand zurückgelegt, als er hörte, daß der Traktor näher kam. Er rannte mit dem schweren Rucksack bis zu den ersten Buchen. Kaum lag er in Deckung, da tauchte der Traktor auch schon auf. Der Bauer stellte ihn auf den Vorplatz und begann, den Gülleanhänger mit einem Schlauch abzuspritzen.

Blank öffnete den Rucksack, schnitt sich ein kleines Stück Speck ab und aß es andächtig.

Die Frau kam mit dem Kombi zurück. Sie wechselte ein paar Worte mit dem Mann. Beide lachten. Sie ging ins Haus. Kurz darauf folgte er ihr.

Blank machte sich auf den Weg.

Es gab eine Stelle, wo Blank nichts übrigblieb, als den Wald zu verlassen und ein Stück weit auf dem Weg zu gehen. Erst nach der Gabelung mit dem Wegweiser, auf dem »Rublifluh« stand, konnte er den Weg wieder verlassen.

Kurz vor dieser Stelle kam ihm ein alter Bauer entgegen. Er trug einen schlaffen Militärrucksack und einen gelben Plastikkanister. Als sie auf gleicher Höhe waren, musterte er Blank mißtrauisch. »Guten Morgen«, brummte er. Blank nickte nur.

Kurz vor der Gabelung schaute sich Blank um. Der Mann war stehengeblieben und schaute ihm nach. Blank hätte den Weg Richtung Rublifluh einschlagen sollen. Jetzt ging er Richtung Rotenstein. Als er sich das nächste Mal umwandte, sah er durch die Stämme, daß ihm der Mann immer noch nachschaute. Blank ging weiter.

Der Weg führte aus dem Wald hinaus. Vom Waldrand aus sah Blank auf eine Mulde mit Feldern und Kirschbäumen. Dahinter begann ein Fichten-Tannenwald, der den ganzen Hügel bedeckte, bis er weit oben an eine senkrechte Felswand stieß. Bei den Kirschbäumen führte ein Sträßchen in den Wald. Zu einer Lichtung, die Blank von seinem Standort aus nicht einsehen konnte.

Die Stelle kam Blank bekannt vor. Er suchte sie mit dem Feldstecher ab. Die Kirschbäume. Der Schuppen bei der Waldeinfahrt. Es war der Weg, der zum Fichtenhof führte. An der Felswand konnte er den Wasserfall ausmachen, der in die Lichtung mit dem Tipi stürzte.

Blank ging zurück in den Wald und begann den weiten Umweg ins Tobel.

Auf der Redaktion des Boulevardblattes waren dreiundsechzig Hinweise zu »Dr. Waldmensch« eingegangen, wie
ihn der zuständige Redakteur Moor getauft hatte.

Moor suchte sie nach Brauchbarem für die Story ab und
gab sie dann weiter an Blaser. Das war Teil der Abmachung,
die auch die feste Zusage beinhaltete, Blaser als Quelle nicht
preiszugeben.

»Dr. Waldmensch« war im ganzen Land gesehen worden.
Die meisten Hinweise taugten nichts. Moor hatte die Geschichte mit geheimnisvollen Andeutungen und Interviews
aus dem wenig ergiebigen Umfeld von Blank warmgehalten.
Sein Prunkstück war bis jetzt Petra Decarli, Blanks ehe-
malige Sekretärin. Sie war attraktiv und nicht mehr gut zu
sprechen auf Geiger, von Berg, Minder & Blank. Sie hatte
Details geliefert über die seltsame Veränderung von Blank
und seine Besessenheit mit allem, was mit Wald zu tun
hatte. Aber das war zwei Tage her. Die Geschichte lief sich
tot.

Moor ging die neuesten Hinweise durch und markierte
sie mit Fähnchen auf der Karte. Eines steckte ganz nahe bei
Dellikon.

Pilz-Joe Gasser war in der Nähe von Dellikon verbrannt.
Es kam wieder Leben in die Story.

Moor fuhr mit einem Fotografen zu Hans Kunz. Erst als er
ihn interviewt hatte, informierte er Blaser. Es machte ihn
bei diesem nicht beliebter.

Die Beschreibung, die Kunz vom Verdächtigen abgab,
war gut. Er habe ausgesehen wie auf dem Foto, nur zer-
zauster. Er habe zwar einen Rucksack getragen und sei auch

sonst gekleidet gewesen wie ein Tourist. Aber Rucksack und Kleider seien schmutzig gewesen. Er habe gewirkt wie einer, der schon lange kein Bett mehr gesehen habe. Und gestunken habe er wie jemand, der neben dem Feuer schläft.

Kunz hatte gesehen, daß der Mann Richtung Rotenstein gegangen war. Dort in der Nähe lag, was vom Fichtenhof noch übrig war.

Blaser rief Welti an. Er hatte am nächsten Morgen keinen Dienst. »Dann komm um sieben. Und bring deinen Rambo mit«, hatte Blaser gesagt.

Erst gegen acht war es jetzt hell genug, daß Blank seine Inspektion der Pilzplätze beginnen konnte. Er fing bei den Eiben vor der Höhle an und arbeitete sich langsam bis zu den Felsen am Anfang des Tobels zurück. Dort wechselte er auf die andere Seite.

Gegen Mittag hatte er seine Runde fast beendet und nichts als Grünspanträuschlinge, Bärtige Ritterlinge und Samtfußkremplinge angetroffen. Alles ungenießbare Pilze.

Aber ganz in der Nähe der Höhle wurde seine Mühe doch noch belohnt. Unter einer Gruppe mehrstämmiger Eiben sah er es schon von weitem gelb leuchten. Es waren zwar keine Safrangelben Samthäubchen, aber immerhin Gelbe Kraterellen, ein hervorragender Speisepilz. Die Schnecken hatten ihnen schon übel mitgespielt, von einigen waren nur noch die Stiele übrig. Blank pflückte alle eßbaren Teile. Er hatte schon lange nichts Anständiges mehr gegessen. Der Bach führte viel Wasser und hatte zwei Reusen mitgenommen. Die beiden anderen waren leer.

Er legte die Pilze auf den flachen Stein neben der Feuerstelle, der ihm als Brett diente. Er legte Holz auf und blies in die Glut, bis Flammen aus dem Reisig knisterten.

Als er sich den Pilzen zuwandte, hatte sich ein Stiel blau verfärbt.

19

Pius Ott machte unterwegs in einer Wirtschaft halt. Er wollte einen Tee trinken und sehen, was das Boulevardblatt über »Dr. Waldmensch« berichtete. Die Geschichte war auf die Titelseite zurückgekehrt.

»Dr. Waldmensch: Zurück zum Tatort?« lautete die Schlagzeile. Der Bericht enthielt das übliche Bild von Blank und ein Foto des Bauern Hans Kunz. Dessen Begegnung mit Blank wurde geschildert. Auch das Detail wurde erwähnt, daß Blank nach Rauch gestunken habe.

Ott legte leise fluchend die Zeitung weg und ging. Den Tee hatte er nicht angerührt.

Er verbrachte den ganzen Tag im unwegsamsten Teil des Rubliholzes, einem steilen Hangwald aus Tannen und Buchen, der außer durch einen Seilkran kaum erschlossen war. Ein Wald voller Dickichte, Steine, Felstaschen und anderer Verstecke. Das Gelände ließ es nicht zu, daß er die Bracken am Schweißriemen führte. Sie waren frei und stießen immer wieder auf Wildfährten, von denen sie nur mit Mühe abzubringen waren. Sie verstanden nicht, wonach Ott suchte.

Ott spürte nichts von der Mühsal. Das Jagdfieber hatte ihn gepackt. Er befand sich in der Trance, in die er fiel, wenn er einem Wild schon lange auf den Fersen war und plötzlich *wußte*: Es ist hier, ganz in der Nähe.

Am Himmel hingen schwere Regenwolken. Es begann früh dunkel zu werden. Ott hatte mehr als sein Tagespensum erfüllt. In knapp zwei Tagen würde er das ganze Rubliholz durchsucht haben.

Auf dem Weg zurück passierte er eine einfache Holzbrücke, die über einen Bach führte. Er kam aus einem Tobel, das laut Karte nicht mehr zum Rubliholz gehörte. Als Ott auf den vom Regen angeschwollenen Bach hinuntersah, sah er ein Bündel Zweige, das zwischen Böschung und Brücke hängengeblieben war. Eine Forelle hatte sich darin verfangen.

Ott ging zur Böschung hinunter und fischte das Bündel heraus. Es war kein Bündel. Es war eine primitive Reuse.

Ott beschloß, von seinem Rasterplan abzuweichen und sich am nächsten Tag das Tobel vorzunehmen.

Der frühe Einbruch der Dunkelheit zwang auch Blaser und Welti, die Suche abzubrechen. Sie hatten Blasers Opel beim Waldeingang abgestellt und waren zu Fuß zur Ruine des Fichtenhofs hinaufgestiegen.

Sie war mit einem Stacheldrahtzaun umgeben, der an mehreren Stellen niedergedrückt war. Wahrscheinlich von Kindern, denen die Ruine als Abenteuerspielplatz diente.

Ein Knöterich hatte den Brand überlebt und wucherte lieblich über die Holz- und Mauerreste, als ob er der Brandstätte ihren Schrecken nehmen wollte.

Welti hatte die Wollmütze dabei, die Blank in seinem Versteck zurückgelassen hatte. Er ließ Rambo daran schnüffeln und nahm ihn an den langen Schweißriemen. Aber Rambo fand nichts, das wie die Mütze roch. Anstatt ungestüm in allen Himmelsrichtungen an der Leine zu zerren, ging er bei Fuß wie noch nie im Training.

Sie nahmen den Weg, der durch den Wald hinaufführte. Eine knappe Stunde später erreichten sie die Lichtung.

Das Tipi stand nicht mehr, aber die Schwitzhütte war noch einigermaßen intakt. Ihre Durchsuchung durch Rambo brachte zwei Weinflaschen und drei benützte Kondome zutage.

Sie durchkämmten den umliegenden Wald etwas ziellos nach Verstecken. Welti bewies dabei mehr Engagement als Blaser, der froh war, daß es so früh dunkel wurde.

Blank knetete aus Mehl, Wasser und etwas Salz einen Teig, rollte ihn zu einer Wurst und schlang sie in einer Spirale um einen Stock. Er hielt sie über die Glut und schaute zu, wie der Teig golden wurde. Ein Duft von frischem Brot begann sich in der Höhle auszubreiten.

Er aß das Brot noch warm mit Speck. Dazu trank er Bachminzentee. Ein Festessen.

In der Nacht stellte sich heraus, daß sein Körper diese kräftige Kost nicht mehr gewohnt war. Der Speck lag ihm auf, sein geblähter Bauch drückte ihm aufs Zwerchfell, sein Herz schlug schnell.

Er versuchte an nichts zu denken. Aber immer wieder kam ihm der Bläuling in den Sinn. *Stiel: hutfarben, 2–3 cm, schlank, gebrechlich.* Es paßte auf den gelben Stiel, der sich blau verfärbt hatte. Er war ganz anders als die Stiele der Gelben Kraterelle. Die waren oben trichterförmig erweitert und bis zum Grund hohl.

Er versuchte ruhig und gleichmäßig zu atmen. Doch

dann ertappte er sich wieder, wie er den Atem anhielt und auf das nächste hohle Huhu des Waldkäuzchens wartete. Es kam ihm unheimlich vor in dieser Nacht.

Aus dem Gesang der Vögel zu schließen, sollte es ein schöner Tag werden. Die Dämmerung begann früher als an den Tagen zuvor. Der fahle Himmel, der über den braun und schütter gewordenen Buchenkronen wieder sichtbar wurde, schien wolkenlos zu sein. Blank zog sich an, trank gezuckerten Tee und aß den Rest seines Stockbrotes.

Er stellte sich auf die Plattform vor der Höhle und wartete, bis er die roten Samenmäntel an den nächsten Eiben erkennen konnte.

Er zwang sich, nicht als erstes zum Platz zu stürmen, wo er die Kraterellen und den Stiel des Samthäubchens gefunden hatte. Dazu brauchte es keiner besonderen Willensanstrengung: Der Platz war bereits der dritte, wenn er seinen Rundgang im Westen begann.

Als er sich ihm näherte, sah er es zwischen den zimtbraunen Eibenstämmen wieder blitzen. Er gab seine Zurückhaltung auf und legte die letzten Meter stolpernd und rennend zurück.

Ein Grüppchen Kraterellen. Neun Stück. Und mitten unter ihnen, viel kleiner und graziler, zwei andere Pilzchen.

Er pflückte sie mit spitzen Fingern und untersuchte sie: Hut: 7–9 mm, safrangelb, schleimig glänzend, spitz gebuckelt, gerieft. Lamellen: safrangelb, am Stiel frei. Stiel: hutfarben, 2–3 cm, schlank, gebrechlich. Fleisch: lamellenfarben, Geruch leicht unangenehm.

Blank schaute zu, wie sich die beiden Pilze blau zu verfärben begannen.

Im Tobel unten bellten Hunde. Er setzte das Fernglas an.
Zwei Dachsbracken hatten eine Fährte gefunden. Ein schar-
fer Pfiff ertönte. Die Bracken ließen von ihrer Fährte ab und
rannten zurück.

Blank trug die beiden Pilzchen in der hohlen Hand zur
Höhle zurück. Die Kraterellen ließ er stehen.

Blaser hatte vorgehabt, den Wald über der Fichtenhof-
Ruine auf eigene Faust abzusuchen. Welti hatte Dienst und
konnte sich erst am nächsten Tag wieder an der Suche be-
teiligen. Blaser war nicht unglücklich darüber. Er hatte gestern manchmal das Gefühl gehabt, Rambo sei eher hinder-
lich als nützlich.

Aber ein sachdienlicher Hinweis zwang ihn, seine Pläne
zu ändern.

Auf dem Weg zur Ruine fuhr er beim Posten vorbei.
Nachsehen, was über Nacht passiert war, und ob es Neuig-
keiten von Moor gab. Der Kollege im Schalterraum telefonierte. Er machte ihm ein Zeichen. Blaser wartete, bis er
aufgelegt hatte.

»Das war Felder vom Schönacker. Bei ihnen sind Lebensmittel aus dem Vorratsraum weggekommen.«

»Dann schick jemanden.«

»Seine Mutter sagt, der Dieb habe gestunken wie eine
Feuerwehruniform.«

»Hat sie ihn gesehen?«

»Gerochen.«

Blaser ging zum Ausgang. »Ich fahre selber rauf.«

»Habe ich mir gedacht«, sagte der Kollege. Blaser war schon draußen.

Aber nach einem Augenblick kam er zurück. »Falls dieser Moor anruft: Wir haben nichts Neues.«

Das Tobel war mit einer tiefen Schicht raschelndem Buchenlaub bedeckt. An manchen Stellen versanken die aufgeregten Bracken bis zum Hals. Pius Ott kämpfte sich auf dem steilen Hang vorwärts und versuchte, möglichst wenig Lärm zu machen. Es war aussichtslos. Falls Blank hier war, würde er ihn von weitem hören.

Alle paar Meter blieb er stehen und versuchte die Hunde zu beruhigen, die im Laub auf immer wieder andere Fährten stießen. Bei jedem Halt suchte er das Terrain sorgfältig mit dem Fernglas ab.

Weiter oben, unter einem Felsband, entdeckte er etwas, das wie eine Höhle aussah. Er begann hinaufzuklettern.

Die Hunde hatten die Stelle auch entdeckt. Sie erwarteten Ott mit begeistertem Wedeln. Es war tatsächlich ein Höhle. Sie war getarnt mit Zweigen und gefüllt mit Holz. Mit sorgsam gebündeltem, nach Stärke sortiertem Brennholz.

Ott rückte die Zweige wieder an ihren ursprünglichen Platz. Etwas weiter vorn bellten die Bracken jetzt. So klang es, wenn sie verendetes Wild gefunden hatten und es totverbellten.

Ott nahm seine Repetierbüchse von der Schulter und näherte sich vorsichtig.

Die Hunde bellten in die Öffnung einer weiteren wurzelverhangenen Höhle. Ott entsicherte die Büchse, legte an und ging darauf zu.

»Rauskommen!« befahl er.

Nichts rührte sich.

»Ich zähle bis drei. Eins.«

Keine Reaktion.

»Zwei.«

»Drei.«

Ott zielte in die Luft und drückte ab. Der Schuß hallte im engen Tobel wider wie auf einem Schießstand. In der Höhle rührte sich nichts.

Ott schob den Büchsenlauf zwischen die Wurzeln, duckte sich und trat ein.

Die Höhle war zur Hälfte gefüllt mit Brennholz. Bei der Feuerstelle standen ein paar primitive Gefäße aus selbstge-branntem Ton. Die Glut war noch warm.

Ott fand einen Vorrat Lebensmittel, darunter ein großes Stück Speckseite. Die Höhle war rauchgeschwärzt und roch wie eine Räucherkammer. Weder ein Schlafsack noch ein Rucksack fand sich darin.

Pius Ott rührte nichts an. Er verließ die Höhle, ohne Spuren zu hinterlassen, pfiff seinen Hunden und stieg den Hang zum Bach hinunter.

20

Gegen zehn erreichte Blank die Lichtung des Fichtenhofs. Er blieb im Schutz des Waldes, aber zwischen den Stämmen konnte er deutlich die Brandstätte sehen. Er nahm das Fernglas heraus.

Er spürte keine Regung. Die Ruine sah aus, als hätte sie schon immer dort gestanden. Erst als er die häßliche Schneise sah, die das Feuer in den Wald gesengt hatte, fühlte er etwas wie Bedauern. Jemand hatte begonnen, die Stelle mit jungen Fichten aufzuforsten. Es würde Jahre dauern, bis die Wunde verheilt war.

Er ging weiter, immer in Sichtweite des Weges, den er vor vielen Monaten mit Lucille und dem Pilzzirkel gegangen war. Auf der Suche nach *The Dark Side of the Moon.*

Blank hatte nicht erwartet, daß das Tipi noch stand. Trotzdem war er enttäuscht, als er jetzt die kleine Lichtung betrat und an der Stelle, wo es gestanden hatte, nicht einmal mehr einen Stein der Feuerstelle fand. Oder Vertiefungen dort, wo die Stangen gesteckt haben mußten.

Dafür stand die Schwitzhütte noch.

Blank baute neben ihrem Eingang eine Feuerstelle aus Steinen. Er sammelte Holz und machte Feuer. Während sich die Steine erhitzten, machte er in der Schwitzhütte sauber.

Er rollte seine Isoliermatte aus und benutzte die Überlebensfolie als Vorhang vor der Tür.

Er füllte den Kochtopf mit Wasser aus dem Bassin unter dem Wasserfall. Er sägte zwei schwere Äste von einer Fichte, legte sie übereinander neben die Feuerstelle, rollte mit einem Stock ein paar heiße Steine darauf, schleifte sie in die Hütte und kippte sie in die Vertiefung in der Mitte.

Als alle Steine in der Schwitzhütte waren, zog er sich aus. Er setzte sich auf sein fadenscheiniges Frottiertuch und goß Wasser auf die heißen Steine.

Die erste heiße Dampfschwade schnitt ihm den Atem ab. Blank schloß die Augen, wartete ein paar Sekunden und fing an, tief und regelmäßig zu atmen. Er konzentrierte sich auf das feine Kitzeln der kleinen Schweißbäche, die ihm aus den Poren drangen. Allmählich fing er an sich zu entspannen.

Er verbrannte Bachminze, Baumharz und Feldthymian. Die windschiefe Hütte füllte sich mit dem Duft von Wald und Sommerwiese. Er ließ noch mehr Wasser auf den Steinen verzischen.

Er blieb in der Hütte, bis er die Hitze nicht mehr aushielt. Dann rannte er zum Wasserfall und tauchte in das eiskalte Naturbassin.

In der Wärme der Schwitzhütte trocknete er sich ab und zog sich warm an. Wenn alles gutging, würde er einige Stunden im Wald verbringen.

Urs Blank faßte in seine Hemdtasche und zog einen kleinen Plastikbeutel heraus. Seinen Inhalt leerte er auf den Boden des umgedrehten Kochtopfs. Dreißig getrocknete Spitzkegelige Kahlköpfe und die beiden frischen Samthäubchen, deren lustiges Safrangelb längst zu einem gefährlichen Blau geworden war.

Er suchte diesmal zwei mittlere und drei kleine Zwergenmützchen aus. Er hatte seit damals bestimmt fünfzehn Kilo verloren. Und die Dosierung, so erinnerte er sich, richtete sich nach dem Körpergewicht.

Bei den Bläulingen mußte er nicht lange überlegen. Sie waren beide gleich winzig.

Er schob die Pilze in den Mund, einen nach dem anderen, und begann zu kauen. Er schloß die Augen und rief sich die Bilder von damals in Erinnerung. Shiva, die mit ausgebreiteten Armen kaute, als befände sie sich auf dem Hochseil. Lucille, die kicherte, als er ihr zuflüsterte, Shiva kaue wie eine Ziege.

Er erinnerte sich an den Geschmack wie nasse Socken und an die Bitterkeit, die sich verstärkte, je länger er kaute.

Es fiel ihm wieder ein, wie er und Lucille, als sie es nicht mehr aushielten, bis zehn zählten und den Brei runterspülten.

Diesmal zählte er bis dreißig.

Der Kochtopf war kein schlechter Ersatz für die Schellentrommel. Er konnte darauf klopfen, und sein Bügel schlug scheppernd gegen das Aluminium, wenn er ihm den richtigen Drall gab.

Sein Spiel begann sich zu verändern. Es kam jetzt nicht mehr nur von ihm. Es floß ihm zu. Und doch war er es, der ihm seine Form verlieh.

Es wurde vielstimmig. Das dumpfe Klopfen auf die Topfwand, das hellere auf den Topfboden, das Scheppern des

Bügels, der Widerhall in der Holzhütte. Jeder dieser Klänge machte sich selbständig. Aber jeder fügte sich ein in die Harmonie des Ganzen nach Blanks Wille.

Blank dirigierte seine Klänge, bis der Boden kippte und er sich ins Freie retten mußte.

Dort verschlang ihn die struppige Herbstwiese.

In ihrem Innern war es hell.

Er war durchsichtig.

In ihm explodierten die Farben. Safrangelb und Zyan.

Die Wiese spuckte ihn aus.

Er stand auf.

Im Wald herrschte hoher Wellengang.

Zwei Beamte der Spurensicherung aus der Kantonshauptstadt waren im Vorratsraum beschäftigt. Die Aussagen waren protokolliert, die Liste der fehlenden Vorräte war komplett und ihr Wert auf etwas über hundert Franken festgelegt. Für Blaser gab es eigentlich nichts mehr zu tun. Aber er wollte warten, bis die Spurensicherung fertig war und die Kollegen eine erste Auswertung herausrückten.

So saß er mit den Felders in der Küche, trank Kaffee und hörte sich immer wieder die gleichen Sätze an. »Am hellichten Tag!« und »Wenn ich den erwischt hätte« und »Als ich das von Kunz las, wie der nach Rauch gestunken hätte, mußte ich mich hinsetzen«.

Blank saß auf einem Polster aus violettem Moos und schaute in das Kaleidoskop des Waldes.

Farne aus Magenta schoben sich vor gelbe Fichten, schwarze Tannenstämme trugen Algenmuster aus Zyan.

Blank löste den Wald in seine Grundfarben auf und mischte sie neu.

Dann begann er seine Formen zu ändern. Ein Wald aus lauter bunten Würfeln, ein Wald aus Kuben, aus Zylindern, aus Tupfern, aus Schleiern.

Ein Wald aus Menschen.

Die Wurmfarne waren alles Dr. Fluris, Halter + Hafner waren aus Peitschenmoos, Pius Ott war eine dürre Fichte, Alfred Wenger eine ernste Tanne. In ein Wedel Rippenfarn formte er die Züge von Evelyne. Das Heidelbeerkraut wurde Lucilles Haarpracht, Joe Gasser ließ er als Fichtenstrunk modern, Geiger, von Berg und Minder wurden zu einem Brombeergestrüpp.

Freunde, Feinde, Geliebte, Verflossene, alle, die in seinem Leben etwas bedeutet hatten, und alle, die ihm gleichgültig geblieben oder geworden waren, ließ er antanzen.

Wenn die ernste Tanne Wenger nicht gewesen wäre – er hätte sie alle ausgelöscht.

Aber die Tanne sagte: »Du kannst den Kurs bestimmen. Du kannst den Kurs bestimmen.«

Da befahl Blank dem Wurmfarn, wieder Dr. Fluri zu sein.

Das Peitschenmoos verwandelte sich zurück in Halter + Hafner, die Tanne in Alfred Wenger, der Rippenfarn in Evelyne, die Heidelbeeren in Lucilles Haar, der Fichtenstrunk in Joe Gasser, das Brombeergestrüpp in die Doktoren Geiger, von Berg und Minder. Und die dürre Fichte in Pius Ott.

Freunde, Feinde, Geliebte, Verflossene, Schlüsselfiguren und Komparsen seines Lebens versammelten sich um ihn auf dem Grund des Waldes. Wogten sich mit ihm, dem Farn, dem Moos, den Zweigen in der sanften Strömung des Universums. Und wurden mit ihm Teil davon.

Pius Ott zog lange Thermounterwäsche an, einen Rollkragenpullover, eine Faserpelzjacke, eine wattierte, wasserdichte und windabweisende Trägerhose, mehrere Paar dünne Socken, Kälteschutzstiefel. Eine Sturmhaube, Handschuhe, Innen- und Überfäustlinge und einen gefütterten windundurchlässigen Parka aus atmungsaktivem Gewebe, Überlebensfolie, Müesliriegel, Dörrobst, Trockenfleisch, Sauerteigbrot, Feldflasche, Fernglas, Taschenlampe, Klappspaten, Nachtsichtgerät und Munition packte er in den Rucksack.

Er öffnete den Waffenschrank und entschied sich für einen handlichen Repetierstutzen mit Zielfernrohr und Leuchtabsehen. In sein Gürtelholster steckte er eine 9 mm Luger.

Die Sonne färbte die Wolkenfetzen über dem See hellrot, als er seinen Jägerhut aufsetzte und in den Pickup stieg. Es sah nach Schnee aus.

Urs Blank erwachte von der Stille. Kein Vogel, kein Wind, kein Rascheln, kein Flugzeug in der Ferne. Kein Wasserfall.

Er war wie in Watte gepackt.

Er schlug die Augen auf. Weißes Licht drang durch die rohen Planken in die Schwitzhütte. Er lag warm in seinem Schlafsack. Zwischen Überlebensfolie und Türrahmen sah er einen Streifen Weiß.

Er kroch aus dem Schlafsack und schlug die Folie beiseite.

Die Lichtung lag unter einer Schneedecke. Die Tannen am Waldrand trugen schwer an ihrer Last aus nassem Schnee.

Blank zog die Schuhe an, nahm seinen Waschbeutel und stapfte durch den Schnee zum Wasserfall. Er war zu einem dünnen Rinnsal geworden, das lautlos dem Fels entlang in das Bassin floß. Als ob ihn jemand abgedreht hätte.

Blank wusch sich und ging zurück zur Hütte. Er aß etwas Speck und trank Wasser. Er packte seinen Rucksack und machte sich bereit.

Ein Habicht segelte lautlos über die Lichtung. Blank spürte, wie die Ruhe, die ihn umgab, sich langsam auch in seinem Inneren ausbreitete.

Er zog den Rucksack an und begann bedächtig die ersten Spuren in den neuen Schnee zu setzen.

Er war schon beinahe beim Waldrand, als er hinter sich ein Geräusch hörte. Er blickte zurück und sah, wie eine Ladung Dreck, Holz, Schutt und Schnee, gefolgt von einem Schwall Wasser, die Felswand herunter ins Bassin stürzte. Der Wasserfall war zurückgekehrt.

Welti hatte auf sich warten lassen. Er sah übermüdet aus. Er hatte Nachtdienst gehabt und war kurz vor Dienstschluß noch zu einem häßlichen Autobahnunfall geschickt worden. Als er endlich wegkam, hatte er noch den Hund holen müssen.

Die Nachricht, daß die Fingerabdrücke im Vorratsraum der Familie Felder vermutlich mit denen von Blank identisch waren, hatte ihm Blaser noch am Abend auf den Posten durchgegeben. Bei seiner Ankunft in Dellikon war die Bestätigung bereits eingetroffen.

Blaser ließ Welti nur gerade Zeit für eine Tasse Kaffee im Stehen. Vor einer halben Stunde hatte Felder angerufen. Kunz, der Bauer, der Blank bei der Abzweigung begegnet war, hatte im Schnee Fußspuren gesehen, die aus der Gegend vom Fichtenhof kamen. Er fand das seltsam und rief Felder an. Der hatte Kunz mit dem Jeep abgeholt, und die beiden waren zum Fichtenhof und, so weit es ging, bis zum Wasserfall hinaufgefahren. Von Joe Gassers Schwitzhütte aus hatten Fußspuren weggeführt. Die Hütte sah aus, als hätte jemand darin übernachtet.

Die Stille des verschneiten Waldes wurde nur vom dumpfen Aufschlagen des Schnees gestört, der von den Fichtenästen fiel. Blank war froh, daß es taute. In ein paar Stunden würden seine Fußspuren verschwunden sein.

Auf dem ganzen Weg begegnete er keinem Menschen. Nur einmal, als er ein Feld überqueren mußte, näherte sich ein Traktor. Vom Waldrand aus beobachtete Blank den Traktorfahrer mit dem Fernglas. Er hatte angehalten, aber er blickte nicht in seine Richtung. Er stieg ab, begab sich an das hintere Ende des Tankanhängers, kam eilig zurück, stieg auf und fuhr los. Das Gefährt hinterließ eine breite, braune Güllespur im Schnee.

Im Tobel lag kaum mehr Schnee. Blank kletterte hinauf bis zuoberst, wo der Mergel an das schmale Felsband stieß. So waren seine Spuren außer Sichtweite und er konnte die Höhle von oben erreichen.

Er setzte vorsichtig einen Schritt vor den anderen und hielt sich an Stämmen, Sträuchern und Wurzeln fest.

Wenn er nicht so genau darauf geachtet hätte, wo er seinen Fuß hinsetzte, wäre ihm der Kothaufen vielleicht nicht aufgefallen. Er stammte von einem Menschen, der darüber hinaus Toilettenpapier benützte. Blank benützte Wasser. Und er hatte sich seine Latrine ein Stück weiter vorne gebaut, mit etwas Abstand zur Höhle.

Er zog leise seinen Rucksack aus und sicherte ihn an einer jungen Fichte. Er holte sein Jagdmesser aus der Tasche und klappte es auf.

Der Schnee hatte das raschelnde Buchenlaub aufgeweicht. Es gelang ihm, den Fuß fast geräuschlos aufzusetzen. Er wartete eine Minute, bis er den nächsten Schritt tat.

Zwanzig Minuten später stand er neben dem Höhleneingang an die Sandsteinwand gepreßt.

Er wartete.

Nach einer Weile vernahm er ein Räuspern.

Blank hatte in den letzten Monaten viele Stunden wartend vor so manchem Kaninchenbau zugebracht. Er hatte gelernt, sich still zu verhalten, die Zeit verstreichen zu lassen und sich nicht überraschen zu lassen, wenn das Kaninchen plötzlich herauskam.

»Such verloren!« befahl Welti immer wieder seinem Rambo, der sich mit allem, was er hatte, in den Schweißriemen legte. Dazwischen sagte er: »Brav, brav!« und blickte sich stolz nach Blaser um, der den beiden etwas außer Atem folgte. Sie hatten die Spur in der Schwitzhütte aufgenommen, und Rambo hatte sie bis hierher nicht mehr verloren.

Blaser war nicht sehr beeindruckt von dieser Leistung. Er

hätte sie sich selbst auch zugetraut. Die Spur war im Schnee deutlich zu erkennen.

Er war ein wenig zurückgefallen und bemerkte jetzt, daß Welti auf ihn wartete. Als er ihn erreichte, sah er auch, weshalb. Sie standen am Waldrand, vor ihnen lag ein großes, frisch gegülltes Feld. Die Spur führte direkt in die Gülle.

»Da kann ich nicht durch mit Rambo, sonst verliert er die Witterung.«

»Mit mir auch nicht«, antwortete Blaser, »sonst verliere ich meine Frau.«

Sie umgingen das Feld. Sie folgten dem Waldrand nach Osten bis zu der Stelle, wo der Schnee wieder weiß war.

Dort führte ein Weg in den Wald. Am Wegrand war ein tannengrüner Dodge Adventure Pickup mit getönten Scheiben geparkt. Er mußte schon vor dem Schneefall dort gestanden haben.

Der Mann, der aus der Höhle trat, hatte einen Repetierstutzen. Er trug einen Parka und eine Sturmhaube.

Ein Instinkt mußte ihn gewarnt haben, denn in der gleichen Sekunde, als Blank ihn ansprang, drehte er sich um. Er ließ den Stutzen fallen und bekam die Hand mit dem Messer zu fassen.

Blank packte das linke Handgelenk des Mannes. So standen sie sich gegenüber. Der Mann war kleiner als er. Aber zäh und drahtig.

Jetzt erkannte er Pius Ott.

Ott versuchte es mit einem Kniestoß zwischen Blanks Beine. Blank wehrte Ott ab, indem er ihn zu Boden warf.

Ott kämpfte wie ein Terrier. Sie wälzten sich vor der

Höhle, rutschten von der Plattform und rollten ineinander verkeilt den Hang hinunter.

Beim Bach wurden sie vom Stamm einer Buche brüsk gestoppt.

Ott, vom Aufprall benommen, lockerte seinen Griff. Blank bekam die Hand mit dem Messer frei.

Er drehte Ott den Arm auf den Rücken und setzte die Spitze des Jagdmessers zwischen der dritten und der vierten Rippe links an.

Never hesitate.

Aber etwas hinderte ihn daran zuzustoßen.

Blank ließ Ott los. Er stand auf, klappte das Messer zu und ließ es in die Tasche gleiten.

Ott lag keuchend vor ihm im Matsch aus Laub, Walderde und Schnee.

Blank schüttelte den Kopf und lächelte.

Er sah genau, wie Otts rechte Hand langsam unter den Parka glitt. Er hätte Zeit gehabt, ihn daran zu hindern. Aber er wartete lächelnd, bis sie mit der Luger wieder zum Vorschein kam.

Blank fühlte sich gut.

Auch noch, als ihn der Schuß traf.

Pius Ott stand ernst am Rande der kleinen Grube, die er mit seinem Klappspaten im weichen Waldboden ausgehoben hatte. So verharrte er ein paar Augenblicke. Dann nahm er den Trauerbruch aus einem Eibenzweig vom Hutband und warf ihn ins Grab.

Er nahm den Spaten und begann zu schaufeln.

Die erdige Schicht aus schwarzem Humus.

Die moderige Schicht der von Pilzfäden durchzogenen Streudecke.

Die Schicht aus bleichem Buchenlaub des letzten Jahres.

Die Schicht aus den tonbraunen Buchenblättern von gestern.

Urs Blank wurde Teil des Waldes.

»Siehst du«, sagte Welti, »wenn er Witterung aufgenommen hat, ist er Weltklasse.«

Sie hatten den Pickup geöffnet – Autos knacken war eine Spezialität von Blaser – und Rambo das Kissen auf dem Fahrersitz beschnuppern lassen. Seither war der Hund unbeirrbar einer Fährte gefolgt. »Wie auf einer Magnetschiene«, schwärmte Welti.

Lange Zeit folgten sie Rambo auf dem Waldweg. Bei einer kleinen Holzbrücke verließ er ihn und führte sie in ein schmales Tobel.

Nach zweihundert Metern kam ihnen ein Jäger entgegen. Er war verdreckt, sein Parka war an mehreren Stellen zerrissen, über sein Gesicht liefen blutige Kratzer. Er rauchte eine Zigarre.

Rambo bellte ihn mit hochgezogenen Lefzen an.

»Herr Ott«, sagte Blaser, »vielleicht ist es besser, Sie geben mir Ihre Waffe.«

Ott gab ihm seinen Repetierstutzen.

Er griff in den Parka und übergab ihm auch die Luger.

Wenig später verschwand der Name Blank vom diskreten Messingschild seiner Kanzlei.

Und nach ein paar Monaten das Messingschild.

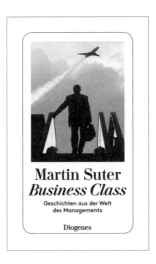

240 Seiten
Auch erhältlich als eBook, Hörbuch und Hörbuch-Download

›Business Class‹ spielt auf dem glatten Parkett der Chefetagen, im Dschungel des mittleren Managements, in der Welt der ausgebrannten niederen Chargen, beschreibt Riten und Eitelkeiten, Intrigen und Ängste einer stressgeplagten Zunft.